U0439363

茶可道

增订本

潘向黎 著

人民文学出版社

图书在版编目（CIP）数据

茶可道 / 潘向黎著. —— 增订本. —— 北京：人民文学出版社，2024. —— ISBN 978-7-02-018733-1

Ⅰ. I267.1

中国国家版本馆 CIP 数据核字第 2024 PD 5486 号

责任编辑　刘　伟
装帧设计　刘　远
责任印制　苏文强

出版发行　人民文学出版社
社　　址　北京市朝内大街166号
邮政编码　100705

印　　刷　北京盛通印刷股份有限公司
经　　销　全国新华书店等

字　　数　177千字
开　　本　880毫米×1230毫米　1/32
印　　张　11.875　插页5
印　　数　1—20000
版　　次　2024年8月北京第1版
印　　次　2024年8月第1次印刷

书　　号　978-7-02-018733-1
定　　价　69.00元

如有印装质量问题，请与本社图书销售中心调换。电话：010-65233595

茶可道

茶可道

茶可道

茶可道

茶可道

茶可道

茶可道

茶
可
道

目录

茶识

梅花上的雪 …………… 003

茶之初 …………… 008

花是花,茶是茶 …………… 011

一声"茶发芽" …………… 014

敢问佳人芳名 …………… 017

鉴别力神话 …………… 020

茶之雅称、戏称和贬称 …………… 023

饮茶之宜 …………… 027

且慢骄傲,冷水在此 …………… 031

真香无敌 …………… 034

茶洗葫芦茶洗钱 …………… 037

香·味·韵 …………… 040

小娘子，叶底花 ·············· *044*

吃茶，真的吃？ ·············· *047*

如今到处乱定亲 ·············· *050*

何处天下第一泉 ·············· *053*

茶与饭 ·············· *056*

何物茶粥？ ·············· *060*

二娘子家书 ·············· *063*

千古清逸《苦笋帖》 ·············· *066*

不在茶中在梦中 ·············· *070*

煮茶不论英雄 ·············· *073*

茶名

消受一杯碧螺春 ·············· *079*

乌龙茶之韵 ·············· *082*

铁观音打败大红袍 ·············· *086*

黑白两道 ·············· *089*

蒸青岂是日本茶 ·············· *094*

身世纷纭老君眉 …………… *097*

福建白茶老君眉 …………… *101*

春天，想起台湾茶 …………… *105*

一饮倾心说冻顶 …………… *108*

因祸得福话白毫 …………… *111*

药或者文物或者卡米拉 …………… *114*

普洱烧退，可缓缓饮矣 …………… *118*

茶不知名分外香 …………… *121*

听，茶哭的声音 …………… *125*

本地山　本地水　本地茶 …………… *128*

当一朵茉莉渡过沧海 …………… *132*

宜兴红　阳羡绿 …………… *141*

莫干水　莫干茶 …………… *145*

春山几焙茗旗香 …………… *149*

闽地山岚出奇芳 …………… *155*

茶道

茶礼与茶规 ………… *165*

茶会与茶宴 ………… *169*

茶与果 ………… *173*

云雾　轻香　冷韵 ………… *177*

一春心事在新茶 ………… *181*

各自喝茶去吧 ………… *184*

我的那杯及时茶 ………… *188*

睡前一壶茶 ………… *192*

茶边话 ………… *196*

梅家坞初夏 ………… *199*

茶是径山茶　道是径山道 ………… *203*

茶诗

吟到新茶诗也香 ················ 211
—— 茶与诗之一

贡茶滋味 ················ 216
—— 茶与诗之二

茶烟轻飏名寺中 ················ 220
—— 茶与诗之三

茶香入对联 ················ 224

《金瓯缺》无茶 ················ 231

寒露啜茗时 ················ 235

茶人

一声渐儿茶，双泪落君前 …………… *243*

茶人与茶鬼 …………… *247*

浮生清福 …………… *251*

人世真局促 …………… *255*

烫茶神 …………… *260*

诗人原是种茶人 …………… *264*
　　—— 茶人之一

醉翁本色是茶仙 …………… *268*
　　—— 茶人之二

"前丁后蔡"话丁谓 …………… *272*
　　—— 茶人之三

蔡襄与小团 …………… *277*
　　—— 茶人之四

到底是苏东坡 …………… *281*
　　—— 茶人之五

赵佶：风雅绝代衰天子 …………… *285*
　　—— 茶人之六

"分宁一茶客"与"黄州梦" …………… *289*
　　—— 茶人之七

八百年前一盏茶 …………… *292*
　　—— 茶人之八

想见其人肺腑香 ………… *296*
　——茶人之九（上）

但愿相对啜一瓯 ………… *299*
　——茶人之九（下）

不伍于世流，不污于时俗 ………… *303*
　——茶人之十

千古茶闲烟尚绿 ………… *307*
　——茶人之十一

玉与水晶　但等知音 ………… *311*
　——茶人之十二

茶具

携壶翠微品山茗 ………… *317*

黯淡之光 ………… *322*
　——茶具之一

人生百年　紫气万年 ………… *325*
　——茶具之二

水色　茶香　壶魂 ………… *329*
　——茶具之三

若即若离锡与茶 ················ *332*
　　—— 茶具之四

壶嘴的曲直是非 ················ *335*
　　—— 茶具之五

二十四将与十二先生 ················ *338*
　　—— 茶具之六

从青瓷而黑瓷到白瓷 ················ *342*
　　—— 茶具之七

秋水澄　千峰翠 ················ *345*
　　—— 茶具之八

黑，妙不可言 ················ *349*
　　—— 茶具之九

白碗胜霜雪　盛茶有佳色 ················ *353*
　　—— 茶具之十

一枝独秀是青花 ················ *356*
　　—— 茶具之十一

何似在人间 ················ *360*
　　—— 茶具之十二

　　　　清芳留取余味 ················ *363*
　　　　　　—— 写在后面

　　　　春水煎茶，片刻也是永恒 ················ *366*
　　　　　　—— 新版后记

茶识

茶可道
（增订本）

梅花上的雪

说起茶,不能先说茶,须先说水。

明代就有"无水不可与论茶"(《茶疏》)的说法,清代的杭州人袁枚在他的《随园食单》中说到茶时,不先说家门口出产的名茶龙井,劈头第一句就是:"欲治好茶,先藏好水。"可见水的重要性。乾隆皇帝以水质轻为标准,钦定了天下第一泉,而且认为雪水比天下第一泉更好,"遇佳雪,必收取,以松实、梅英、佛手烹茶,谓之三清"。有意境,但听上去总有点像花果茶,香得太热闹,看来还是不脱北方人的习气。

杭州双绝的"龙井茶,虎跑水",和"蒙顶山上茶,扬子江中水"比起来,茶的高下难说,但要说水,按照陆羽"山水上,江水中,井水下"的标准,前者应该比后者胜出一等。

四川虽然是茶叶最早的故乡,但没有名泉,江南的泉水却大大帮了江南的茶一把,龙井茶渐渐后来居上,声名日隆,可能和水有关。龙井茶应该感谢江南的好泉水。

自古关于天下第几泉的品评就有许多版本,又引起许多争议,其实有些无聊。因为谁都不可能尝遍天下好水,不过都是就自己经验所及貌似公正地玩主观罢了。何况文人名士其实最情绪化。比如某天,几个文人来到某泉,正好气候宜人景色绝佳,众人吟诗作赋心情大畅,喝了几杯茶,觉得从未喝过这样的好茶,难免要说这是天下第一泉。等到下次再来,时过境迁,可能连他们自己都觉得这泉平常。各地争天下第几的交椅,无非像企业争取省优部优、商店争取中华老字号一样,好打着一个牌子扩大影响罢了。欧阳修曾说过一句:"水味有美恶而已,欲举天下之水一一而次第之者,妄说也。"说得干脆,是个明白人。

一部《红楼梦》,在喝茶上最讲究的当数妙玉。连黛玉、宝钗都只能听她传授专业知识,黛玉还要遭她讥嘲,连宝钗也有点怕她。第四十一回,贾母带了许多人到栊翠庵,她给贾母端茶,说茶是老君眉,水"是旧年蠲的雨水";等和黛玉、宝钗喝"体己茶"时,她用的是平时舍不得吃的五年前收的一个寺里的梅花上的雪,而且说"隔年蠲的雨水,那有这样轻浮？如何吃得！"这最后一句有点夸张，因为她自己也承认这梅花上的雪，她自己也"只吃过一回"。那么她平时吃的，大约也只能是吃不得的雨水，至多是其他雪水，但不是梅花上的。讲究可以，讲究得极端也是个人的事，无是无非，这位却要人知道，要人赞叹，还要把人家比下去，这样的讲究，便有些可厌了。一直不喜欢妙玉，一个出家人，怎么那么大的火气。何况喝一个茶，从茶杯到茶叶到水都要分等级，全无众生平等之念，无非是要显示自己的身份，真是其俗在骨。虽然妙玉为人可厌，但是读过《红楼梦》，总忘不了的东西，除了宝玉的玉，黛玉的手帕，就是这"梅花上的雪"了。从天上下来，却没有落在地上，而是落在了梅花上，该是如何的洁净柔弱，如何带着幽微的清气。

关于茶与水，最可爱的描写来自张岱。《陶庵梦忆》中一篇《闵老子茶》：

周墨农向余道闵汶水茶不置口。戊寅九月至留都，抵岸，即访闵汶水于桃叶渡。日晡，汶水他出，迟其归，乃婆娑一老。方叙话，遽起曰："杖忘某所。"又去。余曰："今日岂可空去？"迟之又久，汶水返，更定矣。睨余曰："客尚在耶！客在奚为者？"余曰："慕汶老久,今日不畅饮汶老茶,决不去。"

汶水喜,自起当炉。茶旋煮,速如风雨。导至一室,明窗净几,荆溪壶、成宣窑瓷瓯十余种,皆精绝。灯下视茶色,与瓷瓯无别,而香气逼人,余叫绝。余问汶水曰:"此茶何产?"

汶水曰:"阆苑茶也。"余再啜之,曰:"莫绐余!是阆苑制法,而味不似。"

汶水匿笑曰:"客知是何产?"余再啜之,曰:"何其似罗岕甚也?"汶水吐舌曰:"奇,奇!"余问:"水何水?"曰:"惠泉。"

余又曰:"莫绐余!惠泉走千里,水劳而圭角不动,何也?"

汶水曰:"不复敢隐。其取惠水,必淘井,静夜候新泉至,旋汲之。山石磊磊藉瓮底,舟非风则勿行,故水之生磊。即寻常惠水犹逊一头地,况他水耶!"又吐舌曰:"奇,奇!"言未毕,汶水去。少顷,持一壶满斟余曰:"客啜此。"余曰:"香扑烈,味甚浑厚,此春茶耶?向瀹者的是秋采。"

汶水大笑曰:"予年七十,精赏鉴者,无客比。"遂与定交。

写他和茶人闵汶水之间的高手相逢，几个回合，识茶断水，汶水老人由冷淡而笑，而吐舌，而说实话，而又吐舌，最后说自己活了七十岁，精于鉴赏方面，没有人比得上张岱。两人从此成为好友。每次读到这里，总是掩卷长叹。好茶遇上雅人，雅人遇上知音，这样的百代一逢，粗率潦草的年代，哪能指望！

茶之初

大多数学者认为，中国是茶的原产地，证据除了云南等地的野生大茶树，就是众多的典籍记载了。其中就有神农氏的传说。神农氏为了给天下人寻求治病的验方，亲自尝百草。他什么草都尝，难免会中毒，靠什么解毒呢？靠的就是茶叶。他是怎么发现茶叶的这一功效的，有不同说法，但《神农本草》明确记载："神农尝百草，日遇七十二毒，得茶而解之。"茶叶被认为是一种解毒特效药。陆羽《茶经》认为："茶之为饮，发乎神农氏。"《神农本草》约作于秦汉时代，由此可见，最晚在战国时代，茶叶已经被了解。

茶树的故乡是云南，但巴蜀才是茶业、茶文化的摇篮。

确凿的文字记载出现在西汉末年。当时有个叫王褒的人，官至谏议大夫，也是辞赋作家，他到成都寡妇杨惠家做客,杨惠家的一名仆僮叫便了,认为他们的关系不清不楚,对王褒没有好脸色,不仅不给客人酤酒,还到杨惠亡夫墓前发牢骚。王褒被气坏了,要杨惠把这个恶仆卖掉,便了说:"我这个人好冲撞人,没人会要。"王褒就说自己愿买。便了当然不情愿,在写契约时说:"你要我做的事,必须都写在合同里,事先没写的,我是不干的。"王褒一口答应,就洋洋洒洒地写了起来,一直写到便了求饶为止。这就是著名的《僮约》。

这篇游戏文字,无心插柳地为中国茶史留下珍贵一笔。因为在王褒列举的种种杂务中,出现了"烹茶尽具","武阳买茶"两项。由此可以看出,最迟在西汉的巴蜀地区,茶叶作为日常饮品已成风尚,而且在富裕人家,还出现了专门的茶具,需要准备齐全,洗涤干净。另外,茶叶已经高度商品化,出现了比如武阳这样相当规模的茶叶集散地。西晋张载《登成都白菟楼诗》诗中有"芳茶冠六清,溢味播九区",极言成都茶叶的闻名遐迩。同时代孙楚介绍土特产产地的《出歌》中也写道:"茱萸出芳树颠,鲤鱼出洛水泉。……姜、桂、茶荈出巴蜀",荼就是茶的早期写法,一说是指早采的茶(东晋郭璞《尔雅注》:"今呼早采者为荼,晚取者为茗"),荈也是茶,是晚采的茶。由此可见,从先秦直到西晋,巴蜀都是茶业的中心,也是茶文化的发源地。直到今天,成都的茶馆之多之兴盛,依然在全国罕有其匹,这是有来历的。

四川这个天府之国有个缺点,就是交通不便,因此茶业和饮茶习俗传到中原非常缓慢。清代大学者顾炎武《日知录》中认为:"自秦人取蜀以后,始有茗饮之事。"战争打破了巴蜀的封闭环境,茶叶也在全国传播开来。

这是一封在中国茶史上经常被提起的家书:西晋大将刘琨,就是"闻鸡起舞"的那位志士,在给侄子刘演的信中写到了茶:"前得安州干姜一斤,桂一斤,黄芩一斤,皆所须也。吾体中愦闷,恒假真茶,汝可置之。"说前些时收到了你寄来的干姜一斤,桂一斤,黄芩一斤,都是我需要的东西。但是我经常感到烦乱气闷,要靠喝一些真正的好茶来解除,因此你可以给我买一些来。"恒假真茶",有的版本作"常仰真茶",意思相同。身为北方世族,刘琨已经知道茶的益处,懂得茶有优劣真伪,而且把好茶当成从身体到精神的一剂良药,千里求之。茶的饮用,终于流传到了北方。

花是花，茶是茶

一般南方爱喝茶的人都喝绿茶，偶尔喝乌龙茶，但不喝花茶。懂茶的人都看不起花茶，说不入流可能苛刻了一点，但终究觉得不上品。我也觉得，茶里最好不杂任何其他味道，哪怕是花香。花香好是好，但掩了茶香，夺了真趣。偶尔喝上一口，觉得像在喝稀释了的香精，全无好感。

十年前去北京，给一位长辈带去了龙井。这位长辈喝了，客气地说："很不错，不过比不上我们平时喝的香片。"我听了目瞪口呆，不知道该如何回答。后来渐渐知道，这是多数北方人的集体看法。香片就是花茶，稍稍讲究的南方人都是看不起的，而北方人却往往情有独钟。我没有地域偏见，唯独在这一点上，觉得是南方人高出一筹，北方人喝一辈子花茶，其实是不懂真茶滋味的。

其实，我们的祖先喝茶原来是很粗放的。直到唐代，将茶与葱、姜、枣、橘皮、茱萸、薄荷之类一起煮饮还很普遍，听到这些如果还不至于让爱茶的人昏倒的话，再告诉你一句，他们还加盐！你还能支持得住吗？到了宋代，谢天谢地清饮一派总算占了上风，茶里去掉了盐和香料。苏轼说，唐人煎茶用姜或盐，但现在有人用这两样，就会被人大大取笑(《东坡志林》)。

他的弟弟苏辙在《和子瞻煎茶》中写道："北方茗饮无不有，盐酪椒姜夸满口。"嘲笑北方人饮茶放种种调料，可见当时的南北差异，以及清饮已经成为主流的历史背景。

自从知道清饮来之不易，更加不喜欢花茶，尽管花已经比那些调料文雅许多，但也是香料的近亲，也是打扰茶之清净的不受欢迎的东西。后来才知道，这里面也有误会。花茶也有它的讲究。早在宋代，已有记载："木樨、茉莉、玫瑰、蔷薇、兰蕙、橘花、栀子、木香、梅花，皆可作茶。诸花开时，摘其半含半放，蕊之香气全者，量其茶叶多少，摘花为拌。"而且只有用绿茶中的烘青(或少量用炒青)，和香花拼和在一起窨制出来的窨花茶，才是真正的花茶。而市面上多数只是拌花茶，那些花干，是后来拌进去骗眼睛的——看得见花的，花的魂已失去；真正的花茶是看不见花的,而花已经在茶里。这里面好像有一种人生的真义,多少消除了我对花茶的成见。

"口之于味,有同嗜焉",用喝茶一事来验证,却不是这样。江浙沪一带齐齐重绿茶,福建、台湾一带酷爱铁观音、冻顶,口味刁钻的广东人偏能接受味道沉涩的普洱茶,这些都还罢了,始终想不通北京人对香片的忠诚不贰。花茶是南方产的,却几乎全部供北方人饮用,这是为什么?前人认为这是因为江南一带是出产之地,容易获得新茶。而花茶容易保存,可以远销北方。这是不是全部根源?总觉得不会如此简单,应该和气候、饮食还有些关联。

后来读《浮生六记》:"夏月荷花初开时,晚含而晓放。芸用小纱囊撮茶叶少许,置花心。明早取出,烹天泉水泡之,香韵尤绝。"为芸娘的慧心感动,从此对花茶虽敬而远之,但可以坐视别人弃明前龙井而痛喝香片,但笑不语,不再己之所好强加于人了。

一声"茶发芽"

不久前到了湖州长兴,这个地方我好像在什么重要的人口中听见过,但是想不起来了。此次初到,走马观花若有所思终是懵懂,走的时候东道主送的一盒茶才让我如梦方醒。那个茶盒上写着:唐代贡茶　顾渚紫笋。可不是吗,这是我在不少茶史书上读到的名字啊,一时对刚刚离开的这个地方有一种想拱手说失敬的感觉。

贡茶之风,兴于唐代。起初是一些求官谋职的官员或士人,将某些地方特产的好茶弄来献给上级或皇室。后来这种自发进贡的方式不能满足皇室和官员的饮茶需要,于是"贡茶院"就应运而生了,贡茶院者,官营督造专门生产贡茶之茶院是也。唐代最著名的贡茶院,不在别处,就在长兴和宜兴交界的顾渚山,当时每年役工数万人,采制贡茶，这贡茶，正是顾渚紫笋。

每年初春清明之前，顾渚紫笋制成之后，用快马送到京城长安。唐《国史补》记载："长兴贡，限清明日到京，谓之急程茶。"这么急如星火，为的是赶上官中的清明宴。从长兴到长安行程三千余里，需日夜兼程，快马加鞭，才能在十日内赶到。这不仅是当时的特快专递，而且绝对是"限时专送"了。宫中见到新茶是什么景象呢？《湖州焙贡新茶》诗再现了当时的情景："凤辇寻春半醉回，仙娥进水御帘开。牡丹花笑金钿动，传奏吴兴紫笋来。"过去读这首诗，注解中说"深刻地揭示了封建帝王的荒淫生活"。可是今日再看，诗的作者张文规却是当时的吴兴太守，骂皇帝恐怕不是他的本意，皇上喜欢自己地盘上的茶，为官的高兴还来不及吧？贡茶制度肥了官吏，却苦了当地的百姓，当时有人就以诗代谏，为民请命，皇上看了遂决定减贡。

宋代贡茶又上一层楼，除了顾渚山贡茶院之外，在福建建安又设官焙，专门采制北苑龙团，规模胜过顾渚。

下面的场面非常适合拍成电影，而且画面富有动感，很有气势：每年惊蛰日开始采茶前，当地官员亲自登上祭台，隆重礼祭一番，祭毕令差役鸣金击鼓，满山茶农齐声高喊："茶发芽！"喊声如雷，山鸣谷应，这时山泉井水纷纷上涨，既清又甘。用以制茶，茶质格外优异，等到茶制完，水便退下，无声无息地恢复原状。这就是"喊山"，那井就是"通仙井"，那泉便是"呼来泉"。身为福建人，我却不知道这是真实的历史，还是美丽的传说，抑或是真实和想象参半的风俗故事？

但是，这种仪式是需要费用的，而且发展成了苛捐杂税之一。茶农除了完成摊派的贡茶定额之外，还要分担"喊山"供祭费，哪怕是闹茶荒的年头，也要照出不误。所以，那一声"茶发芽"，是祈祷，是祝愿，往往也是长叹，是悲鸣，时光迢迢的今天，还分明听见。

敢问佳人芳名

从来佳茗似佳人。那么茶叶的名字,也是真正的芳名了。

4月里去了南京,在那里喝了新的雨花茶,那是细嫩炒青中的一种,滋味鲜醇,汤色清澈。名字也好,天雨花,难道那花到了地上,便化成了茶吗?雨花台在南京,所以雨花两字同时点出了出产地,不需要在茶名前面再加地名。有的茶商不放心,在茶叶罐上写"南京雨花茶",倒累赘了。

喜欢许多茶叶的名字,听着看着就觉得耳目清亮。有个小小的心愿,那就是挑个清净时刻,新雨过,小窗明,执湖笔小楷,在宣纸上细细抄写下列茶名:西湖龙井,庐山云雾,洞庭碧螺春,黄山毛峰,太平猴魁,恩施玉露,信阳毛尖,六安瓜片,屯溪珍眉,老竹大方,君山银针,平水珠茶,苍梧六堡茶,安溪铁观音,云南普洱茶。这些都是传统名茶,鼎鼎大名,要写得大方舒展。

轻蘸香墨,再写:休宁松萝,敬亭绿雪,蒙顶甘露,涌溪火青,天池茗毫,贵定云雾,青城雪芽,顾渚紫笋,日铸雪芽,雁荡毛峰。这些是历史上的名茶,曾经失传,现在恢复或用旧名的,端的是前人妙思,朗朗上口,活色生香,要用俏丽的行楷,写出那一种灵动韵致。

再写:雨花茶,惠明茶,径山茶,双井绿,竹叶青……写完这些三个字的,意犹未尽,最后又写上一个四个字的:雪水云绿。这也是常喝的,怎么可以薄情相忘呢。

茶叶的命名其实有点混乱,但是我宁可认定这是一门学问,既是学问,便有众多流派。

有的是根据色泽(外观色泽或汤色)命名,分的是大类:绿茶,白茶,红茶,黄茶等。有的是根据采摘时间而来,如:明前,雨前,春茶,夏茶,秋茶。有的是根据加工手段而命名:炒青,烘青,晒青,蒸青;紧压茶,砖茶,饼茶,花茶;发酵茶(红茶),半发酵茶(乌龙茶)。有的是根据茶树品种而命名,树名即茶名:如乌龙茶中的水仙,乌龙,肉桂,大红袍,铁观音。

有的是根据不同形状而命名的,形似眉毛的"眉茶""珍眉",形似瓜子片的"瓜片",形似山雀舌的"雀舌",圆直如针的"银针""松针",根据这种命名法命名的还有：珠茶，紫笋，剑毫，翠兰，蟠毫，绿牡丹等。有的则是将形状和色泽结合起来，如"银毫""紫笋""雪芽""银芽"等。

占主流的似乎是"产地加特点"命名法，我上面在想象中细细抄就的名单里有一大半就是这样来的。

一杯茶端上来，不同的人可以做出不同层次的判断。你说是绿茶，就像说出黄种人一样，对了。说是细嫩炒青？说出国籍了，又进一步。说是龙井或碧螺春？叫出了人名，原来你认识她。至于明前雨前，大致相当于一个人的青春岁月，明前约等于二十岁以前，雨前是三十岁之前，秋茶是淡淡苦涩的中年了，陈茶是老年。

有一种命名法是我无论如何不能接受的。那就是"龙井43"，这除了让我想到满是试管的实验室，没有任何唤起美感的余地。虽然不至于像碧螺春旧名"吓煞人香"那么俗不可耐，但是一样毫无艺术气息，一样辜负了好茶味、好汤色。须知茶事乃雅事，命名一事，成则千古流传，与茶俱香，败则大煞风景，两败俱伤。茶人君子，岂可不慎！

鉴别力神话

关于茶的各种典故、逸事可谓多矣。但是看多了,也会觉得不全可信,有一些非常富有戏剧性的,明显的就是后人编的。加上就往往那么一两个创意,还经常被影视剧安在了不同人的身上,不免使人厌烦。

首当其冲的,是写了《茶经》、被奉为茶圣的陆羽。陆羽鉴水,其中最有名的是鉴别南零水,说的是唐代宗时,湖州刺史李季卿路过扬州,与陆羽偶遇,李季卿说:"陆君善茶,天下闻名;这扬子江的南零水也是天下好水,今天二妙千载一遇,岂可辜负!"于是命一个可信的随从军士坐船去取水,陆羽则备好煎茶器具等候。不久水来了,陆羽用勺扬了扬水,就说:"江水倒是江水,但不是南零的水,像是临岸的水。"随从说:"我划船取水,有上百人看见,怎可能说谎？"陆羽没回答，默默将水倒出，到一半时忽而停住，又用勺取水扬了扬，说："到这里才是南零的水了！"随从大惊失色，低头认错："我从南零回岸边时，水洒了一半，便在江岸边把水盛满。您的鉴别力真是神了！"（《煎茶水记》）

鉴别出两种水，已非易事，但在高人那里是可能的。鉴别出盛在一起的水则不可能，这不关高人的事，而是水不争气，它们早就混为一"坛"了！品茶一事，择水的重要性自不待言；陆羽肯定也确实精于此道，所以把这种神话像献花一样献给了他。

这样"神了"的故事的主人公，还有唐武宗时宰相李德裕和宋代的王安石。

据说李德裕"好饮惠山泉，置驿传送，不远数千里"（《斗茶记》）。这不过是利用职权满足癖好而已，但是与职权无关的是，人家有过人之处——

> 李德裕，博达之士也，居庙廊日，有亲知奉使于京口（今镇江）。李曰："还日，金山下扬子江中泠水，与取一壶来。"其人举棹日，醉而忘之，舟上石头城，方忆之，汲一瓶归京献之。李饮后，叹讶非常，曰："江南水味，有异于顷岁，此颇似建业石头城下水。"其人

谢过,不敢隐也。

又是一个鉴水到了出神入化的高人。这是五代南唐人尉迟偓在《中朝故事》中记录的,细节逼真,比陆羽的故事可信一些。

王安石的故事里还劳动了另一个名人苏东坡。说是王安石托苏东坡给他带一瓮瞿塘峡中峡的水,好煎阳羡茶治"痰火之症"。苏东坡带了给他,等到一泡茶,王安石就说:"此乃下峡之水,如何冒充中峡?"连苏东坡这样的天才的反应也是毫无创意、千篇一律的大惊,然后说了实话:因为欣赏三峡风光,船过了中峡才想起来,只得取了下峡的水来冒充。这是《警世通言》中《王安石三难苏学士》的情节,小说家言,更不可信了。我不喜欢这个故事,觉得诋毁了苏东坡的人品和智慧。

印象最深的,当数《陶庵梦忆》中《闵老子茶》一篇,这篇关于茶的千古奇文,证明明代的瀹茶作为一门鉴赏艺术已经达到极高的境界,也说明张岱对茶对水的鉴赏力臻于化境。张岱这样说自己,我却是信的,因为他写这些的时候已是国破家亡,风花雪月回首神伤,一个人在这种时候,是不会撒谎、杜撰的。

茶之雅称、戏称和贬称

茶之名，可谓多矣。

先说别名，最常用的当数"茗"，茶即是茗，茗即是茶。由此派生的则有茶茗、茗饮。根据特点而来的别称有：苦口师，冷面草，余甘氏，森伯，离乡草；根据功用而来的别称有：不夜侯，涤烦子等。

再说雅称和美称。唐宋时流行团饼茶，于是有月团、金饼等雅称。此外，嘉木、清人树、瑞草魁、凌霄芽、甘露、香乳、碧旗、兰芽、金芽、雪芽、玉蕊、琼蕊、绿玉、琼屑等，都是茶的美称。这些美称，对茶的喜爱推崇可谓溢于文字之间。

对茶的戏称，最著名的就是"水厄"。这个奇特的称呼需要解释一下。据《太平御览》引《世说新语》："王濛好饮茶，人至辄命饮之，士大夫皆患之，每欲往候，必云：'今日有水厄。'"王濛是晋代人，官至司徒长史。魏晋时期，饮茶之风初行，许多士大夫还不习惯，而王濛非常喜欢，只要有客人来就让他们喝茶，己之所欲方施于人，也是一片好意。谁知这些客人嘴上不说（不好意思说或者不敢说），心里暗暗叫苦不迭，把喝茶当成一场灾难，要到王濛那里就先嚷嚷："今天要受喝茶水的苦了！"这实在有些幽默，如果王濛知道，不知是笑自己太想当然还是气他们不识抬举。

这种戏称仅仅表示对茶的不能接受，还不带贬低之意。对茶最贬低的叫法是"酪奴"。发明这个贬称的人叫王肃（杭州人真应该再造一尊他的铜像，不跪岳坟，去跪在中国茶叶博物馆里或者龙井的青青茶坡前），曾在南朝齐任秘书丞。后来其父为齐所杀，他就从建康（今江苏南京）奔魏（北魏国都平城，今山西大同），魏文帝授职大将军长史。《洛阳伽蓝记》卷三"城南报德寺"条载：

> （王）肃初入国，不食羊肉及酪浆等物，常饭鲫鱼羹，渴饮茗汁。……经数年已后，肃与高祖殿会，食羊肉酪粥甚多。高祖怪之，谓肃曰："卿中国之味也，羊肉何如鱼羹，茗饮何如酪浆？"肃对曰："羊者是陆

产之最,鱼者乃水族之长,所好不同,并各称珍。以味言之,甚是优劣:羊比齐鲁大邦,鱼比邾莒小国。唯茗不中,与酪作奴。"……彭城王重曰:"卿明日顾我,为卿设邾莒之食,亦有酪奴。"

这个王肃,当着皇帝的面所言所行很让人怀疑。一个喜欢吃鱼、喝茶的人,突然大食原先不能接受的羊肉、奶制品,这是否有伪装表演的嫌疑?至于把茶贬低成"酪"的奴仆,几乎可以肯定不是真心,若非当面拍皇帝马屁,就是发泄对南朝旧主子的仇恨。个人乃至地区的饮食习惯本无高下之分,王肃这种文化上的卑躬屈膝,实在是自轻自贱还辱及先人,也往天下爱茶人脸上抹了黑。倒是王勰,虽然看不到他的表情,但是他的话似乎含着讽刺,如果觉得王肃真心投奔了羊肉、酪浆,为什么还要准备他所贬低的鱼和茶呢?

王肃口是心非,但是他的喝茶还是产生了影响。"时给事中刘镐,慕肃之风,专习茗饮。"于是有人讽刺他说:"卿不慕王侯八珍,好苍头水厄。"苍头,是古代私家所属的奴隶,说茶是酪的"苍头",显然脱胎于王肃的"酪奴"之说。王肃真是开了个恶劣的头。

幸亏无论怎么贬低、抵制，后来喜欢喝茶的人还是越来越多，茗饮之风由南至北终于势不可当。大约王肃的说法成了茶史上一个掌故，大可一笑了之，所以不见杭州人和他算账。

饮茶之宜

几年前到杭州,到青藤茶馆,品啜之际,望见墙上一首诗《青藤小记》,诗曰:"春泉一盏雨前芽,踏进青藤似到家。日照西子高屋暖,开门只见满湖茶。"在那种环境中冷不丁读到这样一首打油风格的作品,不禁失笑,指给同去朋友看,她更是将嘴里的茶喷了出来。没有见到满湖茶,弄了个满桌茶。那首诗虽然可笑,但是也知道自己的优势所在——品茶的环境啊。

杭州有了西湖,或行或止,或饮茶或品馔,无一不活。今年再去,青藤已经搬了地方,气势更大,装潢更胜,而且不见了那首诗。只是开门还是看不到西湖,这个很可惜。湖畔居就在湖边,仗着地利,一千年也不输给别人。还有汪庄、郭庄这些喝茶的好去处,手里是龙井茶虎跑泉,眼里是好湖光好山色，清风徐徐，恍若身在天上，不知人间今夕何年！苏州人，虽然没有西湖的风月无边，可是他们有好园林，亭台楼阁、曲径通幽、丝竹评弹、四季花卉，也添多少茶兴雅趣。

古人早就重视品茶环境，甚至比今人的讲究更多。

刚才说到青藤，这个茶馆名应该是由徐渭而来的，徐渭，明代文学家、书画家，字文长，号天池山人、青藤道士。这是一位文化史上的奇才、怪才，诗文书画皆擅，自称书法第一，而长于行草；也擅杂剧，著有《四声猿》，直接影响了汤显祖等优秀剧作家；绘画在艺术史上地位更高，他善画水墨花竹、山水、人物，淋漓恣肆，多有创造，堪称一绝。郑板桥对他十分崇拜，自称"青藤门下一走狗"。他也是一位茶专家。他的《煎茶七类》，既有真知灼见，又是茶文化和书法艺术合璧的精品。其中的第五是《茶宜》："凉台静室，明窗曲几，僧寮道院，松风竹月，晏坐行吟，清谭把卷。"《徐文长秘集》又有"（品茶）宜精舍、宜云林……宜寒宵兀坐、宜松月下、宜花鸟间、宜清流白石、宜绿藓苍苔、宜素手汲泉、宜红妆扫雪、宜船头吹火、宜竹里飘烟"，说的都是和品茶相宜的环境和氛围。

明代有位冯正卿，益都人，曾任湖州司理，清朝后，他隐居不仕,嗜茶。他就饮茶的时间、地点、器具、茶伴、意境等做了一番总结,共有七忌:一不如法,二恶具,三主客不韵,四冠裳苛礼,五荤肴杂陈,六忙冗,七壁间亲头多恶趣;十三宜:一无事,二佳客,三幽坐,四吟咏,五挥翰,六徜徉,七睡起,八宿醒,九清供,十精舍,十一会心,十二赏鉴,十三文僮。

古人认为"必贞夫韵士乃能究心耳"(明末文震亨语)。冯正卿正是这样的"贞夫韵士",所以能得茗之真谛。

还有饮茶二十四时宜的说法。明代许次纾《茶疏》"饮时"条有"明窗净几……风日晴和、轻阴微雨、小桥画舫、茂林修竹、课花责鸟、荷亭避暑、小院焚香、酒阑人散……清幽寺观、名泉怪石"等二十四宜。又"茶所"条记:"小斋之外,别置茶寮。高燥明爽,勿令闭塞。壁边列置两炉,炉以小雪洞覆之,止开一面,用省灰尘腾散。寮前置一几,以顿茶注、茶盂,为临时供具。别置一几,以顿他器……"

这里提到了茶寮,就是专供茶事活动的固定场所。茶寮的发明,是明代茶人的一大贡献。屠隆《茶笺》"茶寮"条记:"构一斗室,相傍书斋,内设茶具,收一童子专主茶设,以供长日清谈,寒宵兀坐。幽人首务,不可少废者。"张谦德《茶经》中也有"茶寮中当别贮净炭听用""茶炉用铜铸，如古鼎形"等语。

但是，正如《煎茶七类》开篇所说，品茶一事，第一条要看人。"煎茶虽微清小雅，然要须其人与茶品相得。"人品与茶品相得，则是乐事、韵事，反之，用《红楼梦》里的一句话，"也没这些茶糟蹋！"

且慢骄傲，冷水在此

中国人爱茶，习惯于茶在日常生活中的存在，骄傲于茶历史的源远流长，茶文化的博大精深。但是茶香浮动水汽缭绕之中，有一些基本常识，也变得影影绰绰。

比如：世界上产茶最多的是哪一个国家？不假思索：当然是中国！对吗？不对。是印度，其次才是中国。怎么会这样？中国是以绿茶为主，绿茶产量占总产量的70%，但是世界上的主流是红茶，每年消费的红茶约占消费总额的75%。其中主要是红碎茶，而且大多制成袋泡茶形式，冲饮方便，便于加奶加糖，一向受欧美欢迎。与此相应的就是红茶产量约占总产量的75%，绿茶约占22%，乌龙茶等其他茶类约占3%。主产红茶的国家有印度、斯里兰卡、肯尼亚等国，主产绿茶的有中国、日本、越南等国。口之于味，并不总是"有同嗜焉",这就难怪印度坐了茶产量的头把交椅。真是兜头一瓢冷水!

出口茶叶最多的国家呢? 2002年的座次是:斯里兰卡(29万吨)、肯尼亚(27万吨)、中国(25万吨)和印度(20万吨)……斯里兰卡这样一个面积和中国台湾差不多的小岛,茶叶出口量居然世界第一,居然超过中国4万吨! 都是红茶惹的祸! 可是要想出这口气,除非让全体国人不喝绿茶、乌龙茶,统统改喝红茶。想象每天醒来一杯袋泡红茶,还加奶加糖,唉,还是算了吧。顺便提一下,亚洲的茶叶产量约占世界茶叶产量的80%,总算地区优势无可争议。

再问一个问题:人均消费,中国人该领先了吧? 对呀,印度、斯里兰卡的红茶产得多出口也多,自己喝的不见得比我们多,人均消费又不管是红是绿,我们应该胜出的吧? 可惜,若以消费总量论,中国是相当惊人的,但人均消费则不但不领先,还落后。人均消费环球并不"同此凉热",爱尔兰、英国、土耳其、伊拉克等国,人均年消费量超过2千克。世界人均消费为0.6千克,中国人均消费约0.3千克,也就是一年才半斤多,才达到世界人均的一半。

出乎意料吧? 又是一瓢冷水! 其实想都想得到,中国人这么多,喝茶的人多,不喝茶的人更多,你一天七碗茶,架不住有人这辈子不知道茶为何物。发展茶业、推广茶饮，或者说，振兴经济，让大多数人喝得起茶，中国人还有很多事要做，还有很长的路要走。

说起红茶、绿茶，想起一件事。那日看茶书，突然发现，"祁红"可以对"屯绿"，祁不作"祁门"解，祁祈同音，在这里将之曲解作"祈求"，屯也不作本来"屯溪"解释，而是"屯兵"的"屯"，也挪用为动词，呵呵，天生一对呢。当然，这是个小小的文字游戏，只是为了消除看了上面文字带来的郁闷。还不能解，就沏一壶茶，浇浇胸中块垒吧。

真香无敌

写"茶可道",纯粹出于爱好,不自量力,一路捉襟见肘、以一知当十用,居然被一些读者误当成有学问的人,令我暗呼惭愧。有的还以为我是男性,大概还想成一手托着茶壶、另一手执扇子的老茶客模样?好笑之余,有些惊诧,难道在许多人的潜意识中,茗饮之乐还是主要属于男人吗?其实须臾离不开茶的我,从来是个女子啊——这话没有语病,岂不闻有人生为男子却愿做女子,长大之后再做手术改变性别的吗?

作为一个女子享受着茶的美妙,作为一个女子多年领受茶的恩惠。而且,女性享用茶的途径,比男人更多呢。

好像也就是这一两年,我的生活里,到处都有了茶的踪迹。浴室里,云都温泉的清茶沐浴露、美加净的绿茶牙膏

(当时就是因为"绿茶"两字才买了这个多年不用的牌子）；梳妆台上，伊丽莎白·雅顿的绿茶系列的瓶瓶罐罐，光看那颜色（当然是茶的颜色啦），就让人赏心悦目，是那种天然的既朴素又雅致的美，用完也有点舍不得丢掉。厨房冰箱里有抹茶蛋糕和起司蛋糕（起司可以译作奶酪，想到茶叶曾有"酪奴"的贬称，现在一样尊贵地放在一个盒子里，算众生平等了，哈哈）、抹茶粉（喝咖啡、做点心的时候用）。进了书房，心想这下子除了桌上日式茶壶里的，应该没有茶了，不经意地一看书架上，赫然一瓶宝格丽绿茶香水。哈哈，还是摆脱不了茶干系、茶纠葛。这个品牌其实是以珠宝著称的，但是它的香水很有创意，选定了茶为主题，年年推出新款，绿茶、黑茶、蓝茶、白茶到黄茶，茶香不绝，从锡兰茶到印度茶到日本茶，又充满了异域风情。

　　时尚杂志上介绍，用袋泡茶包浸湿后敷在眼睛上，可以去除用眼疲劳导致的黑眼圈、眼睛干涩等。试过一两次，确实挺舒服，但是闭着眼睛休息15分钟，本来眼睛疲劳也会有所改善，茶叶到底有多少作用实在难说。那么短的时间，茶的功用更多的是在心理上起作用吧？

　　也听说过茶树精油按摩或者做SPA的，在店里嗅过一种茶树精油，不喜欢。为了效果，好像浓缩得厉害，或者是添加了太多香精，总之茶香倒是茶香，但夸张得有点"化学"，完全失去天然的那种清纯。出于对茶的感情，我不能接受。

在日本留学时，曾经参加过短期的茶道学习班，学了一些皮毛，而且大多忘了。当时有一个体会，就像一句名言所说的：艺术就是没用的东西。按照与"道"绝缘者的看法，茶道云云，不是故弄玄虚小题大做，就是繁文缛节浪费时间。其实茶道的"和敬清寂"，真是妙不可言兼深不可测呢。我们所处的时代是讲生存而不是谈艺术的时代，多数男性一旦不热衷仕途经济，不渴望出人头地，便会有一种为世所弃的感觉，他们无法静下心来，享受茶道之类艺术的精髓；但是女性，容易接受那种宁静和忘我的要求，在细致、复杂、深奥中抛却尘世纷扰，找到日常通向艺术和美的小径。

茶香细细，但真香无敌。

茶洗葫芦茶洗钱

茶之为用，可谓多矣。可饮，可药，可用，可食（制作各种菜肴、点心，通称茶馔）……泡过的茶叶晒干了，还可做枕头，可做冰箱除味剂。

但是茶还曾经有过一些奇特的用途，不但今天恐怕无人仿效，而且听听都匪夷所思。

1983年4月20日的《联合报》上，有唐鲁孙写的《盘鸽子，养蝈蝈》一文，其中写道："冬天养蝈蝈，能揣着蝈蝈葫芦，照样外出办事毫无妨碍才算个中能手。葫芦里面天天清洗一次，同时还要用淡淡的龙井茶洗涮一番，然后晒干或烤干，让蝈蝈进驻。"居然用龙井茶洗蝈蝈葫芦！我当时读了，先是瞠目结舌，然后，作为一个深爱龙井不爱蝈蝈的人，出离愤怒，这也太暴殄天物了！不知道那些爱虫爱得迷了本性的人，会不会计较那龙井是否出自梅家坞？真正岂有此理。

古代，茶叶也有奇怪的用途。唐代诗人杜牧写有《题茶山》等多首与茶有关的诗，其中"舣船一棹百分空，十岁青春不负公。今日鬓丝禅榻畔，茶烟轻飏落花风"一诗（《题禅院》），一向为人称道。而在他的《上李太尉论江贼书》中，我们可以读到一些有趣的记载。当时长江水系出没着一些强盗，专门抢劫江河中的商旅，偶尔也上岸抢劫市镇，故称"江贼"。这些江贼所抢的并不是茶，但是销赃方式却和茶有关。杜牧写道，他们将抢来的"异色财物，尽将南渡，入山博茶"，就是把赃物带进山里去换茶。杜牧解释了江贼这样做的原因——"盖以异色财物不敢货于城市，唯有茶山可以销受"。那些赃物太引人注目了，江贼不敢在城市里出手，只有在茶山可以找到出路。

为什么会这样呢？"盖以茶熟之际，四远商人，皆将锦绣缯缬、金钗银钏，入山交易，妇人稚子，尽衣华服，吏见不问，人见不惊，是以贼徒得异色财物，亦来其间，便有店肆为其囊橐，得茶之后，出为平人。"原来是唐代茶区贸易繁荣，江贼得以浑水摸鱼，将赃物换成茶叶，出山时俨然是平常人了。

这和今天的洗钱很接近，黑的钱进去，干净地出来。用茶洗钱，大概是茶最"边缘化"的用途了吧。今天没有听说还有类似的做法，但是，如果用上万元的极品茶、冠军茶"孝敬""进贡"，或者用一点点茶作门面，搭配上价值不菲的其他礼品一齐送给身居要职者，却不知该算什么？偷书的叫作雅贼，以茶谋好处的可不可以叫作雅贿？

香·味·韵

威廉·乌克斯在《茶叶全书》中写道:"婺源茶……稍呈灰色,有特殊的樱草香气。"这话让我想到了茶叶的香。

茶叶的香气,成分复杂,化合物种类有几百种之多,严格按照科学确切说起来不但复杂而且乏味——决定清香的是:反-2-己烯醛、反-3-己烯醇等,带来鲜爽香的则是:顺-3-乙酸己烯酯、顺-3-己烯醇、芳樟醇等,带来果味香的则是:苯甲醇、香叶醛、苯甲醛等。而所谓的青草气和粗青气,是因为含有正己醛、异戊醇、烯、顺-3-己烯醇等,绿茶"陈了"的陈味不过是顺-2-戊烯醇等成分在作怪。

听上去,像不像在上化学课?那么让我们说回中国话,看看容易接受的表达吧。

一般说来，有青草气或烟焦气都是加工失败的证据，好茶都是芳香扑鼻的，但是香和香不一样。笼统地说，绿茶会有清香或者板栗香（有的说成熟栗子香，其实多余，栗子当然是熟了才香。而每年冬天，街上浮动的糖炒栗子香，可以当成闻不到新茶香的补偿），红茶往往有苹果香或柑橘香。如果说不同香型是香气物质玩的组合游戏，那么不得不承认，这个游戏玩得变化无穷、出神入化。碧螺春清香中时有淡淡花果香，铁观音有兰花香或者乳香，黄金桂有桂花香，传统的冻顶乌龙略带焦糖香，白毫乌龙有蜜糖香和果香，普洱茶经过多年陈放会有桂圆香，古劳青茶有火香味，碧芽（产于临沂山区）有豌豆香，安溪色种中的梅占居然有线香香气（比较另类），祁门红茶则以独家拥有"祁门香"而驰名海外。

说到海外，中国人总觉得日本的蒸青茶有生腥气，日本人倒是认为中国绿茶有釜炒香，这种釜炒香，大概介于板栗香与火香味之间吧？

个人品茶经历中最难忘的，是有一次喝了别人送给家父的乌龙茶，竟有奶油香，就是弥漫于西饼店的那种浓郁芳香，然后茶味、回甘、喉韵依次绽放，令人叫绝。那种乌龙茶的袋子上写着"飘香"二字，其余一概不知，从此"云深不知处"了！后来到处查找，没有看到乌龙茶有奶油香的记载。

至于茶的味道，是由甜、酸、苦、鲜、涩诸味综合而成。多种氨基酸是鲜味的主要成分，酚性物特别是其中的儿茶素是涩味的来源，可溶性糖和部分氨基酸带来甜味，苦味物质主要是嘌呤碱，特别是其中的咖啡碱、花青素等，酸味物质主要是有机酸。这些成分的多少，彼此之间的比例关系，决定了茶汤的滋味。对于绿茶来说，决定茶味的是酚氨比——茶多酚和氨基酸的比例，比例恰当，则鲜爽醇厚。

当然，茶文化之所以成为一门学问，绝不会是一些化学成分、几组数据可以涵盖的。这里面人的因素也是至关重要的。像刘姥姥那样对着妙玉用旧年蠲的雨水烹制的老君眉，却嫌"就是淡些，再熬浓些更好了"，与清代茶人陆次云（应该算和刘姥姥同时代的人）品龙井的一番话两相对照，便知此言之不谬。陆次云说："龙井茶，真者甘香而不冽，啜之淡然，似乎无味，饮过后，觉有一种太和之气，弥沦乎齿颊之间，此无味之味，乃至味也。"关于龙井茶，关于茶味，这番话真是令人击节，尤其"太和之气"四字，亏他从哪里想来！虽然只能意会，但却妙不可言。

茶之香，茶之味，已经玄妙无穷，引人入胜了，但是就像好风景不会止于山水，山水尽处，还可以坐看云起，香、味过后，还有茶之韵。上好的武夷岩茶有"岩韵"，而铁观音的华彩表现在于它的"喉韵"，而且拥有一个不同凡响的专有名词，叫作——观音韵。

小娘子，叶底花

那日读到一首民歌时，不由得独自笑了起来。这首民歌在陆游的《老学庵笔记》里记录着："辰、沅、靖州蛮有……醉则男女聚而踏歌。其歌有曰：小娘子，叶底花，无事出来吃盏茶。"

我笑，是因为民歌很有趣，还因为想起在日本关西旅行时，导游是个漂亮的女性，途中被问到是否结婚了，她回答说结了。几个男同胞酸溜溜地追问当初那个幸运的家伙是如何开始第一步的，她笑着，故意用浓重的关西口音，模仿男人的粗嗓门说："姐儿，去喝杯茶？"

原来，不一样的民间，一样的借茶传情。只是咱们的"小娘子，叶底花"，将待嫁的少女，形容成藏在叶底的花，羞容半掩，分外动人。若设她同意出来约会，就如同拨开叶子,露出鲜花的真容,该是何等美艳动人,这样的约会确实令人向往。这样的开头,有些接近《诗经》的"比、兴"手法,但是即便全不理会这些,听上去也赏心悦耳。这样的邀请,何等巧妙,何等妩媚,胜过日本多矣。

无事出来吃盏茶,男人可以这样邀请女子,女子也可以"以茶的名义"采取主动。郑板桥有一首《竹枝词》正是如此:"溢江江口是奴家,郎若闲时来吃茶。黄土筑墙茅盖屋,门前一树紫荆花。"这位大胆率真的女孩子,不但邀请看上了眼的帅哥,而且留下了家庭地址,可能因为没有门牌号,所以详细告诉了对方自己家的特征。

郑板桥一生除了爱竹,就是爱茶,安于"对芳兰,啜苦茗"的清贫,向往"茅屋一间,新篁数竿……一盏雨前茶,一方端砚石,一张宣州纸,几笔折枝花"的生活,对联名句"楚尾吴头,一片青山入座;淮南江北,半潭秋水烹茶"及"墨兰数枝宣德纸,苦茗一杯成化窑""汲来江水烹新茗,买尽青山当画屏"等,里面都有茶的踪迹。除了上面这首《竹枝词》,他的一首"不风不雨正晴和,翠竹亭亭好节柯。最爱晚凉佳客至,一壶新茗泡松萝",更是极写对茶的珍视。他在《扬州杂记》中还记下了自己因茶结良缘的韵事:某日,郑板桥到扬州城郊游玩,进一户人家赏杏花,里面有个老妇人,"捧茶一瓯",请他到茅亭小坐,郑板桥喝着茶,看到壁间所贴,都是自己的诗词。得知来人正是郑板桥之后,老太太惊喜地叫女儿出来相见,这家的姑娘打扮得楚楚动人地出来,请求郑板桥手书他的作品《道情》十首,郑板桥书毕,又写了一首词,流露了爱慕之意,老太太便说:听说您丧偶,何不娶了我家丫头,她挺不错,又爱慕您的才华。于是就以刚写就的一阕词订下了婚约。几年后,这家姑娘经受了穷困和利诱的考验,郑板桥也考取进士,终于和这个姑娘结为连理。当初的那盏村野之茶,竟吃出了一往情深的选择,品出了悲欢离合的人生况味,实在颇有戏剧性。

　　吃茶,吃茶,一杯茶在手,清香袅袅,真味无穷,多少话可以慢慢道来,多少情意可以缓缓表白。如此品茶,难免小儿女之意不在茶,在乎你侬我侬的感情交流,和禅宗的机锋语"吃茶去"的境界当然迥异,但是各有各的真趣。况且爱情也是千百年来参不透的禅呢。

　　有情也好,无情也罢,吃茶去!

吃茶,真的吃?

"吃茶去"也好,或者"无事出来吃盏茶",所谓的"吃",都不是吃,而是饮的意思。这一点,吴语地区的人自然能够理解,平日就常说"泡壶茶吃吃",翻译成普通话应该是"泡壶茶喝喝",若用文言,大约是"且饮一盏茶"吧。其他地方的人就不说"吃茶",他们说"喝茶",或者"饮茶"。

但是,茶确实是可以吃的,有的人习惯将茶的叶底也咀嚼后咽下,还有一些地区本来就是将茶叶捣成碎末煮饮,这都是真的把茶叶吃了。此外,吃茶还有一个广阔的天地,那就是茶馔。

茶馔,顾名思义,就是以茶入馔。早在东晋时期,就出现了用茶煮食的"茗粥""茗菜"的记载,这可能是茶馔的最早雏形。到了明清，随着茶业的兴旺，江南等几处产茶区出现了一些以茶入馔的名菜，流传至今的有浙江的龙井虾仁、四川的樟茶鸭子、广东的茶香鸡等，对了，还有我们熟视无睹的茶叶蛋。

　　曾经读过许堂仁编著的《茶馔之美》（一、二），那些菜谱真是美不胜收，叫人大开眼界，信手抄录几个，用绿茶的有：绿茶菠萝虾，绿茶煎鲍鱼，绿茶镶蟹斗，绿茶沙拉虾，绿茶凉面，绿茶蛋挞，龙井椒盐蟹，龙井虾仁，龙井盐酥虾，龙井凉拌干丝，碧螺春炒鱼米，碧螺春炒鸡丝，碧螺春百花虾，碧螺春蒸明虾……用乌龙茶的有：乌龙烧子排，乌龙番茄烧肉，乌龙熏鸡，乌龙熏白鲳，乌龙松子熏肉，乌龙茶香百叶糕，乌龙茶果冻，包种茶油炒双腰，包种炒鱼片，包种蒸石斑，包种白云豆腐，包种清茶蛤蜊汤，包种干贝银丝羹，包种茶鹅，金萱炸三蔬，冻顶黑椒牛柳，冻顶砂锅鲑鱼头，铁观音烧鲜蚝，铁观音熏素鹅，铁观音炖子鸡，铁观音栗子排骨汤，白毫（乌龙）猴头扣肉，白毫乌龙烤青蟹，白毫牛腩……红茶有：红茶煎腓力，红茶银鱼，红茶奶黄包，葡萄柚红茶冻等，普洱茶也有普洱煨牛腩，普洱炖排骨等。配上诱人的图片，真叫人食指大动，把持不住。

　　制作茶馔有一些基本原则，如菜与茶注意搭配：鸡肉、海鲜宜用龙井、碧螺春之类的绿茶，猪肉、牛肉宜用乌龙茶，部分肉类和糕点则宜用红茶，炖排骨，则可以用普洱茶，还有就是清淡为主，少放油，少放盐，不放味精。

除了这些，还有茶糖果、茶饼干、茶瓜子等休闲食品，干的也都是吃茶的勾当。

那天在一家茶艺馆吃了一桌茶膳，每道菜无一不茶，吃过了，回家酽酽地喝了几道茶消食，最后睡觉时发现连枕头都是茶叶芯子的，突然怀疑自己对茶有点过分：吃它，喝它，还拿它来枕着睡，以爱的名义，就可以这样死缠烂打，无所不用其极吗？

如今到处乱定亲

有一次到茶庄买茶,因为要送朋友,所以要装盒子。茶庄主人热心地拿出各种各样的茶盒让我挑,我看上面都写着"茶礼"二字,就笑了起来,问有没有其他的,比如只写"茶"或者什么都不写的?店主说没有,而且对我的挑剔表示不解。那些茶盒都很精美,问题出在"茶礼"二字上。在今人的眼中,这大概是以茶作礼品的意思,但是在我们的先人那里,茶礼的意思非常明确,那就是聘礼。男方下聘,不论聘礼里有没有茶,都叫"下茶""茶定",女方接受了茶礼,就叫"吃茶""受茶",就算定了这门亲事,所谓"吃了谁家的茶就是谁家的人"。

至少从宋代起,下茶定亲就成为习俗。聘礼中大多真的有茶,"丰富之家,以珠翠、首饰、金器、销金裙褶及缎匹、茶饼,加以双羊牵送"(吴自牧《梦粱录》)。为何如此,明人郎瑛《七修类稿》中解释得颇清楚:"种茶下子,不可移植,移植则不复生也,故女子受聘,谓之吃茶。又聘以茶为礼者,见其从一之义。"寄寓着从一而终、白头到老和必定有子之意。正因为如此,不但定亲时要有茶,婚礼上还要喝"和合茶",并向父母长辈敬茶,都是取茶的吉祥之意。

难怪《红楼梦》里黛玉让凤姐取笑了去。第二十五回里,黛玉喝了王熙凤送来的茶叶,说味道好,凤姐答应派人再送一些去,说顺便还有事求黛玉。"黛玉听了,笑道:'你们听听,这是吃了他们家一点子茶叶,就来使唤人了。'凤姐笑道:'你既吃了我们家的茶,怎么还不给我们家做媳妇?'众人听了一齐都笑起来。黛玉红了脸,便回过头去了一声儿不言语。"后来还在凤姐的进一步追问下,"抬身便走"。作为待字闺中的少女,黛玉拿吃茶这件事来开玩笑,本来就不妥,何况遇上的是精明过人、伶牙俐齿的凤姐,岂会放过这个反唇相讥的绝好把柄。想开别人玩笑,反而被人家开了玩笑,又说中了心事,当着众人和宝玉的面,黛玉岂能不羞涩、尴尬?

以茶为聘礼,确实是又清雅,又祥和。还是《红楼梦》,尤三姐和柳湘莲定终身时,柳湘莲以祖传的宝剑相赠为定,比较另类。不是正常的茶礼也就罢了，哪怕是个玉佩扇坠呢，用这一刀两断的凶器！到头来，两个人没缘做夫妻不说，那宝剑还抹在三姐的颈上，害了一条青春性命，也割断了柳湘莲对尘世的留恋。

若拘泥这样的古礼，我们如今真是乱了套了。不但到处乱吃茶，乱送茶，还个个"水性杨花"，今天这家明天那家，要说吃茶即定亲，那真是天下大乱，道学家非气得脑溢血、心肌梗塞不可。其实，认真追究起来，《茶经》里只是说"植而罕茂"，是古人受栽培水平限制，一般不采用移植而用茶籽播种而已，道学家利用了这一点，把"从一"的贞节观念和茶联系起来。今天的茶多采用扦插、压条、分株等法繁殖，"移植则不复生"成了笑话，为"人心不古"提供了"强大技术支持"，即使是未婚的男女，也坦然以茶相赠，相邀饮茶，谁会荒谬地想到：这茶关乎终身，吃不得？

吃茶不必紧张，如今城市里也很少有人认真行"下聘"之礼，但还是希望保留"茶礼"这个美好的专有名词，还是希望美好的姻缘里有茶。开门七件事，柴米油盐酱醋茶，若是去掉了茶，还剩下什么？那样的生活，怎一个愁字了得？

何处天下第一泉

到过一些有泉水的风景名胜，山石峭壁或石碑之上，少不了刻着"天下第×泉"的大字。看过知道是得到皇上或者名流的赏识抬举的，但是那个座次却一个也不曾记住。这种座次，和现在的许多名牌产品一样，既缺少统一科学的衡量标准，又夹杂着过多一时一地的贪念私心，哪里当得了真？前人姑妄刻之，后人姑妄看之，也就是了。

但是后来发现，这种争天下第几的风气由来已久，而且病症沉重，几乎可以成为国民劣根性的一个证明。不说别的，单说如雷贯耳、斩钉截铁的"天下第一泉"，就有好几个。

乾隆皇帝用小银斗"精量各地山泉"，排列优次，结果将京师玉泉排作第一，还写了《玉泉山天下第一泉记》。这是钦定的天下第一泉。唐代张又新的《煎茶水记》中有别人转述的茶圣陆羽的排名,"庐山康王谷水帘水,第一",这就是庐山的谷帘泉,那里的牌坊上,横刻着"天下第一泉"——这是专家鉴定、权威推荐的天下第一泉。另外,唐代刑部侍郎刘伯刍的品水清单中也有自己的天下第一泉,那就是扬子江南零水(也叫中泠泉)。这个天下第一泉,因为是在长江中心深险之处的水下涌泉,所以没有石刻匾额之类,说来好笑,直到清代后期,金山逐渐与陆地连在一起,这个天下第一泉才靠了岸,在山下建了石栏亭楼。

还有一个含含糊糊、似是而非的天下第一泉,就是济南的趵突泉。泉旁石碑上赫然是"第一泉",因此也有天下第一泉的说法。其实趵突泉是济南七十二泉之冠,济南第一泉,只说"第一泉",是一种用心良苦的误导,你如果得出天下第一的结论,那是你自己的事情。

且不说同一个人能否看尽、品尽全中国所有的泉水、江水、河水、井水,也不说人的味觉、口感在不同年龄、不同健康状况下会不会变化,单说环境污染,就可以使多少名泉成为臭泉,名节不保;何况地理气候变化,又有多少名泉淤塞干涸,空留好名。那种一旦评定,千百年不变的排名,只能是自娱、愚人的把戏。

水质对于品茶，可以说性命攸关，所以对于水质的品赏争论，虽则繁琐，却不能说无聊。但是所谓好水，无非是清澈甘美，其他诸如"轻""滑""鲜""爽"，直至有点玄妙的"生磊"，都是非常微妙的差别。欧阳修有一句痛快话："水味有美恶而已，欲举天下之水一一而次第之者，妄说也。"——想把天下的水来一一排名次的，全是胡扯。

但是这种等级制的产物总容易让人产生忧郁的联想，田艺蘅在《煮泉小品》中为自己发现的几处泉水鸣不平："……惜未为名流所赏也。泉亦有幸有不幸邪，要之，隐于小山僻野，故不彰耳。"泉水当然有自己的命运，只不过，被名流、权贵赏识就真的是幸吗？只怕是从此红尘滚滚，车马喧扰，难保干净，天下第几泉者，"天真丧尽得浮名"罢了。

只要觅得好水，能沏出自己满意的好茶，就是乐事，何必问虚妄的天下第几？若问到底有没有天下第一泉，也许有。在何处？在心里。除了在干净的心里，哪里有真正的天下第一泉？心泉不清不净，天下再没有干净的水、干净的茶了。

茶与饭

茶，饭，这两个字写下来也觉得可亲，于人固然是极亲近的，但是它们彼此却未必相亲。一般认为，茶与饭是不相容的，就是说，不应该一边吃饭一边喝茶，或者饭后立即喝茶。连中国几千年才出一个的苏东坡，那么洒脱的一个人，对茶的领会又是一等一的透彻，也这样认为。他提出饭后用中下等茶泡的浓茶漱口，可以达到"烦腻既出而脾胃不知"的效果。而且指出"除烦去腻，不可缺茶，然暗中损人不少"。显然，苏东坡也认为如果饭后饮浓茶，会伤及脾胃。无独有偶，《红楼梦》中林黛玉的父母也是这样教育黛玉的，要她每顿饭后一定要过一会儿才能喝茶，才不伤脾胃。偏偏第三回里黛玉进贾府后的第一顿饭，饭后丫鬟们就端上茶来了，先是漱口，然后又端上喝的茶。怯生生的黛玉也只得入乡随俗，接受了饭后的茶。

虽然吃饭时不应该喝茶，但是"不是冤家不聚头"，茶和饭这两个冤家又哪里分得开？古时有"三茶六饭"的俗语，形容茶饭周全、生活富足。《红楼梦》里第六十八回，凤姐大闹宁国府时，声称她给尤二姐的待遇是"三茶六饭、金奴银婢的住在园里"。《金瓶梅》第十二回也说"照顾你一个钱，也是养身父母，休说一日三茶六饭儿扶持着"。广东话里至今有"三茶两饭"的说法，泛指日常饮食、一日三餐。三茶两饭，比起三茶六饭来，饭少了四顿，茶却不曾减，是不是暗示茶惊人的重要性？却也有趣。

粗茶淡饭，应该是"三茶六饭"的贵族生活的反面了，但是因为好歹有一杯茶，仍然带着质朴、自尊的美感。至于"茶饭无心"，则是说人心绪不宁，和"坐卧不定"程度相仿，说的还是茶和饭，而不是饭和菜，也不是酒和饭，或者饭和水果。

日本人爱吃茶泡饭，日文叫"茶渍"，以日式泡菜（日文写作"渍物"）和黄萝卜干（日文写作"泽庵"）配着吃，怎么说呢？虽然讨厌一个人，但是想不出更贴切的说法，只好引用他的原话——"很有清淡而甘香的风味"（周作人语）。

这是周作人那篇著名的《喝茶》里的文字，那"喝茶当于瓦屋纸窗之下，清泉绿茶，用素雅的陶瓷茶具，同二三人共饮，得半日之闲，可抵十年的尘梦"的名言就是出自这篇文章。这几句话本是妙论，但是就在这篇文章的最后，他讨论了日本茶泡饭之后，笔锋一转，这样写道："中国人未尝不这样吃，唯其原因，非由穷困即为节省，殆少有故意往清茶淡饭中寻其固有之味者，此所以为可惜也。"这个结论武断而讨嫌。

我每年夏天就常吃茶泡饭，而且是用铁观音泡的茶汁来泡饭吃。我不是为了节省，也无意于故作风雅，我这样做的原因很简单：每年痊夏，只有茶泡饭容易吃得下去。虽然知道这样不利于消化吸收，也可能伤及肠胃，但是总比什么都不吃强一点，所以每年夏天照例要吃茶泡饭。

就是周先生所惋惜的，也未必全是事实。听说过"好看不过素打扮，好吃不过茶泡饭"的俗话，很中国很本土的说法，虽则毫不高雅婉约，但是表达的不正是"故意往清茶淡饭中寻其固有之味"的审美追求吗？这两句放在一起，话已经说得很明白了：素打扮，不是因为穿不起鲜艳的衣服，而是觉得这样好看；茶泡饭，也不是因为吃不起丰盛饭菜，而是觉得这样好吃。

也真是没骨头,外加眼皮子浅,不就是一碗茶泡饭吗,也是人家吃得有道理,我们吃得没道理,真是岂有此理。

何物茶粥？

所谓柴米油盐酱醋茶，所谓三茶六饭，茶和米经常相伴出现，这种关系密切到一定程度，终于由一个名词把它们融为一体了：茗粥。又叫茶粥。

唐代起就有"茗粥"的说法，"淹留膳茶粥，共我饭蕨薇"（储光羲《吃茗粥作》），"茶，古不闻食之，近晋、宋以降，吴人采其叶煮，是为茗粥"（杨晔《膳夫经手录》）。《北堂书钞》则记载："闻南市有蜀妪，作茶粥卖之。廉事打破其器物，使无为，卖饼于市而禁茶粥，以困老妪，独何哉？"

看似很明确，其实不然。采了叶煮，煮完之后呢？是饮其汁还是连汁带叶吃？里面有米吗？如果没有，为什么叫"粥"？是否还添加其他作料？有人卖茶粥，是作为主食还是点心还是像今天这样的饮料？

有人认为，茶粥有两种意思，一是"煮制的浓茶，因其表面凝结成一层似粥膜样的薄膜而称之为'茶粥'"，二是以茶汁煮成的粥（李震编著《茶之道》，中国商业出版2004年1月版）。第一种解释基本上认为茶粥就是浓茶，而第二种在现代人看来比较容易接受。汪曾祺就倾向于第二种解释，这位文体高手在一篇并不著名的散文《寻常茶话》中写道："日本有茶粥。《俳人的食物》说俳人小聚，食物极简单，但唯'茶粥'一品，万不可少。茶粥是啥样的呢？我曾用粗茶叶煎汁，加大米熬粥，自以为这便是'茶粥'了。有一阵子，我每天早起喝我所发明的茶粥，自以为很好喝。"我几乎就相信这个解释了。

但是，就在2005年6月1日的《人民日报·海外版》，我看到了第三个说法，在鲁峰的《唐朝人怎样喝茶》一文中，有这样的话："所谓'吃茶'是将茶与葱、姜、枣、橘皮、茱萸、薄荷等熬成粥吃，在唐代已经非常流行。"莫非，这才是茶粥的真义？

古人喝茶和我们今天是不同的。那时还很少散茶，也不是清饮。历史学家徐连达所著《唐朝文化史》，也指出唐人煮茶不用清水冲泡，而是多用姜、盐拌和煎煮，还有加酥椒之类的。日本的冈仓天心在《说茶》一书中，也用惊讶的口吻记录了中国的这种饮茶方法："把蒸好的茶叶放在臼中碾碎，之后制成团子（团茶），和米、姜、盐、橘皮、香料、牛奶一起煮，有时还有洋葱！"虽然配方不尽相同（估计是随各地原料、各地人口味而异，对于茗粥而言，最重要的区别是有的有米，有的没有米），但内容都非常丰富，远远超过今天的三泡台、擂茶之类。这样的丰富内容，不论有没有米，称之为"粥"都是毫不勉强的。换言之，那样的茶，离我们现在理解的透明清澈的液体琥珀相距很远。唐代的茗粥，应该是这种加了许多香料、调料的"茶杂煮"。是滤去渣滓饮其汁，还是连渣食用，则不得而知。

到了宋代，用盐煮茶遭到抛弃，后来用姜也少了，渐渐趋向于清饮。苏东坡《东坡志林》中说："近世有用此二物（指盐和姜）者，辄大笑之。"他的弟弟苏辙在《和子瞻煎茶》中也讥讽道："北方茗饮无不有，盐酪椒姜夸满口。"既然如此，苏东坡《绝句》之二"偶为老僧煎茗粥，自携修绠汲清泉"，这里的茗粥，应该不是唐代那样内容复杂，看上去像粥的东西了，而就是清茶。

本来，茶的含义、茶的饮法就是随时代推移而不断变化，古人要如何对待茶、料理茶是他们的自由。明白了历史上的茗粥是什么，并不妨碍今人各行其是煮茶粥，或创制各色新茶粥谱，大不了自食其"粥"，打什么紧？

二娘子家书

在茶史上,有一封信的意义非同小可,写它的人根本无意于青史留名,但是这封平平常常的信确实留了下来,而且为后人提供了茶文化发展的重要佐证,因此不可不提。

这就是《二娘子家书》。这当然是后人给它的命名,书信本来没有题目,何况是寻常家书。这封信,是唐代天宝元年(742),当时一位无名氏女子,给远方的亲人写的家书。其中有这样的内容:"……至今年闰三月七日平善,与天使司空一行到东京,目下并得安乐,不用远忧。今则节届炎毒,更望阿孃、彼中骨肉,各好将息,勤为茶饭……"

后面的两句叮嘱,虽然亲情殷殷,但总是人之常情。但是这封平常家书,因为出现了一个字,便在历代专家学者眼中就非比寻常地熠熠生辉起来,这个字,就是"茶"。

今天的茶固然声名赫赫了，可是茶的身世来历却颇为曲折。起初，茶叶并不叫作"茶"，称呼五花八门，《尔雅》《晏子春秋》《尚书》等经典各自为政，把它叫作：荼，槚，蔎，茗，荈……茶不但没有被冠名为"茶"，甚至连"茶"字都还没有，只有"荼"字。

记得有部老电影《瞧这一家子》，里面陈佩斯扮演的活宝说了一句"大刀阔斧、如火如荼的生活"，引来了影院里的一阵爆笑。那个活宝是个青工，而且是"文革"刚过去的荒芜年代，把如火如荼读成如火如"茶"，当然是暴露他胸无点墨。但是如果是现在，如果是个老先生这样读，就可能是故作高深显示学问了。在历史上，这两个字长期的你中有我，我中有你，拉拉扯扯，千丝万缕。

起初，荼就是荼，是一种野菜，和茶没有关系。后来茶从西南地区传入中原，因为味道也是苦的，而且当时是煮了当菜吃，所以就借了"荼"字来命名。这大概是战国后期。此后，"荼"字一直身兼二职，既指野菜，又是茶叶。"茶"字的出现是先有发音，后有字。6世纪初南朝梁，有将荼读为茶的，但还没有把荼中间的那一笔减去，改为"茶"字。这就是所谓"陆颜诸人虽已转入茶音，而未敢辄易字文也"（《邛州先茶记》）。"茶"字萌芽于汉代，确定于唐代，但唐初仍没有完全代替"荼"字。在"茶"字兴起、"荼"字废退的历史进程中，一般认为陆羽起了关键作用，在他的《茶经》中，看不到一个"荼"字，通通写作了"茶"，而且后人正是从《茶经注》中获知，成书于公元735年的《开元文字音义》中已经收录了"茶"字。但是，绝不能据此将功劳记在陆羽一个人身上。

这就要说回《二娘子家书》了。这封信写于天宝元年，当时生于733年的茶圣陆羽才九岁，可是这位二娘子已经潇洒自如地减去了那多余一笔，也减去了那漫长的苦味（荼本义是苦菜），写出了那个清爽甘甜的"茶"字。那真是值得用朱砂圈点、绿纱笼罩的一个字！就是因为这个字，这封家书载入了史册，成了中国茶文化史上的瑰宝。

虽然二娘子们和陆羽这样领风气之先，但是"荼"字并没有很快退出历史舞台，据顾炎武在《唐韵正》中考证，大历十四年（779）、贞元十四年（798）的碑刻中，仍有以荼代茶现象。直到会昌元年（841），柳公权书玄秘塔等碑文，才减去一画，写作"茶"字。中唐之后，音、形、义都明确的"茶"字才真正问世并流传至今。

陆羽已然被封了茶圣，可惜无法知晓二娘子姓甚名谁，更不知道芳家何处，否则真应该以清泉香茗祭奠一番呢。

千古清逸《苦笋帖》

终是读书少的罪过，很长时间里，说到怀素，我的第一反应就是：草书。另外就是，名字真好听。再无别事。怀素确实是以草书闻名的，特别是狂草，"少年上人号怀素，草书天下称独步"。这是李白对他的赞美——这才知道他是僧，怀素，不是名字，是法号；与张旭并称"颠张醉素"，这是世人对他的评价。那字，没见过，见了也不懂得，想必自然是好的了。

初见面，我并不知道它是《苦笋帖》，我只是那样懵懂地蓦然相对。是狂草，但不见张狂诡异，而是一片清逸，浑然天成。这就是那著名的十四个字了："苦笋及茗异常佳，乃可径来，怀素上。"是怀素！大惊失色地回家，心头撞鹿而装作若无其事地翻查怀素的生平。怀素，唐代僧人。生于725年,卒于785年。字藏真,湖南永州零陵人。他俗姓钱,自幼出了家。据陆羽在《僧怀素传》中的描写,怀素是一位性情中人:"怀素疏放,不拘细行。万缘皆缪,心自得之。于是饮酒以养性,草书以畅志。时酒酣兴发,遇寺壁、里墙、衣裳、器皿,靡不书之。贫,无纸可书,尝于故里种芭蕉万余株,以供挥洒。书不足,乃漆一盘书之,又漆一方板,书至再三,盘板皆穿。"

怀素不但这样闭门苦练,而且远游拜师切磋。他在京城长安见到了大书法家张旭、颜真卿、邬彤等人,获益良多,形成了自己的风格,并奠定了他在书法史上的地位,到今天姓名不灭。像我原先那样,听到怀素就想到草书,作为书法家的怀素可能不以为忤,反而哈哈大笑呢。

《苦笋帖》是一封信。历来都解释为怀素向人要茶,可起初我有点疑惑,这怎么听着像是请人家来分享苦笋和茶呢? 如果是要人家送来,怎么会说"异常佳"? 闲谈之间,有几位作家也这样看。但是后来揣摩之后,认定还是向人家要茶。大概此前对方来过信,说手头有苦笋和茶,不知道你需不需要,找个时间给你送来。怀素的回信干脆得没有一句废话,甚至没有一个废字——苦笋和茶? 太好了!你快送来吧。怀素。(为了表示敬意,我也只用十四个字来译成白话。)

《苦笋帖》之所以是稀世瑰宝,有三个原因。第一,它是书法珍品,虽然幅短字少(长25.1厘米,宽12厘米),但却是怀素最为可靠的真迹,现在藏于上海博物馆。第二,这是现存最早的与茶有关的佛门手札,侧面反映了唐代茶文化和佛教的关系(僧人禅师和文人雅士是推动茶饮之风的两大主力)。第三,这也是茶文化史的无价之宝,它反映了怀素是那么爱茶、懂茶、渴望得到好茶,反映了唐代茶文化的氛围。

那是怎样的氛围呢? 唐人封演写的《封氏闻见记》中说:"开元中,泰山灵岩寺有降魔师,大兴禅教。学禅务于不寐,又不夕食,皆许其饮茶,人自怀挟,到处煮饮,从此转相仿效,遂成风俗。"学禅打坐,需要驱除睡意,茶叶不但可以帮助提神,而且有清心寡欲的助益。而且由于《茶经》流传等,民间也是"茶道大行"。就在怀素身边,也有茶人雅士,大历十才子之一的钱起,是怀素的长辈,有诗为证,《送外甥怀素上人归乡侍奉》—— 他称怀素为外甥。这位钱起的诗中常常飘荡着茶香,其中有一首相当有名,堪称茶诗的佳作 ——"竹下忘言对紫茶,全胜羽客醉流霞。尘心洗尽兴难尽,一树蝉声片影斜。"(《与赵莒茶宴》)因此可见，怀素的修行和交游环境中，茶的氛围十分浓厚。

这样的氛围，这样的人，这样的书法，这难得的几个要素聚到一起。茶香氤氲，茶烟变幻，勃勃的生机在流转，有一件事要发生。终于，某一天，他的一个朋友，要送苦笋和茶给他，怀素一兴奋，千古流传的《苦笋帖》就在他腕底流泻而成。点化这个朋友，促成这种机缘的，是碧绿喷香的新茶，还是看似无情的上苍？

不在茶中在梦中

《黄粱梦》的故事在过去可谓妇孺皆知:有个卢生,在邯郸旅店里遇见一个道士,卢生自叹贫穷,道士借给他一个枕头,让他枕着睡觉。这时店家正煮小米饭。卢生在梦里享尽了一生荣华富贵,一觉醒来,小米饭还没有熟。成语"黄粱美梦""一枕黄粱"就是从这里来的。

这让我想到元代杨维桢的《煮茶梦记》,构思和笔法似与《黄粱梦》有异曲同工之妙,但是境界不同。全文如下:

> 铁龙道人卧石床,移二更,月微明及纸帐,梅影亦及半窗。鹤孤立不鸣。命小芸童汲白莲泉,燃槁湘竹。授以凌霄芽为饮供。道人乃游心太虚,雍雍凉凉,若鸿濛,若皇芒,会天地之未生,适阴阳之若亡,恍兮

不知入梦。遂坐清真银晖之堂，堂上香云帘拂地，中着紫桂榻、绿琼几。看《太初易》一集，集内悉星斗文，焕煜熻熠，金流玉错，莫别爻画，若烟云日月，交丽乎中天，欷玉露凉，月冷如冰，入齿者易刻。因作《太虚吟》，吟曰："道无形兮兆无声，妙无心兮一以贞。百象斯融兮太虚以清。"歌已，光飙起林末，激华氛，郁郁霏霏，绚烂淫艳。乃有扈绿衣若仙子者，从容来谒，云"名淡香，小字绿花"。乃捧太玄杯，酌太清神明之醴以寿，予侑以词曰："心不行，神不行，无为而，万化清。"奉毕，纡徐而退。复令小玉环侍笔牍。遂书歌遗之曰："道可受兮不可传，天无形兮四时以言。妙乎天兮天之先。复何仙？"移间，白云微消，绿衣化烟，月反明于内间，予亦悟矣。遂冥神合玄，月光尚隐隐于梅花间。小芸呼曰："凌霄芽熟矣！"

那位仙女就是茶的化身，淡香，绿花，都是暗示茶叶的特征。等到梦醒时，童子已经将茶烹好了。稚嫩的嗓音喊一声"凌霄芽熟矣！"也非常可喜。虽为道家之言，但是清旷自若，而且结局怡然圆满，从仙境的清淡归于人世的清平。再想想《黄粱梦》的那个道士，不像要点化人，倒像在利用专业技术优势作弄人，或者像不负责任的医生随手开出虎狼药，不像治病倒像催命。忽而荣华富贵，忽而美梦成空，即使不立地成"疯"，这滚滚红尘还有什么眷恋，恐怕是再难立足了。

说到茶与梦，还有一个著名的故事——就是前面提到过的东坡梦泉。参寥子撷新茶、汲新泉，钻火煮泉，招待苏东坡。此情此景，竟是东坡九年前的梦境的再现。感慨之下，苏东坡作了一首《参寥泉铭》，其中有"予晚闻道，梦幻是身。真即是梦，梦即是真"等句。不可思议之人，方有此不可思议之事；不可思议之事，常出自不可思议之人。真可谓人奇梦亦奇了。

梦中有茶，梦清；茶中有梦，茶醇。人生本来如梦，那小小茶瓯中装的，竟是梦中梦了。茶浓茶淡，茶热茶凉，只要没有喝到茶枯心冷，那梦总是不愿醒。

煮茶不论英雄

关于茶与酒的高下,古人早就有探讨,大概也是难以取舍,甚至借了茶和酒的口来各夸己长,攻彼之短,争个不亦乐乎。最早见于唐末王敷的趣文《茶酒论》:

茶乃出来言曰:"诸人莫闹,听说些些。百草之首,万木之花。贵之取蕊,重之摘芽。呼之茗草,号之作茶。贡五侯宅,奉帝王家。时新献入,一世荣华。自然尊贵,何用论夸!"

酒乃出来:"可笑词说!自古至今,茶贱酒贵。单(箪)醪投河,三军告醉。君王饮之,叫呼万岁,群臣饮之,赐卿无畏。和死定生,神明歆气。酒食向人,终无恶意。有酒有令,人(仁)义礼智。自合称尊,何劳比类！"

……

茶为（谓）酒曰："我之茗草，万木之心。或白如玉，或似黄金。名僧大德，幽隐禅林。饮之语话，能去昏沉。供养弥勒，奉献观音。千劫万劫，诸佛相钦。酒能破家散宅，广作邪淫。打却三盏已后，令人只是罪深。"

酒为（谓）茶曰："三文一瓮，何年得富？酒通贵人，公卿所慕。曾道（遣）赵主弹琴，秦王击缶。不可把茶请歌，不可为茶交（教）舞。茶吃只是腰疼，多吃令人患肚。一日打却十杯，腹胀又同衙鼓。若也服之三年，养虾蟆得水病报。"

茶为（谓）酒曰："我三十成名，束带巾栉。蓦海其（骑）江，来朝今（金）室。将到市廛，安排未毕。人来买之，钱财盈溢。言下便得富饶，不在明朝后日。阿你酒能昏乱，吃了多饶啾唧。街中罗织平人，脊上少须十七。"

酒为（谓）茶曰："岂不见古人才子，吟诗尽道：渴来一盏，能生养命。又道：酒是消愁药。又道：酒能养贤。古人糟粕，今乃流传。茶贱三文五碗，酒贱中（盅）半七文。致酒谢坐，礼让周旋。国家音乐，本为酒泉。

终朝吃你茶水,敢动些些管弦!"

茶为(谓)酒曰:"阿你不见道:男儿十四五,莫与酒家亲。君不见猩猩鸟,为酒丧其身。阿你即道:茶吃发病,酒吃养贤。即见道有酒黄酒病,不见道有茶疯茶颠……"

茶和酒的争论最后是由水出来作了公断。在我看来,茶和酒无高下,只有清浊之分而已,所以总是说一杯浊酒,一盏清茶。

据说酒的一大好处是使人血气舒畅,胸胆开张,所谓"酒壮英雄胆"者是也。依我看却也未必。只看"青梅煮酒论英雄"就知道了。刘备明明有备而来,还喝了半天酒,还是被曹操的一句"天下英雄,就是你和我两个人",吓得筷子都掉到地上,然后用打雷吓着了来掩饰。不但青梅煮酒,从鸿门宴到杯酒释兵权,可谓宴无好宴,酒无好酒,酒香经常被用来诱敌深入、麻痹对手、掩盖杀气。即使不是这样生死攸关的酒宴,所谓酒局,也往往是个局,和算计心机脱不开干系。至于说"何以解忧?唯有杜康",真到郁闷时喝酒,只能"酒入愁肠愁更愁"。

酒能使欲望强化,兴风作浪,茶却能将它消解于无形。

茶兴起时，尘心渐息，两腋清风，无为无求。如果当时刘备是喝茶，也许喝得俗念全消，把万丈雄心都喝淡了，把天下也看作了海市蜃楼，曹操在对面虎视眈眈完全成了可笑的独角戏。到了最后，曹操突然来那么一句："今天下英雄，唯使君与操耳。"刘使君却茫茫然微笑道："你说什么？英雄是什么东西？"然后一举盏："这茶好火候。"可惜，当时他们不饮茶。可惜，天下英雄都爱酒多于爱茶。

青梅煮酒所论的，也不过是到头来"浪花淘尽"的英雄，怎比得上张岱和闵老子品茶论水的千古一遇百代一逢？那种远离一切功利计较、摆脱一切世俗藩篱的相知相契，有如两柄水晶如意撞击出的一声脆响，清澈得令人无话可说。

因为曹操，想起了曹植，想起了一位诗人写曹植的诗——"曹植很懂事／静静地从灶里／走下来，头也不回一下／去画洛神了"（赵首先《闲聊〈三国〉之五》）。太好了，我们的才子从手足相残、权力漩涡中挣脱出来，去追求心灵的自由了。在这样美妙的解说里，曹植与他一代枭雄的父亲双峰对峙，那一壁张扬的是酒态度，这边厢已经是茶精神了。

茶名

茶可道

（增订本）

消受一杯碧螺春

茶之王国里有一个清朗悦耳的名字：碧螺春。

碧螺春产于苏州洞庭，人间天堂有山有水有园，再加出此名茶，也是"天堂"题中应有之义。历史上记载，此茶原名"吓煞人香"，进贡康熙，康熙觉得这个名字不雅，便赐名为"碧螺春"，这个故事几乎家喻户晓，虽然有几个版本（也有说是康熙南巡时品此茶），但碧螺春是皇帝赐名，大概是不会有错的。

碧螺春名满天下有一个漫长的过程。清末学者俞樾指出："今杭州之龙井茶，苏州洞庭山之碧螺春茶，皆名闻天下，而在唐时，则皆下品也。"（《茶香室丛钞》）不仅如此，直到康熙五十九年左右，还有"茶自江苏之洞庭山来，枝叶粗杂，函重两许，值钱七八文"的记载，可见档次很低。得到康熙欣赏、赐名之后，采制工艺精益求精，终于以一嫩三鲜（芽叶嫩，色香味俱鲜）的品质声名大振，成为茶中翘楚。清末《茶说》中已经有"茶以碧萝（螺）春为上，不易得，次则苏之天池，次则龙井……"之语，已是定评。在茶文化历史上，帝王品题的重要性实在不容小视。岂止茶叶如此，皇帝的一句话可以决定一个人的命运、一个家族的生死、一个学术流派的兴衰，权势者的影响力一贯与传统文化如影随形。

但无论皇帝欣赏不欣赏，无论拥有一个什么名字，碧螺春确实是上苍成全的茶中之茶，有江南秀女之娇，兼江南名士之雅。洞庭山的地理气候条件非常适合茶树生长，这不足为奇，碧螺春得天独厚之处在于，这里又是茶果兼种区，所谓"茶园不宜杂以恶木"，这里是杂以香花佳木，花果香气自然窨染、渗透，加上摘得早，采得嫩，拣得净，自然品质优异。

前些年碧螺春假冒的不少，老苏州们是这样鉴别真假的：先看外形，条索纤细如蜂腿，卷曲成螺，茸毫满披但不很浓，银绿相间（或银白隐翠）；再看冲泡，茶叶冲泡有上投、中投、下投三种，碧螺春是典型的上投，即先注水后放茶，真正的碧螺春，投入杯中，茶入水即沉杯底，细芽慢慢展开，汤色微黄；最后是品味，头道鲜爽，二道甘醇，三道微甜，且蕴含淡淡花果香的，就是真正的碧螺春。用这个方法试过，对苏州人的精于此道十分信服。苏州女作家叶弥，曾经送我一罐碧螺春，我喝了大呼好茶，次年她就送了两罐。

虽然如此，苏州人还是更有福分些。茶人人喝得，但苏州人品碧螺春的环境，叫人羡煞。他们往往到那些古意盎然的古典园林里，看着风景，听着评弹，轻啜细品。浮生得此片刻悠闲，叫人有不枉此生之感。后来越发连名人墓地也成了他们吃茶的去处，初一听有些突兀，细想想更觉得苏州人的不俗。墓地本是清净地，与茶相宜；茶心即闲心，但红尘中人难得闲心，到了那种地方，看看一代风流终究难逃一个土馒头，还有什么仕途经济是放不下的，有什么腥臊荣利是抛不开的。一念至此，满心清凉，手中的茶，格外能品出它的真滋味。

"人生不满百，常怀千岁忧"，这是人无解的苦痛。茶园年年碧绿，但今年绿着的不是去年的茶；茶香轻扬，墓里的人一土之隔，永远喝不到一滴。茶热茶凉，茶浓转淡，其实人生就是一盏茶的工夫。多事烦闷的春天，像我这样百无一用的人，最大的享受就是，消受一杯碧螺春。

乌龙茶之韵

和绿茶、白茶等相比,乌龙茶的兴起比较晚,应该是在清代,地点是福建。

也许有人会问,福建唐代起不是就产茶吗?还有诗为证:"武夷春暖月初圆,采摘新芽献地仙"(徐夤诗),"溪边奇茗冠天下,武夷仙人从古栽"(范仲淹诗),"武夷溪边粟粒芽……今年斗品充官茶"(苏轼诗)。确实不假,但那是蒸青团茶,而不是今天的福建特产茶——乌龙茶。到了明末罢贡茶之后,武夷茶也有了更大发展,积历代制茶经验的精髓,创制了武夷岩茶,这应该是福建乌龙茶的源起。

乌龙茶分几大类:武夷岩茶、铁观音、黄金桂、永春佛手、安溪色种……陆羽的《茶经》里都没有记录,所谓"论武夷山茶名品之妙,恐陆羽未所及,盖陆羽未曾到过武夷也"(《清稗类钞·静参品茶》),一般认为是他没有到过福建,其实这话说得失之表面。陆羽没到过福建不假,但是他遍访名山、品饮名茶、考察名泉,为此不惜跋山涉水,如果当时福建乌龙茶已经出名,他应该亲临福建一探究竟,可是他没有,究竟是他到不了福建,还是他觉得没有必要到福建? 况且,即使他到了福建,能看到的也不是乌龙茶呢。《茶经》里没有乌龙茶,完全是时间的关系,谈不上忽略。

乌龙茶,不惯饮的人总嫌它太苦,甚至像中药;爱饮的人则爱其香气馥郁、味道醇厚、回甘持久,往往喝得上瘾。对此我有一个比喻,就拿人人熟知的菜系来作比方,绿茶好比清淡典雅的淮扬菜、粤菜,乌龙茶就是浓郁火爆的川菜,不爱吃的人往往怕辣而避之唯恐不及,嗜川菜的人往往嫌其他菜系不够味;乌龙茶也是,不爱喝的人往往一口不碰,爱喝的人却只喝乌龙茶而觉得其他茶寡淡。

清代袁枚对乌龙茶的认识转变很有代表性。《随园食单》里有"武夷茶"一条,其中对功夫茶的器具、品饮顺序、风味特点都有精确描写,而且给予了极高的评价:

> 余向不喜武夷茶,嫌其浓苦如饮药。然丙午秋,余游武夷,到曼亭峰、天游寺诸处。僧道争以茶献。杯

小如胡桃，壶小如香橼，每斟无一两，上口不忍遽咽。先嗅其香，再试其味，徐徐咀嚼而体贴之。果然清芬扑鼻，舌有余甘。一杯之后，再试一二杯，令人释躁平矜、怡情悦性。始觉龙井虽清而味薄矣，阳羡虽佳而韵逊矣，颇有玉与水晶，品格不同之故。故武夷享天下盛名，真乃不忝。且可以瀹至三次，而其味犹未尽。

不过看来他没有喝到安溪铁观音，否则"七泡有余香"定能使他更为惊叹。

乌龙茶的美妙，前人多有体会："其茶品之四等，一曰香……；不知等而上之，则曰清，香而不清，犹凡品也；再等而上之，则曰甘，香而不甘，则苦茗也；再等而上之，则曰活，甘而不活，亦不过寻常好茶而已。活之一字，须从舌本辨之，微乎微矣，然亦且必瀹以山中之水，方能悟此消息也。"（《清稗类钞·静参品茶》）

也是清代，诗里也出现了乌龙茶，其中汪士慎的一首体悟准确，别致传神，堪称其中翘楚：

初尝香味烈，再啜有余清。烦热胸中遣，凉芳舌上生。严如对廉介，肃若见倾城。记此擎瓯处，藤花落槛轻。

但是还漏了一点：回甘和喉韵。这可是乌龙茶的精髓。

关于回甘，我实在想不出也找不到比《老残游记》更生动的描述，少不得恭录在此——"咽下喉去，觉得一直清到胃脘里，那舌根左右，津液汩汩价翻上来，又香又甜，连喝两口，似乎那香气又从口中反窜到鼻子上去，说不出来的好受……"

回甘是乌龙茶最迷人的特性之一，但回甘有强有弱、有短有长，好茶即便饮完数个小时，仍然口中甘香存留、津液滋生。

至于喉韵，那须是乌龙茶中的精品，而且严守中度发酵的传统制法才有的，其妙处难以言传，什么叫喉韵？它像诗，一解释就错了。怎么才能品到喉韵？它像爱情，可遇不可求。乌龙茶的魁首铁观音，它的喉韵更有一个悦耳的专有名词：观音韵。我在一篇小说里忍不住把它写了进去，那是《永远的谢秋娘》，那个男人喝了她沏的铁观音，眼睛看着她，嘴里说，这茶好，有观音韵。他是在说茶，更是说人。我想，他应该是在那一刻，爱上了她。

铁观音打败大红袍

大红袍产于福建武夷山。武夷为岩茶之乡,岩茶分为奇种、单丛、名丛等,其中名丛是岩茶之王,而大红袍又是名丛之王,这样大红袍可谓岩茶的"王中王"了。不仅如此,它也是铁观音之前的无可争议的王牌乌龙茶。

关于大红袍来历的传说有几个版本,其中的一个说古时候崇安有位县令,生了重病,遍求名医也不见效。武夷山天心寺僧闻讯,送来山上的一种茶叶,吃了几次,病居然好了。于是这位县太爷亲自爬上悬崖,脱下自己的红色官服披在茶树上,表示自己的感恩戴德,此茶因此得名。也有说是治好了皇帝的病,皇帝赐名大红袍。种种传说,本不足信,尤其是扯上皇帝,更是古人广告意识的常见表现,但传说越神越传,越传越神,大红袍就这样名满天下。古时采摘大红袍，需焚香礼拜，设坛诵经之后方可开始，可见其身价。

至于铁观音，相传清代乾隆年间，福建安溪松林头乡有个茶农叫魏饮——听听这个名字，简直可当选茶农的最佳名字，他虔诚信佛，每日早起，必将一杯清茶奉在观音像前。一天他上山砍柴，发现了一棵茶树，在阳光照射下，闪闪发亮，非常奇异，遂将它移栽到茶园里。用这棵茶树的叶片制成乌龙茶，沉重似铁，香味浓烈，与他茶不同。他觉得是观音所赐，就叫它铁观音。茶农发现茶树，可信度很高，但将此和观音联系起来，就只能"姑妄言之姑妄听之"了。可能也是一种朴素的营销策略吧？那时候又没有广告，请观音帮忙也在情理之中。

当时，以大红袍挂帅的武夷岩茶"主流"了许多年，以铁观音为代表的安溪茶一时之间难望其项背，更不要说撼动其地位了。无奈何，"溪茶遂仿岩茶样，先炒后焙不争差"（《安溪茶歌》），学人家的样子制作了，又委委屈屈地当成岩茶销往各地甚至外国。渐渐地，铁观音不再甘于仿制品的地位，它形成了自己的特色，制作中比武夷岩茶减轻了萎凋程度，加长了做青时间，纯手工三揉三焙之后，条索拳曲，壮实沉重，状如蜻蜓头，色泽油亮，叶表起霜。"绿叶红镶边，七泡有余香"的优异品质,终于驰名遐迩。

目前在福建闽南一带、广东潮汕一带和台湾,铁观音是最受欢迎的日常茶饮,一般沿袭传统的功夫茶方法品饮。华东华北地区喜爱铁观音的人也渐渐增多,但习惯用稍大紫砂壶或直筒大盖杯泡饮,茶汁也不似闽南等地那么浓。港澳地区、东南亚也分布了许多铁观音的忠实拥戴者。20世纪70年代末起,日本掀起乌龙茶热,其中主要的品种就是铁观音,风靡至今,妇孺皆知。在日本,铁观音几乎成了乌龙茶的代名词。

时至今日,铁观音早已坐稳了"乌龙茶之王"的宝座,风光比当年大红袍有过之而无不及。大红袍有知,难免有"既生瑜,何生亮"之叹,而铁观音,可谓雪尽前耻,扬眉吐气了。

黑白两道

中国的爱茶人基本上分为两大阵营：一边是绿党，历史悠久，人多势众；一边是乌龙党，一旦加入，忠贞不贰。

其实，中国茶并不只是这两色，而有六种：绿茶，白茶，黄茶，青茶（乌龙茶），红茶，黑茶。

如君所知，这里面产量最丰的是绿茶，而你可能不知道的是，这里面最稀罕的是白茶。白茶产量很低，但是历史悠久，至少已经有九百年的历史。过去看到的茶书上都说白茶的"根据地"是福建，产于福鼎、政和等地，不及其余。后来细究之下，发现浙江、广东、江西也有白茶，当然是"小股势力"。

白茶分两种，有单芽或一芽一叶的白芽茶，和一芽两叶的白叶茶。白芽茶的代表是白毫银针，它几乎也可以算得上白茶的代表。白叶茶的代表则是香港人热烈追捧的白牡丹。白茶鲜叶采自大白种等茶树，芽叶上遍布白毫而且不易脱落。制造白毫银针一般只取单芽或一芽一叶（叶刚离芽体尚未展开的），制作白牡丹就取初展的一芽两叶。也有采下一芽两叶后，再进行"抽针"的，就是将芽和叶分离，单芽得到重用，去做白毫银针，剩下的叶片充当贡眉和寿眉。别看贡眉和寿眉听上去很尊贵，它们是白茶里大众化的品种。

白茶的加工特殊而简单，只有萎凋和干燥两个步骤。明代田艺蘅《煮泉小品》中云："芽茶，以火作者为次，生晒者为上，亦更近自然，且断烟火气耳。""生晒"就是现今生产的白茶制法。白茶是真正的"不近人间烟火"。白茶是轻微发酵茶，采摘新鲜芽叶，不炒不揉，直接晒干，芽叶密披白毫，色白如银，故称白茶。其发酵程度10%～30%（乌龙茶为15%～70%，红茶为80%～90%）。由于制作工序最少，所以白茶很大程度上保留了茶叶的多种营养成分，单说现在广受瞩目的茶多酚，白茶的含量就比绿茶和乌龙茶高。白茶其性寒凉，退热祛暑功效明显，可防中暑。加上纤细的叶芽、浅淡的汤色、幽微的香气，富有清凉感，所以夏天最适合饮白茶。

白茶泡的时间比绿茶长，约十分钟才可看到汤色微黄，且第一、二道都淡，第三道才出味，如果缺乏耐心过早放弃，至为可惜。

有人猜测《红楼梦》里丫头茜雪被撵的导火线枫露茶是白茶，根据宝玉所说"那茶是三四次后才出色的"，枫露茶是白茶，十在八九。观赏杯中的白茶，确乎令人愉悦。至于入口后的感觉，恐怕需要禅悟般的灵性。茶禅一味，最应该用白茶。你觉得好喝，吃茶去，你觉得没味道，也请吃茶去。

白茶是茶中的贵族，身世显赫。这和宋徽宗是分不开的。这位糟糕的皇帝、杰出的艺术家在他的《大观茶论》里专门列出一条"白茶"："白茶自为一种，与常茶不同，其条敷阐，其叶莹薄。……须制造精微，运度得宜，则表里昭澈，如玉之在璞，它无与伦也。"给的是最高的评价，而且影响了宋代"茶贵白"的风尚。

使我对白茶格外爱慕珍惜的，是曾经在日文茶书上读到，中国的白茶采了以后，是摊在月光下自然干燥的。月光浴？听上去像个美妙的童话。而且很配白茶呢！但是遍查国内的书，只说白茶是室内自然萎凋和不强烈的阳光萎凋，没有提到月光浴。

说了白茶，自然想到黑茶。黑茶属于后发酵茶——即茶叶经过高温处理后再进行堆积发酵，不像红茶是在高温处理前进行发酵。黑茶有散茶和紧压茶等形状，比较著名的有云南普洱茶、湖北老青茶、湖南黑茶、广西六堡茶等。一般认为黑茶消食去脂的功夫了得，先是在香港、广东等地颇有市面，后来连上海等地也开始人气上升；普洱茶更是号称独有"越陈越好"的陈香味，仗着这块免死金牌，在"新就是好"的茶世界里"倒行逆施"。话虽如此，那个味道却与众茶不同，有一股子霉味的固然是劣等货色，上等普洱的"陈香"也让我联想起用了多年的木质锅盖，与"清香""爽利""明快"相距甚远。不过缓缓饮之，在那种"钝感"十足的滋味过后，自有一种特殊的圆润回味。此茶性柔，佐餐饮之或餐后即饮不伤脾胃，而且据饮茶会失眠的人士说，对睡眠也几乎没有影响。

说起来，我对茶叶几乎可以算是滥情的了。爱绿茶，也爱乌龙茶，还不排斥红茶。绿茶是每天早上喝，喝过不知道多少种，经常都爱不释杯；乌龙茶是下午起喝到晚上临睡前，也是喝过不知道多少品种，"最爱"也有两三种；红茶是在咖啡馆，不想喝咖啡的时候，来上一壶，在形式上和其他人保持一致，色香味也不难接受。可是对于白茶的美妙、微妙、神妙，我基本上是停留在想象阶段；对于黑茶，基本上是敬而远之，能免则免。

呜呼！黑白两道都吃不开，如此人生，幸亏我不是须眉男儿，也不曾胸怀大志，要不，岂不是要活活郁闷死。

蒸青岂是日本茶

只要到日本，喝茶的时候就会发现，他们的绿茶和我们的不一样。首先是颜色特别的绿，鲜明浓艳，有如一杯春水。香气也不一样，带着生茶的气息，味道嘛，喜欢的人会说带着大自然的新鲜气息，不喜欢的人则会嫌"有海藻味"。这是绿茶吗？是，但不是中国常见的炒青绿茶，而是蒸青绿茶。日本人都叫它日本茶，因为现在世界上以它为茶叶正宗、日常饮用主要品种的，唯有日本了。而且，日本茶道所用的茶叶也是蒸青茶中的一种——抹茶。日本人如果只说喝杯茶而无具体说明，那么就是指这种蒸青绿茶，反之，如果喝乌龙茶、红茶或其他茶一定会事先声明，征得客人同意。日本的静冈等地也出产不少蒸青名茶。

其实，蒸青绿茶的故乡是中国。它是我国古代最早发明的一种茶类，比炒青的历史更悠久。陆羽的《茶经》里就有蒸青茶制法的记载："晴采之，蒸之，捣之……"唐宋时盛行蒸青法，就是以蒸汽将鲜叶蒸软，而后揉捻、干燥而成。这样制成的茶叶色绿汤绿叶绿，十分悦目。据考证，南宋咸淳年间，日本高僧大广心禅师到浙江余杭径山寺研究佛学，将径山寺的"茶宴"和"抹茶"制法带到了日本，日本的蒸青绿茶由此发轫，而日本茶道也是在我国宋代的"点茶"基础上形成的。所以说，蒸青茶叫作"日本茶"，其他国家无所谓，至少中国人应该感到失落的。

抹茶的制法就是将蒸青茶焙干研末，从形态来说应该说是"末茶"。我多年前在日本的时候就疑心：最早的写法也许应该是"末茶"才对，但是至今不能确定。日本的蒸青茶，除了抹茶外，还有玉露、煎茶、碾茶、番茶等。由于蒸汽杀青温度高、时间短，叶绿素破坏较少，加上整个制作过程没有闷压，所以蒸青茶的叶色、汤色、叶底都特别绿。说句不怕龙井、碧螺春恼的实话，若以颜色论，蒸青茶才是名副其实的绿茶，而炒青绿茶的叶片和汤色都是淡黄绿色，显得不够绿。

中国的蒸青绿茶主要产于湖北、江苏，如湖北恩施的恩施玉露、当阳的仙人掌茶、江苏宜兴的阳羡茶。最近几年，浙、闽、皖、赣几省部分地区也开始产蒸青绿茶,但都是按照日本工艺加工,然后返销日本,基本上没有进入国人的赏味视野。只有恩施玉露仍保持了传统的蒸青绿茶风格,可谓一枝独秀。

恩施玉露,多好听的名字。我每次看到这个名字,都忍不住在心里这样暗暗赞叹。虽然是地名和茶名的简单组合,但是天缘凑巧,成了如此动人的一个名字,简直活活化出一个观音来,只见她正手捧净瓶,用杨柳枝轻轻洒下甘露。且不说是为了保留古老传统的一脉血缘,不让日本人专美,单单为了这个好茶名,也祝愿恩施玉露永远碧绿,永远飘香。

身世纷纭老君眉

这是一段被无数红学论文引用过、无数茶学专著津津乐道的情节。

《红楼梦》第四十一回"贾宝玉品茶栊翠庵 刘姥姥醉卧怡红院"中,贾母带了众人到栊翠庵,妙玉奉茶——

> 只见妙玉亲自捧了一个海棠花式雕漆填金"云龙献寿"的小茶盘,里面放一个成窑五彩小盖钟,捧与贾母。贾母道:"我不吃六安茶。"妙玉笑说:"知道。这是老君眉。"

闲闲两句对话,叫响了"老君眉"的名号,却留下了一个疑案,老君眉,何许茶也?产于何地?产于何时?什么特点？……甚至，这是真实存在的茶叶品种，抑或是曹雪芹的虚构？

众说纷纭。比如，说它是龙井茶中的上品（见署名为梁羽生的《狂侠天骄魔女》第三十二回），还有，《红楼梦大辞典》（文化艺术出版社1990年1月版）认为是："今安徽六安银针即老君眉。"前者将两种茶硬扯到一起，显然是闹了笑话；而《红楼梦大辞典》也是大谬，贾母明明说不喝六安茶，却接受了老君眉，如今却说老君眉是六安茶，这岂不是自相矛盾？用贾母的话说："可是前言不搭后语？"贾母于生活享受上绝对是个行家，妙玉也是"小资"的祖师奶奶，讲究细节一丝不苟的，怎会明知故犯？岂不是后人逼着妙玉得罪贾母？罪过罪过！大概因为错得明显，这两种说法似乎都没有流传。

最常见的说法是：老君眉就是君山银针。这种说法始于何时不可考，就我所见，这个结论最早见于著名茶人庄晚芳的《中国名茶》。有的版本的《红楼梦》注解也持这个看法。因为经过"专家权威认证"，所以此说大行于世，占据了"老君眉茶考"的主流，湖南卖茶叶的都据此大做广告。倒是陈宗懋主编的《中国茶经》（上海文化出版社1992年5月版）比较谨慎，虽然没有关于老君眉的条目、介绍，但是将庄晚芳的观点作为一家之言收录，没有明确认定。另一个似乎权威的说法来自湖南，湖南省粮油食品进出口集团有限公司的网页上，"湖南茶叶"一项，老君眉的条目下，赫然写着：是采用君山毛尖精制而成。该网页将君山毛尖和君山银针并列，且都归于绿茶一类，殊不知君山银针绝对是黄茶。这就出现了第二种说法：老君眉是君山毛尖。虽然制造了新的混乱，但不论怎样，还是捍卫了"老君眉是君山茶"的地区荣誉。

君山茶是哪路神仙？我国第二大淡水湖洞庭湖，湖中有一座名山叫君山，大诗人刘禹锡"遥望洞庭山水翠，白银盘里一青螺"，那个青螺就是君山。君山的得名与舜帝及两个爱妃娥皇、女英有关，也有柳毅传书等神话传说，这里按下不表。却说君山竟是一个茶山，君山七十二峰，峰峰产茶，所谓"试把雀泉烹雀舌，烹来长似君山色"，可见君山茶的好名声。此茶是贡茶，到清代更为有名，《岳阳风土记》《潇湘听雨录》《随园食单》等书多有记载。说君山银针是老君眉，不见明确历史记载（上述诸书都没有提到老君眉），也不见确凿考证，苦思无解，斗胆猜测，可能出于三个理由：第一，君山银针是清代名茶，与曹雪芹时代吻合。第二，刘姥姥说此茶太淡，而君山银针正是以"轻清"为贵，特点相近。第三，共有一个"君"字。

漏洞是显而易见的，清代名茶也多，并非君山一种；味道清淡的茶更多，更非君山一种；就是清代的口味清淡的名茶，恐怕也不在少数，难以圈定君山茶。至于有个"君"字，也不是君山专利，我的故乡福建泉州还有名胜"老君岩"呢，和"老君眉"还多一个字的瓜葛，又能说明什么？难道就说老君眉产于泉州吗？

于是，长期以来我的看法是：老君眉不是君山茶，最多只能说是"疑似"。

那么老君眉究竟是什么？君山银针的"疑似"能否排除？或者说老君眉的光荣是否应该归于君山？且待下回分解。

福建白茶老君眉

关于老君眉,后来看到一个观点,非常吸引人:这是曹雪芹杜撰的,小说家之言,大可不必认真,一定要附会到君山银针上(王从仁《茶趣》)。一读之下,觉得此说很对我胃口,一来符合小说创作规律,不迂腐拘泥;二来釜底抽薪,省了多少考证麻烦。加上想到曹雪芹自己借宝玉的口说过:"除《四书》外,杜撰的太多。"偶然喝一杯茶,有什么要紧。于是安下心来,暂时将云里雾里、难辨虚实的老君眉丢开了。

偏偏在旧书店淘到《中国茶事大典》(徐海荣主编),信手翻看,却见"老君眉",急忙看时,解释为:"清代名茶。产于福建光泽。清光绪《重纂光泽县志》卷五:……'茶以老君眉名(乌君山前山后皆有)。'"不由惊喜万分,原来清代确实有老君眉!而且它果然不是君山茶,它产自福建!

有了底气，再四处搜寻，发现有少数文章也同此说："然而老君眉茶的出产地还有待商榷。因为明清时代，湖南君山和安徽六安出产的银针茶，都不名为'老君眉'。老君眉茶亦不是曹雪芹兴之所至的意象之名。其实，清代确有'老君眉'茶名。该茶出产在福建省武夷山一带。据清·郭柏苍《闽产录异·货属·茶》载：'老君眉叶长味郁，然多伪。'又查清·福建《光泽县志》，也有'茶以老君眉名（乌君山前山后皆有）'。民国《福建通志·物产·茶》中也有此记载。"（王郁凤《老君眉茶考》）

实有其物，产地判明。那么老君眉是怎样的一种茶？"《红楼梦》中的老君眉茶，应释为'出产于福建武夷山一带，采用老君眉茶树的嫩芽制成银针白毫茶称为老君眉'。"（出处同上）又在其他文中看到有"时人又称此茶为'寿眉'"（《红楼梦学刊》1994年第4期）。"寿眉"也是白茶，也产于福建。其他一些文章，也认为老君眉是白茶，与六安茶是绿茶相对照。联想到有人说宝玉喝的另一种茶"枫露茶"也是白茶，不禁想：难道曹雪芹对白茶情有独钟？

如此说来老君眉是白茶。福建是白茶的主产地，银针白毫是白茶中最著名的，此茶"汤色浅淡""遍披白毫，挺直如针，色白似银"（《中国茶经》）。倒是和老君眉的雅号颇为般配，可惜这也没有明确的史料记载，而且今天，即使在清代老君眉的故乡福建，银针白毫也不提这个光彩的前身，也从不沿用"老君眉"的别名，这就令人费解了。

探究老君眉的过程中，发现福建今天仍有老君眉的踪迹。闽北人将之与大红袍、铁罗汉、武夷水仙等并列，却是武夷岩茶的名丛之一。这应该不是"借壳上市"，因为在民间老君眉的名声已经烟消云散，武夷岩茶家族本身也够显赫，没有假冒必要。另外，民国《崇安县新志》就把"老君眉"列为《武夷历代名丛奇种名称一览表》中的名茶之一，看来武夷岩茶中早就有老君眉，但这绝不是清代的名茶老君眉，或者说曹雪芹的老君眉。

为什么这样认为？首先是产地不一样，更主要的是武夷岩茶必须揉捻、烘焙，香气浓烈，味道浓酽，名丛甚至带着强烈的刺激感，绝不可能如《红楼梦》中写的让人觉得"淡"，纵使清代老君眉不是白茶，也绝不会是武夷岩茶。

清代的老君眉，看来是追随知音曹雪芹而去了。如今福建仍产老君眉，但此眉不是彼眉，虽则扫兴，也无奈何。天下同名的本来就多，就好比当代作家有叫王蒙的，"元四家"之一的大画家也叫王蒙，总不能说今天的王蒙侵权吧？

我推断，曹雪芹写到的老君眉是产于福建的一种白茶，很可能已经失传。

门外妄谈，是耶非耶？切望茶中高人有以教我！

春天，想起台湾茶

这几天，听见电视里说"台湾"，抬眼看见书架上有一本简媜的《下午茶》，这位生于台湾宜兰、台大中文系毕业的女子，她的人和书似乎都带着淡淡的茶味，乡土的，家园的，苦而不涩，回味微甘。于是想起台湾茶。

做梦都想去台湾，到那些古风犹存的茶馆里好好发呆，用闽南方言向台湾茶农请教茶事，但是直到现在，我的台湾之行还是停留在梦想阶段。偶有亲友去台湾带回台湾茶，让我一亲芳泽，聊慰相思，如此而已。春天又来了，去台湾仍然遥遥无期，还是来谈谈台湾茶吧。

去耕读园这类茶馆，大致可以了解到台湾著名的名优茶：文山包种、冻顶乌龙、木栅铁观音、白毫乌龙、竹山金萱、港口茶等三十多种。

这些茶的老家都是大陆,追本溯源都是两百多年前随汉人迁徙、漂洋过海到台湾的。不但茶树品种是这样,种茶、制茶技艺也是从大陆传过去的。

《台湾通史》记载:"台北产茶近约百年,嘉庆时有柯朝者,归自福建,始以武夷之茶植于鲦鱼坑(现台北瑞芳一带),发育甚佳。既以茶子二斗播之,收成亦丰,遂互相传植。"这是台湾北部最早的种茶起源。而咸丰年间,鹿谷乡举人林凤池由福建带回青心乌龙茶苗,种在冻顶山,是为冻顶乌龙之源。清末民初,张迺妙、张迺乾两人受木栅茶叶公司委托,前往安溪引进茶苗,在木栅樟湖山种植成功,开创了木栅铁观音的历史。台湾茶曾经以外销为主,到20世纪80年代,由于台湾经济的迅猛发展,台币升值,导致台湾茶在外销竞争上处于不利地位,同时台湾本地人生活水平提高,内销需求大增,台湾茶由外销为主逐渐转为内销为主。在茶叶种类上,台湾市场最受欢迎的是乌龙茶,不同于大陆的以绿茶为主,更与欧美等国"红茶主打"截然不同。

台湾茶虽然是由福建引进,但是不同的生长环境,加上长期的种植研究,在外观和香气、滋味等方面,和福建乌龙茶不同,形成了自己的特色。

从茶叶大类来说，乌龙茶也叫青茶，是半发酵茶。虽然叫"半发酵"，但是发酵程度并非刚好50%，而是从15%到70%不等，这也是不同乌龙茶各具个性的主要原因。台湾乌龙茶可分为包种茶、铁观音、白毫乌龙三类，发酵程度依次渐强。包种茶又分条形包种和半球形包种，前者以文山包种为代表，后者则首推冻顶为翘楚。茶庄里常见"台湾高山茶"，也是半球形包种，但产于海拔一千米以上茶园，"高山"二字，强调它的高海拔优势罢了。最受台湾年轻人欢迎的金萱，是半球形包种的改良品种，发酵程度更轻，最大特点是清香中有淡淡奶香味。铁观音发酵程度就比包种茶高了。至于白毫乌龙，发酵程度是乌龙茶中最高的，是台湾特产，有台湾"茶中之茶"的美称。

一饮倾心说冻顶

台湾茶事与福建、广东相近,不重绿茶而以乌龙为主打。台湾乌龙茶,主要产于台北、南投、台中、桃园、苗栗、嘉义、花莲等地。依发酵程度来分,有轻发酵、中发酵、重发酵三类。上回已经说过文山包种,那就是轻发酵乌龙茶的代表,中度发酵的看板产品则是木栅铁观音和金萱,重度发酵的则是白毫乌龙。

我对台湾茶最早的印象来自冻顶乌龙。大概是十年前,偶然喝了,觉得香烈、味厚、韵远,直可以与安溪铁观音媲美而风味颇异,惊讶之余,拿起那个沉重的锡罐来看,只见上面刻着"冻顶乌龙"这个名字,一饮倾心,从此不能忘情。

没有先期的了解,也就不会有先入为主的好感,所以那份惊艳非常真实。后来知道,冻顶乌龙是台湾茶中最出名的,在台湾家喻户晓,而且闻名世界。套用洁尘评论名著《情人》的妙语"情欲先知爱情后觉",这是我品茶历史上少有的"感官先知理性后觉"的例子。

冻顶产于南投县鹿谷乡冻顶山一带。冻顶山为凤凰山支脉,风光迷人,是台湾旅游胜地。关于冻顶乌龙的起源,有两个传说。一是,早年鹿谷地区只有野生茶树,后来由福建人柯朝引入文山茶的乌龙品种,产制的茶叶反而更受欢迎。第二个传说流传更广:清咸丰年间,鹿谷乡人林凤池赴福建应考举人,考中之后,到武夷山取了36棵茶苗带回台湾,种在冻顶山上,开启了冻顶乌龙的历史纪元。

冻顶乌龙的产地,多为海拔300～800米的山地茶园,气候、降雨、云雾均适宜茶叶生长。冻顶乌龙经过采茶、晒青、晾青、做青、揉捻、烘焙、包揉、复烘、复炒而成。外观紧结呈半球形,色泽墨绿油润,茶汤金黄鲜艳,香气浓郁,滋味醇厚甘美,饮后回韵无穷。冻顶乌龙属半球形乌龙茶,至于发酵程度,大陆专家认定和木栅铁观音相同,是中度发酵(见阮浩耕主编《茶之初四种》,浙江摄影出版社2001年7月版),而台湾本地人认为轻于铁观音,和文山包种一样是轻发酵(参见周君怡《清心泡壶台湾茶》,太雅生活馆2004年1月30日版),

功课做得顶真的日本则干脆写明"发酵程度30% ~ 35%"（《中国茶之事典》，成美堂出版社2003年6月版）。

其实，发酵程度并不是那么绝对不变的。近年来，乌龙茶兴起了清香风，清香型乌龙茶大受欢迎，为了投茶客所好，冻顶乌龙也出现了减轻做青动作、降低发酵程度的倾向。叶色和汤色向绿茶靠近，清香更加清爽宜人，耐泡和回味稍逊于传统的冻顶乌龙。这一点，和福建近年的乌龙茶制法有相似之处。

人的味觉也会疲劳，需要变化来刺激。饮茶爱过浓重转爱清香，饮酒过去流行酱香型而现在流行浓香型，莫不如此。也许再过几年，风水又转了回来，谁知道呢？

另外，近年台湾茶庄、茶馆在大陆纷纷开出，带来了一个新名词："茗茶"。有专家认为，以前的茶书上没有这样的说法，而且现代汉语中"茗"与"茶"同义，这样的名词根本不通。我认为，台湾这个叫法很可能来源于日文。日文里有"铭茶"这个词，许多茶庄的幌子、门帘上就写着这两个字。意思约等于中文的"名茶"。可能在传入台湾的过程中，将日文的"铭"字改作了容易理解的"茗"，这样一来，反而留下了同义重复的破绽。若要"必也正名乎"，改作"名茶"也就是了。

因祸得福话白毫

白毫乌龙是台湾的特产,全世界到目前为止仅台湾出产,台湾茶业界将它视作茶中之茶。既是茶中之茶,气势排场自然不同,它拥有好几个别名、爱称、雅称:膨风茶,香槟乌龙,东方香槟,东方美人。这些名字都有其来历,而且无不透露白毫乌龙的身世和性情,少不得一一道来。

在一百多年前,有一个春天,台湾苗栗一带茶园染上特殊的蜉尘子病虫害,茶叶被啃得精光,全株只剩下带绒毛的嫩芽因为不合蜉尘子口味而幸免。当时一位茶农不甘损失,就摘下这些茶芽制成茶叶,运往北部销售。谁知这些茶因为风味特殊而大受欢迎,卖出了比往常还高的价钱。这位茶农欣喜若狂地回家乡报告乡亲,但大家不相信,认为他不过在吹牛——台湾方言叫作"膨风",所以白毫乌龙有了第一个别名"膨风茶"。有另一个版本,主角由茶农换成了茶商,行销的路程也远了,不是国内而是到了英国,说是到了英国大受欢迎,被称为"东方美人茶",还献给英国女王品尝,女王喝过赞美不已,于是此茶成了英王室御用茶。茶商回乡报喜,乡人不信,讥为"膨风"(吹牛)。

无论如何,可以看出白毫乌龙的身世非常富有戏剧性,而且遥想当时台湾茶农因祸得福犹懵懂不知,还自以为是的模样,也是令人发噱。

英国女王是否品评过姑且待考,欧美喜欢白毫乌龙却是事实,不但因为其颜色漂亮而被誉为"东方美人",而且常用此茶像调香槟酒那样加入少许白兰地饮用(一说是本身口感似香槟),所以白毫乌龙又得名"香槟乌龙""东方香槟"。

白毫乌龙受欧美人喜欢是毫不奇怪的。因为它的发酵程度,在乌龙茶中是"重中之重"。这样的发酵程度,使它橙红的汤色,带蜜糖果香味的味道,都接近完全发酵的红茶。简言之,白毫乌龙作为乌龙茶,已经到了"变性"的边缘。但是白毫乌龙将这种危险的游戏玩得非常出色,没有丧失自我,反而玩出了一片新天地。不但在欧美,在日本等国也是茶庄推介的上品。

今天的白毫乌龙，主要产于新竹县北浦一带，该茶区易遭受茶小绿叶蝉叮咬，白毫乌龙于每年端午前后，采摘受茶小绿叶蝉叮咬的幼嫩茶芽，经日光萎凋（或热风萎凋）、室内萎凋及搅拌（以手工搅拌控制发酵）、炒青、静置回润、揉捻、解块、干燥多道工序而成。外形呈条状，芽尖有白毫，通体白、绿、红、黄、褐五色相间，非常美艳，确实堪称"美人"。它的茶汤介于琥珀和玛瑙之间的橙红，飘着带熟果香、蜜糖香的芬芳，入口浓厚甘醇，回味深长。白毫乌龙的选择，以芽尖白毫显露者为佳，白毫越多品质越好。

如果茶叶也有命运，那么白毫乌龙的命书上应该写着"因祸得福""声名远播"之类的吧。

药或者文物或者卡米拉

真是很犹豫。因为今天想说的是普洱茶。如今喜欢普洱茶的渐渐人多势众,而且往往非等闲之辈,不是号称"茶中半仙"的老茶客,就是都市新贵时尚一族,我一介弱女,草芥小民,才疏识浅,得罪不起。

不过记得文学史上有个口号,叫作"我手写我口",实话实说,纯属个人观点,应该言者无罪吧。

我手写我口,那么就来说说"我口"的感受。我口的感受就是,不喜欢普洱茶。从五年的喝到二十年的,从云南喝到上海,无不如此。虽然我在听说了"喝绿茶的人只是五段,喝铁观音的也才七段,喝普洱才到九段"之后,也曾自惭形秽、见贤思齐,又刻苦喝过几天普洱茶,可惜终究无缘体悟其中的深厚滋味和大巧若拙、绚丽归平淡,于是坦然放弃虚荣心,恢复公开承认"不喝普洱茶"。

前些天,读到作家刘醒龙的一篇文章,里面写到他在云南喝普洱茶的体验,他是这样写普洱茶的:

> 为茶的一旦叫了普洱,便重现其出自乡村的那份深奥。对比茶中贡芽,称普洱为老迈都没资格;对比茶中龙井,称普洱太粗鲁都是夸耀;对比茶中白毫,普洱看上去比离离荒原还要沧桑;对比茶中玉绿,普洱分明是那岁岁枯荣中的泥泞残雪。所有的所有,一切的一切,种种宛如真理的大错铸成,都是没有经历那醍醐灌顶般深深一饮。乡村无意,普洱无心,怪不得它们将生性放置在云遮雾掩之后,世代更替,江山位移,以普洱为名之茶,正如以乡村为名之人间,是那情感化石,道德化石,人文化石。还可以是仍在世上行走之人的灵魂见证:为人一生,终极价值不是拥有多少美玉,而应该是是否发现过像普洱茶一样的璞玉。

这篇文章结尾处,他甚至说:"那天晚上,我和李师东相约都不刷牙,好让普洱茶的津香穿越梦乡,一缕缕地到达第二天的黎明。"

我希望普茶客们看在我抄录了这么一大段写给普洱茶的情书的分上,不追究我对普洱茶的敬而远之。我相信刘醒龙的话是真的,但是我无法"抄袭"他的感受。

过去的普洱茶没有今天的尊贵,但是功效早已为人所知。《红楼梦》里,连林之孝家的都会劝宝玉"该沏些个普洱茶吃",因为准备开生日夜宴的宝玉,在解释为什么还没睡时谎称吃多了。普洱茶能消食,但是今天之所以流行,主要是因为有降血脂、减肥的作用。男人仇恨看不见的脂肪,女人仇恨看得见的脂肪,于是他们就爱上了脂肪的敌人普洱茶。还说能抗癌,至于这一点,一来,还没有确凿的实验数据支持;二来,差不多是茶都这样声称,所以想必说的和听的都没有太当真。

另外一位作家,有一天问我:"人家送了我几十年的普洱茶,怎么我就是喝不出好来?"这位作家平日喝乌龙茶。我说:"你觉得怎么样?""一股什么霉味啊?!""好普洱无霉味,那就是普洱茶的特色,叫作'陈香'。"这位作家也倔,偏说:"我实在没文化,体会不了。味觉是很物质的,那个味道怎么会觉得好?"我强作公允:"也许像食物里的臭豆腐,水果里的榴莲,有人厌恶得要死,有人喜欢得要命。""可这是茶叶,茶叶总是新的好,怎么会越陈越好?"

我急中生智说:"那查尔斯为什么爱的是卡米拉?"对方哈哈大笑之后,又问我:"你对普洱茶到底怎么看?""这茶消食去脂,功效强大,在我心目中基本算药。""你觉得是药,我觉得是文物。他们强调说可以收藏,越放越值钱,这不是文物是什么?"这回轮到我笑了出来。这位作家也鼎鼎大名,不过他更怕得罪普茶客,姑且隐其姓名。

据说,喝惯了普洱茶的人,就会觉得今是昨非,众茶失色。这种忠诚是我这种茶饮方面的用情不专者相当敬重的。也不知道命运如何安排? 也许某一天,某一个地方,我会被某一块普洱茶的局部或者碎片击中隐藏在身体里的某根琴弦,余音袅袅,沉醉其中,不知今夕何年 —— 真正的"不记年"。可是,如果这种奇缘的发生是以舍弃和绿茶、乌龙茶的多年情义为代价,又情何以堪? 就这样和普洱结无缘之缘,也罢!

普洱烧退，可缓缓饮矣

2007年春天开始，普洱茶的价格悬崖一跃，至今跌声一片。有人把这件事和股市，还有普洱市6月3日的地震相提并论，虽然近乎玩笑，但是可见普洱"跌"之惨烈。据报载：一件30公斤的普洱茶，从最高的2.3万元，降到目前的9000元，跌了1万多元。保守估计，普洱茶市场在半年内蒸发340亿元（《广州日报》2007年6月27日）。事实上，在上海茶市，某品牌普洱茶一件开价6000元也无人问津（《文汇报》2007年7月5日）。

盛极必衰，真是天下至理。想当初，不过两三年的光景，普洱狂涨上百倍，成为茶界炙手可热的黑马，饮普洱茶成为身份和品位的象征，大有"开谈不说普洱茶，喝尽好茶亦枉然"的势头。像我这样不接受普洱茶的人还在想不通（有拙文

《药或者文物或者卡米拉》为证),谁知这种热早已越过了"茶饮"的边界,越来越像大片上映前的宣传攻势。先是马帮进京"再现茶马古韵",然后是一筒七子饼茶拍出160万元的天价,到2007年3月还有"恭迎"队伍护送一块百年普洱穿越九省市的盛大活动。事情到了这个份上,就和喝茶没什么关系了。和普洱茶紧密相关的是这样一些字眼:经销权、捂盘、高价回收、抬高价格、炒家、散户、套牢……明白了吧。

这种疯狂,让我想起当年的君子兰和邮票,历史真是惊人地相似。什么事只要陷入狂热,冷水浇头的结局就不远了。泡沫大到匪夷所思的地步,等待着的只能是爆裂。到如今,有朋友幽幽地叹:抚今追昔,情何以堪? 我说:真是自作多情! 普洱茶真正的"昔"是什么? 普洱茶,黑茶(后发酵茶)的代表,形态上属于紧压茶,有各种形状。有消食去油功效。它的出身不过是蓬门荜户的苦孩子,穷人都喝得起,草根得很,哪敢梦想日后的显赫富贵! 这样一个本分孩子被涂脂抹粉,弄得面目皆非,看似风光其实可怜。

现在关于普洱茶的预测,有两种,一种是会回升,一种是不容乐观。凭直觉,我倾向于后一种。前几年的价格实在太离谱了,登高必跌重,这是一种滞后的惩罚,立即回升谈何容易。再者那些宣传,诸如包治百病、无限期"越陈越好"引起部分受众心理反感，短时间内难以改变。（任何药物的有效成分都有有效期，即使在特定时段内越陈越好，到达顶点之后肯定就渐渐失效，君不见《红楼梦》中贾母的上等人参放久了也成了灰？）那些炒家虽然还会再投资，但想必他们会"引领潮流"，去发现新大陆，才能吸引千万想致富的民众继续追随。故事的桥段可能各异，但结局总是：有的人提着一桶金悄悄离开，众人如梦一场。

幸亏，这些和茶是不相干的。当初，茶馆老板们声称"喝得了普洱才是茶中九段"，专家们言之凿凿说普洱诸多"神效"，白领们纷纷学喝普洱茶证明自己"髦得合时"，商人们送礼必定首选普洱茶，机关里连司机都仿效一把手喝起普洱茶的时候，普洱茶也只是普洱茶。如今，跌到一斤百元都卖不出去，普洱茶店门可罗雀，普洱茶也还是普洱茶。它何尝热过？热的是人。更何尝疯过？疯的也是人。

忙的是人，茶是闲的。闹的是人，茶是静的。

喝早茶时边看报纸边头也不抬地说"普洱"的老茶客，吃多了就想起曹雪芹的吩咐、嚷嚷"回家沏碗普洱茶喝"的食客，普洱茶和他们才是真正的知交呢。只是平常相对，却是贵贱不移、不离不弃。恭喜这样的人了，如今你们的普洱不再烫手，正可以缓缓饮之。

茶不知名分外香

2006年的夏天，真是难。一天一天，不是过，是熬。气温高不说，而且一丝不苟地从头热到尾。不用有其他事，这样的天气就让人觉得"人生就是含辛茹苦"（简·爱语）。何况，在这个夏天里，生离死别的悲伤使人心神散乱、如泥委地。

躲在空调和茶里，但是空调是不自然的阴冷，茶也是越喝越枯。觉得必须出去旅行几天，体力是不允许的，但是心情太需要透气了，几乎是以"豁出去了"的心情出了门。

有一天，来到一座山上，不知道叫什么山，也不高，慢慢走走就到了山顶。山顶没有什么风景，光秃秃的大石头上，只有几个山民在那里提篮小卖。一个卖豆腐干，一个卖酸萝卜,一个老太太也卖豆腐干,但是同时卖茶。我坐到她面前的小凳子上,要了一杯茶。茶几毛钱一杯,她递给我一个一次性塑料杯子。要是平时,我是拒绝这种不能算茶具的容器的,但是如今也无所谓了,就用这个一握就不成形的东西倒了一杯茶。我对这种茶不会抱什么指望,眼睛只顾四下看,糊里糊涂地喝了一口。天哪,什么味道?居然是咸的,而且有股什么药味。看了看颜色暧昧的茶汤,看不出所以然,苦着一张脸问老太太,她说这是草药茶,我说叫什么名字? 她用一种介绍自家孩子的疼惜口吻说,就叫作什么什么呀。我问了两遍还是听不懂,问她怎么写,她笑了,转问旁边那个卖酸萝卜的,那个人也笑了,居然是大家都不知道。他们说,这茶在此地很有名,喝了对身体很好,人人都知道,但是大家都不知道写法,天天就这么说,从来不曾想到要写出来给人看。

居然从写字就说到了写文章,老太太说:"写文章那可不是容易的事情! 那些文人,别看他们坐着,好像不辛苦,其实他们要动脑子,辛苦着呢!"卖酸萝卜的说:"那叫脑力劳动,听听,劳动呢,辛苦的。"卖豆腐干的说:"也是,做人哪有不辛苦的。"我从来没有在这样的地方听这样的人说这样的话,本来心灰意冷,觉得什么读书什么写作,都是远在另一个星球的事情了,此时此刻竟然觉得这样的话大有意味,足够让我呆呆地想上半天。

正好朋友来短信问候。我回答:"我正在一个莫名其妙的地方,听莫名其妙的人告诉我文人写作是怎么回事,喝着看上去喝不死的药茶。"朋友回我:"听上去像梦境。"

确实像梦境。山顶的风漫漫吹来,无边无际,让人觉得此情此景很适合号啕,又让人觉得根本不必悲苦而应该心境空明,这样傻坐着傻喝着,都不想下山去了。我在心里不停地说,夏天快过去,夏天快过去,今年也快过去,都快过去吧。继续喝那个茶,一杯又一杯,一杯是:众鸟高飞尽,孤云独去闲。一杯是:我醉欲眠卿且去,明朝有意抱琴来。不记得到底是几杯了,老太太好像也没有在数。渐觉唇齿清润,回甘满喉。

朋友的短信再来:"你还在喝茶吗?"

在喝。此地此刻的一盏茶,让人舍不得去。

"什么好茶?怪馋人的。"

我答:"茶不知名分外香。"这当然是改了辛弃疾的"花不知名分外娇",但是当时实在切景切题,几乎不假思索脱口而出。后来我分别给这句对了两个上联,"云无定所悠然白　茶不知名分外香","泉无来历依然净　茶不知名分外香"，回头再一想，一句是说天，一句是说地，小小一盏茶，竟什么都压得住？

而那不知名的山上那不知名的茶，他日若有缘重逢，我再也不问它的名字。

听，茶哭的声音

在一个著名风景区，我们一行人被带到一个茶艺馆。那是一个名茶产地，所以我们自然怀着期待。茶艺馆的规模和装潢还说得过去，女服务员都穿着印花的对襟衫，个个眉清目秀。我们被请进一间茶艺表演室，里面有张高桌子，上面有茶具，桌子对面是几排椅子和茶几，我们就坐下了。一个姑娘向我们介绍了一下手里的茶，说这是他们茶场自己生产的无公害茶叶，她让我们传看了一下。一看就知道，这是绿茶中云雾茶一类的，外形、色泽还不错，嗅了一下，也清香绕鼻。这时我投向桌上那套茶具的目光就带着疑惑了，因为那是一把紫砂壶和一套红木制的五件套——惭愧，虽然家里有一套，但一直不知道正经叫什么，就仿照"蟹八件"的叫法胡乱叫它"茶五件"，这分明是功夫茶"御用"的茶具。

姑娘一边讲解一边开始表演了：先用沸水将茶壶、茶杯等淋洗一遍，这是暖壶；然后把茶叶放进壶中，这有个好听的名字叫"乌龙入宫"，（我听到这里几乎笑出来，绿茶怎么会是乌龙？真是自己打自己的嘴。）然后用开水冲茶，第一遍水倒掉，叫作洗茶，然后立即冲进第二遍水，盖上壶盖后，用沸水不断淋壶身，这叫"内外夹攻"，这样才能泡出茶叶的味道。

天哪，这完全是功夫茶的手法，对待"美如观音重如铁"的铁观音一族则可则宜，用来泡娇嫩的绿茶，从何说起！既惊且怒地等待这姑娘表演完"高冲低行""关公巡城""韩信点兵"，等到茶杯递到我手上一看，这哪里还像是绿茶，颜色又黄又浊，香气也没有了，喝起来只觉得涩涩的苦。这真是胡闹！把嫩嫩的绿茶当成结实的乌龙茶来折腾，又高温又长时间地闷，早把它闷熟闷烂了，不，闷死了，哪里还有绿茶的清亮汤色和清鲜香气！突然觉得这个姑娘是个心狠的人，这样强加于茶的委屈，茶说不出来，可是她会不会哭泣？刚才如果我们安静，应该会听见茶哭的声音。

大家喝完茶，不置可否，姑娘可就开始推销茶叶了，不同等级不同包装的多少钱，现在优惠到多少钱，起初没有人响应就面露不悦，后来见有人要买就笑容甜美起来。

　　这样的茶艺表演，记不清遇到过几次，地点则是从安徽到江西……再后来我干脆一听茶艺表演就拒绝下车，因为我不想去受一次那样荒谬的再教育，不想领受那么精心却又拙劣的推销——要推销，不如直接摆个小摊，让人在那里喊："茶叶咪，好茶叶！"那样要干脆坦率得多。

　　没有了对茶的起码知识，或者说为了花哨好看而明知故犯，还谈什么茶艺？没有了对茶的区别的尊重，就是对茶不尊重，对茶不尊重，又谈什么"道"什么"艺"？

　　如今大江南北遍地都是茶艺馆，有几家是真的爱茶惜茶以茶会友的？不是说那里就没有好茶，而是那些以推销为终极目的的"茶艺馆"，茶味已经杂了异味，那里有的，不是清心、闲心、诚心，一句话，没有茶心，只有利欲熏心。

本地山　本地水　本地茶

喝茶的人，这个茶谚都是听熟了的："扬子江中水，蒙山顶上茶。"还有一句是："龙井茶，虎跑泉。"（这话的另一个版本是"狮峰龙井虎跑泉"。）著名的"茶水组合"还有：顾渚紫笋金沙泉，庐山云雾第一泉，径山茶、苎翁泉，碧螺春、太湖水，君山银针柳毅泉，黄山毛峰人字瀑，雁荡毛峰大龙湫，武夷岩茶九曲溪。类似的说法还有：莫干黄芽剑池水，西山茶、乳泉水，齐云瓜片淮源水，天台华顶千丈瀑，天尊贡芽十九泉，等等。我起初认为这很简单：就是在说某种水和某种茶都好，"双绝"的意思。后来渐渐觉悟：前人在这些说法里暗含了一个意思，这也是中国茶饮文化的支柱性常识：就是水质对茶性的重要，就是说离开了水是没办法谈论茶的。我以为这些谚语的内涵仅此而已。

后来，到各处走得多了，逢茶就喝，渐渐发现一个奇怪的现象：茶确实是好茶，也很新，往往茶博士或者茶娘冲泡得法，喝起来就非常好，甚至不同凡响，激动人心，当即买了一两斤带回来，回来后兴冲冲再泡，却再也没有当时那么香，喝起来滋味也没那么足了。怀疑过茶铺或者茶叶摊子，是不是他们偷梁换柱做了手脚？后来便十分小心，顶住卖家的解释、抗议、嘲笑，自己动手，从尝茶开始就自己取自己泡，买时也自己看准了，亲手取出来，亲眼看他们真空包装好，那种态度，简直是对待有翅膀的小生灵，好像一不留心它就会飞走了似的。这样飞回上海，马上再泡再喝，味道还是不如了。虽然那茶还是好的，等级和新旧都能喝出来，甚至也清香甘醇，但是在当地品饮时的某种风味，或者说韵味，还是不能复现。我的惆怅真是难以言传，像眼看着彩云悠悠飘去，留下一片空荡荡的天空，又有点像去找一棵花树，云雾缭绕之中花香依稀，却不知道花究竟在哪里。

直到读到《煎茶水记》里的这几句话："夫茶烹于所产处，无不佳也，盖水土之宜，离其处，水功其半。"他直截了当地认为：茶在产地喝最好，因为当地的水土和茶最适合，离开了当地，就只能发挥一半了。我这才恍然大悟！怪不得我每次在产地品时那般美妙，回到上海就失了一半魂魄。

又看到《清稗类钞·静参品茶》中记载，武夷山天游观的静参羽士认为，武夷茶有四个阶梯，第一个阶梯是香，第二个阶梯要清，第三步要甘，再等而上就叫"活"，"活"是最高境界。他似乎也认为这个标准有点玄妙，说这个"活"只能用舌头来辨别。他还说：一定要用武夷山里的水，才能激发茶的精华，才能品到清香甘活之味。我再次恍然大悟。拍案大呼：我真是白白喝了几万杯茶，若不是高人道破，还不知要疑惑到什么时候！

却原来，我每次带好茶回上海，所丢失的韵味，就是这个"活"字，茶的"香""清""甘"跟我回来了，但是那个"活"有原则，不是当地的水，无论我如何水温合宜茶具精洁，如何千呼万唤，它终是不肯屈尊下临的。

再忆起名著《老残游记》似乎有写喝茶的段落，翻出来一看，又恰是明证："子平连声诺诺，却端起茶碗，呷了一口，觉得清爽异常，咽下喉去，觉得一直清到胃脘里，那舌根左右，津液汩汩价翻上来，又香又甜，连喝两口，似乎那香气又从口中反窜到鼻子上去，说不出来的好受。问道：'这是什么茶叶，为何这么好吃？'女子道：'茶叶也无甚出奇，不过本山上出的野茶，所以味是厚的。却亏了这水，是汲的东山顶上的泉。泉水的味,愈高愈美。又是用松花作柴,沙瓶煎的。三合其美,所以好了。'……"——本山上出的茶,配上当地的好水,所以茶味就好。难怪唐代的时候湖州进贡顾渚紫笋时,还必须用银瓶装上当地的金沙泉水,一并送到长安。除了金沙泉水质好之外,就是让本地水去陪本地茶,让好茶到了异地他乡也不闹水土不服,精华尽露,芳醇毕现,不打一点折扣。——回头再看那些茶谚,在在都是诚恳的表白或者严正的声明:本地茶须用本地水泡,茶香才能淋漓尽致,茶韵才能神完气足,才是十足的成全。茶人诸君,慎勿辜负!

当一朵茉莉渡过沧海

2016年5月,和妹妹一起去冲绳度假。那里的海蓝得非常浓艳,植物绿得恣肆,到处开着艳山姜、珊瑚藤、扶桑、炮弹百合,妹妹这个园艺爱好者一直很兴奋。而我发现这里的食物很美味,而且和日本其他地方不同,比如居然有韭菜炒猪肉这样的非典型日本菜品。15世纪到19世纪的琉球国王宫首里城因为大量运用石砌和原木,有一种质朴浑厚的感觉,特别自然,如同地里长出来的一般。5月的冲绳已经热了,阳光很猛,遮阳帽、太阳镜、喝水一样不能少。进所有大殿都需要脱鞋子,出来又要穿鞋子,有点麻烦,但我们仍然在里面盘桓了一天。

很喜欢冲绳,但在冲绳,让我印象最深的,却不是景色,不是植物,不是食物,不是古迹,而是一件小事。到了宾馆,我照例要先喝茶。看到各种赠饮的袋泡茶里面，有一种以前在日本宾馆没见过的茶，平假名读出来是 sanpin 茶，发音很像"三品恰"。"恰"是日语"茶"的发音，但"三品"是什么？旁边小字片假名注明是"贾斯敏恰"，哦，茉莉花茶，果然原产地写的是中国。茉莉花茶，日本其他地方也有，一般都叫"贾斯敏恰"，"贾斯敏"是从英文过来的，jasmine，很好理解。这里为什么偏偏不叫"贾斯敏恰"？如果因为和中国渊源特别深，直接从中文"音读"过来，不应该是和"茉莉花茶"接近的发音吗？茉莉花，怎么会是"三品"？这奇怪的"三品"是从哪里来的？

　　几天里在冲绳很多地方发现"三品茶"的身影，于是决定非弄清楚不可。终于，在首里城中心的一个茶室里，我无意中得到了答案。这个茶室是古代琉球国接待外国王子和使臣吃茶点的地方，颇为清雅，进去后大家坐在榻榻米上，讲解和奉茶的女服务员都穿着古代琉球宫廷侍者的服装，大致是大红纯色和服上罩一件白底蓝印花的长马甲，给我们这桌斟茶的时候，我用日语夸了一句"衣服真好看！"女服务员马上含笑致谢，然后告诉我："虽然现在是我们穿着，但其实这是古代琉球宫廷男侍从的服装。"

　　那天的茶点套餐是没有选择的固定套餐，一个柿子红的漆盘上，一枚琉球传统图案的点心，一杯茉莉花茶。杯子是宫廷风的富丽图案，放在黑色的茶托上，我和妹妹忍着笑交换一个眼色：在中国，茉莉花茶极少得到这样的待遇。在慢慢品尝茶点的时候，我在桌子上的宣传册页上看到了一个对我正在喝的茶的说明："香片茶就是从中国传来的茉莉花茶，据说在600多年前传到了琉球。在冲绳话里将'香片'讹传成了类似于'三品'的读音了。而香片是花茶的一种，主要在绿茶中混合茉莉，让花的香气转移到茶中。比起绿茶和乌龙茶，香片是冲绳最受欢迎的茶。"

原来如此！三品，是从"香片"来的。除了发音的讹传，还因为冲绳人不理解我们的"香片"已经包含了"茶"的意思，于是再加上了一个"茶"字，结果就弄出了一个连我这个学过日语的中国人都不好理解的"三品茶"了。

我平时是不喝花茶的，但那天细细地喝了，有一部分是因为入乡随俗，主要是因为一个疑问得到了解答而心情愉快。

一切都是有缘故的。疑问的正面是不明白、不理解，背后就是一个你不知道的缘故。那天，在首里城那间如今已经不复存在的茶室里，我意外明白了"三品"背后的缘故，恍然大悟之余，原来的"岂有此理"顿时被一种"原来如此"的会心所代替。那一刻,我觉得和很多年前的那些琉球人——原本远隔岁月而面目模糊的,突然心灵相通了,几分钟前还因无法理解生着闷气的,突然就有了默契,相视而笑了。

后来,2019年10月,首里城失火,正殿、北殿、南殿等主要建筑均被烧毁,世界文化遗产竟这样付之一炬,我们姐妹很是震惊和惋惜。但是,对我来说,那天在那间茶室里,那突然降临的愉悦瞬间依然在这个世界的某处闪着光,散发着香气,像夏天暗夜里的茉莉花。

度假只是度假,人总要回到日常里来。这些年,母亲是一个人住的。她一个人的日常安排得井井有条,窗明几净,每次回家,我都有些自叹不如。但是有一点,我一直受不了,就是她对节约用水的执念。

对,不是全面的节俭,仅仅是节约用水这一件事。母亲在其他方面都持有正常的消费理念,注意品质和适用,绝不会一味求便宜,也不会因为过于节俭而放弃应有的各种小享受。每当我看到许多人抱怨父母节俭到啬刻、不通情理的时候,我都会暗暗庆幸:还好,妈妈不是这样,妈妈的消费观还是颇为先进的。但是,不包括用水这件事。只要和水有关,妈妈就特别节约,而且几十年如一日。

她80年代去日本，看到日本有这样一款马桶：储水箱上方出水，可以先洗手，洗完手的水再进入储水箱，积攒起来就可以用来冲马桶。90年代家里装修，她心心念念买了两个这种马桶。虽然洗手不如正式的洗手盆方便，但确实比较环保，所以我没有反对。

但她坚持要在家里循环利用水。洗手、洗脸、洗澡的水要留起来，冬天热水器刚开始放水的几分钟水是凉的，她也要留起来。她会用各种容器把那些水装起来，作各种用途——给钟点工洗衣服、作清洁、拖地板等，最后还要用来冲马桶。浴室里因此总是放着各种盛水的容器，看上去像准备停水三天，或者像是家里到处在漏雨。我看了就皱眉头。而且地上难免会有水渍，需要不停地擦，以避免谁踩上去滑倒，我更是觉得心烦。

只要和水有关，母亲就特别在意，甚至有一些紧张。我劝了很多次，一点没用，于是生过几次气，心想：明明可以过得更方便更舒适，为什么母亲要和自己过不去？同时觉得亲生母女之间怎么如此难以沟通，令人沮丧。

后来有一天，聊天的时候，母亲又说起当年在福建莆田华亭中学当教师的日子（华亭那个地方，六七十年代叫"华亭公社"，现在是一个镇）。当时华亭没有自来水，用水是要穿过整幢教师宿舍楼，走一段路，再走下长长一段石阶，再走一段路，到学校唯一的井去打水的。吊桶很大，当时母亲是二十几岁的身材纤秀的女孩子，用那样的大桶打水，对她来说是很费力气的。后来母亲怀上了我，仍然要去打水，如果井台边有其他同事，经常会帮她把水打上来。而母亲特别感念一位叫李焕文的前辈同事，只要看见我母亲端着洗衣盆往井台走，他常常也马上去洗衣服，好顺便帮她打水。这位李焕文老师现在已经九十多岁了，不知道他是否记得当年的这件事情，而我母亲实实在在地念叨了几十年。从她的念叨中，我听出了她的感动和感激，也听出了她当时独居异地、体弱又怀孕的艰难。

　　生下我以后，父母分居两地的问题还是得不到解决，所以母亲只能一个人带着我，继续在华亭艰苦而忙碌地生活。她是中学英文教师，还要带一个孩子，还要做全部的家务，包括每天去打井水，挑两桶回来。她挑不动整桶的，只能每一桶六七分满，然后走一段路，走上长长的台阶，再走上一段路，再穿过整幢教师宿舍楼，然后把来之不易的井水存在我们家的水缸里，供一天的使用。因为忙，她干活的流程和一般人完全不同，比如洗衣服，她没有时间把衣服拿到井台边一口气洗出来，她是这样做的：上课之前，先把衣服泡到水里，打上肥皂，然后去上课，课间操有二十分钟，回来搓干净，然后再去上课。等到下了课，再拿到井台那里过清。

这些话，我听了很多遍了。但是最近这一次，母亲轻轻地加了一句："当年，清水真是来之不易。因为有当年这样的经历，所以我对水特别珍惜，只用一遍就倒掉，我心里真的舍不得。我就是习惯了。"

我们聊天是在厅里，母亲这样说完，就转身进了卧室。我一个人在厅里，觉得醍醐灌顶的同时，心里的滋味有点复杂。是这样。原来如此。我怎么没想到呢？作为和她一起在那个没有自来水的地方生活了十二年的长女，最最理解她对清水的爱惜和节约用水的执念的，不应该是我吗？可是，如果没有她的解释，我居然也没有悟出这背后的缘故。

后来我特地打电话对母亲说：我理解你了，真的。

母亲这才对我说：我节约水，不是想省钱。我知道世界上还有许多地方是缺水的，我们不能因为付得起水费就任性。水龙头一开就有水用，我觉得已经很方便了，看到水还清清的就让它流掉，我确实会心疼。家里存着一些现成的水，倒来倒去，这样循环利用的时候，我心里很舒服很愉快。

一种方式，母亲觉得不安和心疼；另一种，母亲觉得很舒服很愉悦，她当然坚持后一种做法了。而我，知道了背后的缘故之后，终于也觉得她的做法不需要改变了。

不知道为什么，我想起了冲绳的三品茶。如果你知道六百年前那些茉莉花如何经历风波渡过沧海，最早喝到茉莉花茶的那批琉球人如何努力地学发"香片"这个发音，或许你就可以高高兴兴地接受手里的那杯茶，不论它被叫作茉莉花茶，还是香片，还是三品茶。

都市是一个陌生人的人海，大多数时候人们都匆匆擦肩而过，没有时间或者缺少动力来解释自己，没有兴趣或者缺少机会去了解别人，发现差异只会觉得奇怪、费解或不快，有时甚至觉得无理可喻而引发心理冲突和行为冲突。因为都市中的人，来自不同的地方，带着不同的口音和心事，经历了不同的旅途，以自己也未必认同的面目和身份，在此不期而遇。我们来寻找梦想和自由，却劈头撞上了差异和隔膜。

当一朵茉莉和我先后渡过大海，异乡重逢的时候，连我这个家乡人都不能马上认出她来；当一个亲生女儿都需要提醒才能理解母亲的一个生活习惯，可以推断，都市里的人，你，我，她，他，每一个路人甲乙丙丁，其实都是一朵朵孤独的茉莉，各自背负着自己的过去，各自辛苦地渡过了自己的沧海，相遇在繁华喧嚣又空旷微冷的时空中。

差异是多么的自然而然、天经地义，并且应该得到超越了解的接纳和理解。

当一朵朵茉莉渡过了沧海，独来独往是一种活法，不必执手、相视而笑是另一种。

宜兴红　阳羡绿

从北方沙尘暴多发的天气中，乍到宜兴湖㳇镇的阳羡生态旅游区会感到一种生理和心理上的冲击：先是眼睛和鼻子有点不习惯，然后异常舒服；心里首先是惊讶，然后是一阵的翻腾：有点嫉妒有点感慨又有点感动有点窃喜，最后归于忘我的陶然和释然……

一样是春天，可是这里的春天完全是另一番模样：满眼的绿多么鲜亮啊，空气新鲜得多么轻盈，多么湿润，似乎还泛着一丝丝甜味。大都市里喧闹的时间之流，到了这里，骤然平缓起来，一切都突然变慢了，人的心弦突然松了下来……

古人有饮茶二十四宜、多少不宜的说法，那时候没有沙尘暴，如今再说，恐怕在沙尘暴的环境饮茶是最大不宜，而在阳羡清润的四月天品茶,却是真正相宜呢。

说起来,阳羡这个地方真是天生的茶香之地、茶艺之境。这里有著名的竹海,不但很好地维持了水土营造了美景,而且竹子本身就和茶有不解之缘:竹制茶盘清雅质朴,赏心悦目,触感极佳,和茶艺精神十分协调;竹子还可以制作茶则、茶针,也本色可爱,是和茶饮相宜的茶道小物。这里是中国的陶都、紫砂之乡,所谓"人间珠玉安足取,岂如阳羡溪头一丸土",说的就是独独这里出产的紫砂土;所谓"一壶乾坤"说的就是紫砂壶的包罗万象和无穷韵味。紫砂壶是工艺品是收藏品,但它首先是日用品,是茶具,上苍给了宜兴人五色土,除了让他们"富贵",也是让他们饮茶的,他们也确实家家饮茶,人人善品。"无水不可与论茶",要喝茶,先得有好水,偏偏这里的水质也好。在唐代,阳羡除了出贡茶,还出水质上佳的金沙泉水,于是进献贡茶时,还用银瓶装上金沙泉水,一并送到长安。今天的阳羡,虽然金沙泉水不可再得,但是处处山泉依然使水质洁净可口,适宜的温度冲泡之下,能让阳羡茶清新宜人,精华尽露,芳醇毕现。

这样的地方,不产茶简直对不起上苍。宜兴当然产茶,而且所产的是大大的好茶、真正的名茶。我在拙作《茶可道》

一书中将唐代卢仝的《七碗茶歌》列为茶诗的"状元",这首名作中"天子未尝阳羡茶,百草不敢先开花"的诗句,道出了当时阳羡茶的地位之尊贵,采制之早,后面极力抒写"七碗茶"带给人的各种美妙感受,给人留下深刻印象。苏东坡也有"雪芽为我求阳羡,乳水君应饷惠泉"的咏茶名句,也使人对阳羡茶无限向往。

阳羡茶,唐、宋、元、明均为贡茶,有"天下茶品,阳羡为最"(明末清初刘继庄《广阳杂记》)之说。著名的"阳羡茶会",还是唐代茶业盛事——浙江长兴顾渚和阳羡交界产阳羡贡茶,每年入贡前,常州、湖州两太守都要到顾渚山举行茶会,邀请各界名流来品尝新茶。有一年,白居易因病不能前往,还写了《夜闻贾常州崔湖州茶山境会,阳羡欢宴因寄此诗》表示向往和遗憾。以场面的盛大和气氛的热闹,加上催生的诗文,这确实是一场茶业和文化的盛大"欢宴"。今日遥想,依然令人心驰神往。

历史上阳羡贡茶到底是什么品种?说法似乎有几种:碧螺春、阳羡紫笋、阳羡雪芽,应该都有根据,但不知是几种同时为贡茶,抑或先后入选贡茶。现在阳羡名茶中风行最久的应该是宜兴红茶,而近年崛起而引人注目的是阳羡雪芽。

宜兴红茶虽然以高香甜润、汤色鲜亮、平和养胃而拥有稳定的品饮人群，但知名度仍然和它的品质远远不相称。我的一位朋友就说："总没有英国红茶好吧？"我说："英国红茶怎么能和宜兴红茶比？英国红茶用的是叶，所以有的还弄成碎末做袋泡茶，宜兴红茶用的是芽，上品的还是嫩芽，嫩芽来百分之百发酵，多么奢侈！而且那种花果香比英国红茶自然多了！"

至于阳羡绿茶，完全是另一番境界：纤细挺秀，色翠显毫，汤色明澈，香气清雅，滋味鲜醇，回味甘甜。我总觉得是红茶和紫砂壶更相配；而绿茶适合在青山绿水之间，用玻璃器皿沏来品饮，才不辜负那碧绿的叶芽和春天的气息。

来到阳羡生态旅游区，只觉得满眼皆绿，竹海是绿的，树是绿的，水是绿的，随山坡高低错落、优美起伏的茶园更是绿的。信步而行，渐渐觉得带着茶香的风也是绿的、呼吸也是绿的了。这时，我突然有了一个灵感，"宜兴红，阳羡绿"，属于这里的，就应该是这两个名字，多么响亮，多么贴切，多么浓烈，多么落落大方且富于美感！

以后，阳羡茶在我这里就有了新的名字：宜兴红，阳羡绿。这里面也包含了吉祥的祝愿。

莫干水　莫干茶

九月下旬，上莫干山。

看见崖石上那个巨大的"翠"字，心里开出一朵花来：莫干山，到了。

莫干山的秋天，好，好得不容描绘一个字。

过去住过芦花荡饭店，秋风送爽，山景层叠，野花摇曳，还能远眺裸心堡，坐在阳台上就可以浸入风景之中，哪儿也不去，喝茶聊天，或者发呆，有时抬头看看光影变幻的山色和城堡的轮廓，便足以消磨两三天。

这次住的是白云饭店。莫干山顶这些饭店，不是大城市里的宾馆的概念，白云饭店是七幢别墅，朝向和结构都不一样。我住的这间，窗口正对着一挂长长的石阶，秋叶满阶，十分幽静，看上去很像电影镜头，适合一对清瘦文雅的人缓缓走上去——若女子长得像演员沈佳妮，画面就完美了。

上山之前，因为在德清图书馆任驻馆作家，做了几场活动，到的当天有些累了，那台阶没有走上去。后来才发现，那里通向白云山馆，民国政坛风云人物黄郛和夫人沈性真的别墅。黄郛是蒋介石的盟兄弟，1928年，蒋介石和宋美龄曾在白云山馆度蜜月；1937年，周恩来和蒋介石曾在此进行国共合作谈判。黄郛字"膺白"，夫人字"亦云"，白云二字，是从他们的名字中各取一字。白云饭店，也沿用了富有历史感的"白云"二字。

第二天下起雨来了，山中一下雨，竟然有了一点凉意，起身关窗，却关不成——走到窗前，一阵桂花香扑来，真是"花气袭人"，却又是甜的，润的，这样的桂花香，教人哪里舍得关窗？

雨停了就出去寻桂树，果然门外就有几棵。下台阶不远处，"鹤啄泉"旁，还有几棵大桂树，难得的是丹桂、金桂、银桂种在一起，亲亲密密，又俱是满树桂花，开得无微不至。别处比较稀罕的丹桂，在这里却是阵仗最大的。站在桂花树下，香气浓厚而盛大，浩浩荡荡，茫无际涯，闭上眼睛，只觉得整座山都豪华了。

"鹤啄泉"至今犹在，小小石栏，池壁上有一浮雕：鹤叼着一尾鲤鱼，鲤鱼嘴里有泉水涌出。正要细看旁边的介绍文字，一大簇旅行团过来了，导游的解说破空而来，我赶紧逃开了。

回到房间，看到德清朋友送的莫干黄芽，就用宾馆送的瓶装水，沏来尝尝。烧水的时候，我看了一下干茶，是黄茶，茶形细如莲心，略曲，嫩黄，有白毫。沏出来看时，好汤色！嫩黄，匀润，明亮。还未及饮已经茶香满室，香气甜润，似乎从满山的桂花那里借来了一脉天香。啜一口，心里微微一惊：好茶！鲜、爽、醇、甘，在口中和喉间依次绽放。真是喜出望外。于是一连三天，每天一杯莫干黄芽。

回到上海，进门时是黄昏，有些困倦了，马上又来了一杯，又是微微一惊：变了！和上午在山上喝的判若两茶。香淡了，味薄了，回甘虚无缥缈了。茶是同一罐，家里用的水也并非自来水，而是可靠品牌的桶装水，这是怎么回事？哎，我怎么忘了，《煎茶水记》里不是早就说过："夫烹于所产处，无不佳也，盖水土之宜。离其处，水功其半。"唐代茶人早就发现：茶在产地最好喝，离开了当地，其美妙就只能发挥一半了。难怪有那么多茶谚："狮峰龙井虎跑泉""顾渚紫笋金沙泉""庐山云雾第一泉"……其中不就有"莫干黄芽剑池水"么？这些"茶泉组合"，不但是对各处"双绝"的赞美，还隐含了一层意思：本地水最能激发本地茶的精华，本地茶往往需用本地水，才能将"香""清""甘""活"之茶中四境发挥得淋漓尽致。

马上打听白云饭店用的是什么水。答曰：是竹浪牌莫干水。源自莫干山，海拔700米岩层自涌泉。正想去某宝搜索下单，又得知因为产量少，这种水只供应山上客人，德清县城都没有。明白了，上海就更不要想了。

物流发达的时代，突然听到这样"霸道"的"限制条款"，我反而高兴起来。莫干水沏莫干茶，莫干茶须莫干水，这真有趣。从此，去莫干山，又多了一个理由。与二三知己，再访名山，专为一杯好茶，岂非一件赏心乐事？

春山几焙茗旗香

不敢说与茶相知年久,但却是嗜茶如命、不可一日无茶的人,当然不会忘记闽茶对我的润腑涤烦之恩。福建是著名茶乡,所产的茶品种既多,品质又高,又各具卓尔不群的个性。喝着福建的乌龙茶,当那种美妙的"岩韵""观音韵"春日轻雾般泛起,我就会想:福建即使不是我的故乡,我也会爱这一方水土。

说起福建的名茶,出于我意料的,并非每位茶客都能厘清每一种茶的归属,一般人更是颇多淆乱。有的是将铁观音误判作绿茶,有的是以为武夷岩茶全是红茶。

这也不值得大惊小怪。梁实秋在现代作家中可算是茶人,显然比鄙视过他的鲁迅先生精于茶饮之道,可连梁实秋都说过"铁观音、大红袍均为闽南之名茶"这样的话。这句话，池宗宪说是"只说对一半"(《茶席：曼荼罗》)，台湾文人到底敦厚，其实这话是错了一半，大红袍产自武夷山，那是闽北，绝非闽南。

说到福建茶，我估计大多数人的第一反应，不是铁观音，就是大红袍，然后有些够段位的茶客会说"还有福鼎白茶"，或者有些贵人或者潮人会说"金骏眉"。福建2014年起开辟的几条茶文化旅游线路也证实了以上猜测——武夷山大红袍之旅、桐木关金骏眉之旅、安溪铁观音之旅、福鼎天姥山白茶之旅。

四大名茶之中，金骏眉是红茶，福鼎白茶是真正的白茶（就是宋徽宗所推崇的那种白茶，不同于"安吉白茶"那般其实是绿茶的挂名白茶），而知名度前两位的大红袍和铁观音都是乌龙茶（即青茶），占了一半，加上问世时间、历史文化、产量等因素，福建主要还是给人"乌龙茶之乡"的印象。

只不过，在闽茶的舞台上，乌龙茶虽然是气压全场的主角，上场却是姗姗来迟。福建从古至今茶种甚多，而且像大红袍、铁观音等名茶的出现都是晚近，因此福建最早出场的不但不是这些名角，甚至都不是乌龙茶。

古早的茶早已绿断香消，古早的茶人自也无处寻觅，可终究，茶闲烟尚绿，人过名犹香，况且——石在，诗在。

石，指的是泉州南安莲花峰石上的摩崖石刻"莲花茶襟　太元丙子"。太元为东晋孝武帝司马曜在位时的年号，太元丙子是公元376年。千锤凿石，不可磨灭，福建产茶最早的文字记载就是此处。这比陆羽《茶经》还要早三百余年。

"莲花茶襟"，这清香四溢、悠然出尘的四个字，让闽南的石头至今都留着晋代的茶香。

唐代，虽然陆羽本人很可能没有到过福建，但《茶经》引领的茶风大盛，闽地的茶香自然萦绕于诗人们的笔端。

晚唐诗人韩偓，就是李商隐夸他"十岁裁诗走马成""雏凤清于老凤声"的那位韩冬郎。但他后来的诗名却似乎辜负了李商隐这位姨父的期许，除了生逢乱世，多少也吃了"出名要趁早"的亏——他早年所作《香奁集》，多写艳情，后人遂将"丽而无骨"的诗称作"香奁体"，多有贬义。当然也有人认为他是一位忠贞之士，其感怀伤时的诗作才代表他的真正水准。

好吧，对韩偓的评价可以保留争议，但是他避乱入闽、当过"闽漂"却是确凿无疑的。"水自潺湲日自斜，尽无鸡犬有鸣鸦。千村万落如寒食，不见人烟空见花。"这首唐亡后诗人寄身离乱、抒写时代创痛的诗，题为《自沙县抵龙溪县,值泉州军过后,村落皆空,因有一绝》。沙县、龙溪、泉州,都在福建境内。而曾几何时,在军阀混战的间歇里,诗人依然敏感于田园的宁静,在诗中有细致而清新的记录:"柳密藏烟易,松长见日多。石崖觅芝叟,乡俗采茶歌。"(《信笔》)这里写的是晚唐闽南的茶乡风光和茶风茶俗。

五代时詹敦仁,端的没有辜负安溪首任县令这个身份,是位真正的"别茶人",其《与道人介庵游历佛耳,煮茶待月而归》诗中所写,颇合茶中三昧:"活火新烹涧底泉,与君竟日款谈玄。酒须迳醉方成饮,茶不容烹却足禅。"

到了北宋,正如蔡襄在《茶录》里所说的,泉州七县就都种茶了。而北宋宋子安的《东溪试茶录》更载:"堤首七闽,山川特异,峻极回环,势绝如瓯。其阳多银铜,其阴孕铅铁。厥土赤坟,厥植惟茶。……茶生其间,气味殊美。"

在宋代,东晋开始就率先登场的莲花峰茶继续引人注目,其中有一种长在岩缝中的"岩缝茶"已经俨然名茶。1011年,泉州郡守高惠连游莲花峰后,留下了"岩缝茶香 大中祥符四年辛亥"的石刻。南宋傅宗教到莲花峰后,也留下"天朗气清,惠风和畅。男女携筐,采摘新茶"(《游莲花峰茶怀古》)之句。这种"岩缝茶"后来经过南宋僧人净业、胜因培育、焙制,品质日佳而远近驰名。

宋代的斗茶成风，此风也在莲花峰石刻中记录得明白无疑。如淳祐七年（1247），泉州知州兼福建市舶司提举到九日山祈风后到莲花峰"斗茶而归"。比起后世顶戴乌纱的衮衮诸公并不识茶爱茶，唯将各色名茶塞满储物间，或者以喝别人献上的天价茶"刷存在感"，这位宋代的地方官员可谓风雅至极了。

蔡襄《茶录》中只说"晋江清源洞及南安一片瓦产者尤佳"，但事实上安溪作为产茶区在宋代也已崛起。

安溪境内多山，气候宜茶，与别处一样，茶的兴起也与寺、僧有关——安溪清水岩乃天下清水祖师庙的祖庭："清水高峰，出云吐雾，寺僧植茶，饱山岚之气，沐日月之精，得烟霞之霭，食之能疗百病。"这种寺僧所植的清水岩茶有"其味尤香，其功益大，饮之不觉两腋风生"之评（《清水岩志》）。当然宋代安溪茶种已经十分丰富（但均非现在的安溪名片铁观音，铁观音是真正的后来居上），并且满山遍野都是茶园，谓余不信，只读宋人黄夷简《小居》诗便知，黄夷简眼中的安溪可谓满目翠芽、清芬沁人——"宿雨一番蔬甲嫩，春山几焙茗旗香。"

明代正德年间，南安莲花峰茶因莲花台寺改建石亭，此亭名为"不老亭"，典出北宋戴忱刻在莲花石上的诗句"一莲花不老，过尽世间春"。因为这座石亭，从此包括"岩缝茶"在内的莲花峰茶就都改名为"石亭茶"，因本是绿茶，又叫"石亭绿"。

除了莲花峰的石亭绿，清源山茶亦是名茶——"武夷之外，有泉州之清源，倘以好手制之，亦武夷亚匹。"（许次纾《茶疏》）《泉南杂志》有"清源山茶，清翠芳馨"之语，可知也是绿茶。

闽地山岚出奇芳

乌龙茶的兴起是在清代。福建宋代就出贡茶,但那是龙凤团茶,品种属于蒸青团茶,不是乌龙茶。直到明代罢贡茶之后,武夷岩茶创制,这应该是福建乌龙茶的起源。武夷岩茶是乌龙茶的一大类(包括大红袍、白鸡冠、铁罗汉、水金龟等"四大名丛"与水仙、奇种等),与之并列的还有闽南乌龙一大类(包括铁观音、黄金桂、永春佛手、安溪色种等)。

清代文人对乌龙茶的接受,袁枚的转变过程很有代表性。其《随园食单》里有"武夷茶"条目,其中对功夫茶的器具、品饮顺序、风味特点都有精确描写,而且给予了由衷认可:

余向不喜武夷茶，嫌其浓苦如饮药。然丙午秋，余游武夷到曼亭峰、天游寺诸处。僧道争以茶献。杯小如胡桃，壶小如香橼，每斟无一两。上口不忍遽咽，先嗅其香，再试其味，徐徐咀嚼而体贴之。果然清芬扑鼻，舌有余甘，一杯之后，再试一二杯，令人释躁平矜，怡情悦性。始觉龙井虽清而味薄矣，阳羡虽佳而韵逊矣。颇有玉与水晶品格不同之故。故武夷享天下盛名，真乃不忝。且可以瀹至三次，而其味犹未尽。

既然文人雅士喜欢上了乌龙茶，清诗中自然出现了不少咏乌龙茶的作品，其中扬州八怪之一的汪士慎的一首最得乌龙茶之风神：

初尝香味烈，再啜有余清。
烦热胸中遣，凉芳舌上生。
严如对廉介，肃若见倾城。
记此擎瓯处，藤花落槛轻。

汪士慎咏茶的诗达二十余首，好友金农赠他一号"茶仙"。他画梅精绝，又得茶中三昧，可知其人品心性。

到乾隆年间，安溪铁观音终于问世。对于它的发现以及名字的由来，从来众说纷纭，最常见的是一位姓魏的茶农潜心礼拜观音，终于使他进山发现一棵神奇茶树，移栽回来，制作的茶叶，沉重似铁，远出众茶之上，因此叫铁观音。另一版本则说是观音托梦，茶农采摘了茶枝，回来种在铁鼎之中，故名铁观音。另一个说法则是因为此茶"美如观音重如铁"，所以叫铁观音。

这些民间传说味都太浓重了，总觉飘忽肤浅，直到近年在龚鹏程《饮馔丛谈》中读到对铁观音形成的推断，方推为正解，龚氏认为："安溪铁观音，这一名品之形成，应与《东溪试茶录》所说的地理特质有关。因安溪蕴藏铁矿，目前钢铁产量居全省第二。这种地质所产之茶，含铁高，茶汤色深，有时表面甚至会泛起一层淡淡的铁锈纹，故而得名。"至于"观音"二字，可能是赞美其香、味、韵的美妙绝伦，也可能与"铁罗汉"一样，是一种带祈福、吉祥意味的命名。

这时武夷岩茶已然珠玉在前，铁观音的兴起当然免不了和武夷岩茶的相较。清代阮旻锡是明末遗民，字畴生，同安人。康熙二十二年（1683）郑克塽降清，阮旻锡出家，僧名超全，后入武夷山天心永乐禅寺，成了一名茶僧。清代《泉州府志·物产》中载他所作《安溪茶歌》曰：

> 安溪之山郁嵯峨，其阴长湿生丛茶。
> 居人清明采嫩叶，为价甚贱供万家。
> 迩来武夷漳人制，紫白二毫粟粒芽。
> 西洋番舶岁来买，王钱不论凭官牙。
> 溪茶遂仿岩茶样，先炒后焙不争差。
> 真伪混杂人瞆瞆，世道如此良可嗟。
> 吾哀肺病日增加，蔗浆茗饮当餐霞。
> 仙山道人久不至，井坑香涧路途赊。
> 江天极目浮云遮，且向闲庭扫落花。
> 朝夕几焙茗香迷，无暇为君辨正邪。

这首诗对安溪茶的研究非常重要，比起他对茶界鱼龙混杂的不满（在神州大地上，品牌侵权良莠混杂的牢骚横亘千年而生生不灭），有几点更加重要：第一，当时的茶叶品种与销售情况；第二，以安溪茶为代表的闽南乌龙茶的制作是模仿武夷岩茶起步的（"不争差"为福建方言，"一模一样，毫无二致"之意）；第三，说明此时的安溪茶已经是乌龙茶主打了（并非没有其他品种，而以乌龙茶为主，且诗中所写是乌龙茶）。

"溪茶遂仿岩茶样"，岩茶什么样？"先炒后焙"。龙井、碧螺春等绿茶，都是炒而不焙，武夷岩茶又炒又焙，所以半青半红，青是炒色，红是焙色，既然当时的安溪茶完全按照武夷岩茶的制法，可知已为乌龙茶之属了，此即安溪铁观音的滥觞。

二十世纪，安溪铁观音本已夺得乌龙茶之王的宝座，但二十一世纪以来为了迎合都市年轻白领，注重减低发酵程度的"清香型"，高香、厚味与回甘均打折扣，大有自弃本色之痛、迷了本性之嫌。加上前几年被曝光的农药残留超标和稀土催芽现象，还有一些不良商家以安溪所产本山茶冒充铁观音等，令铁观音人气走低，不但口碑落后于大红袍为首的武夷岩茶，更被品质优异而信誉稳定的台湾茶争去了许多乌龙茶"忠粉"。

我就遇到过冒充铁观音的本山茶，汤色尚好，香味和滋味都淡薄一些，过喉寡韵，饮后无茶爽。"本山梗有竹子节"，按照家乡亲人所教的鉴别法分辨，果然茶梗上一节一节的，类似竹节，而且"肉断皮不断"。若是铁观音，不但没有"竹子节",而且折断处的横截面都是异常整齐的。最近几年,我渐渐转向台湾乌龙茶,也注意起了台湾茶人对茶的感发。

饮茶是在"甘苦对立的茶汤"中体味"生命的浓度",这是我的理解,字眼则出自台湾茶人李曙韵《茶味的初相》。就在这本书里,李曙韵有一首诗,其中对乌龙茶的描写令我难忘:

> 我赶在京都通往金泽的路上
> 沿线的红叶迤逦向天
> 多希望你也能看见　亲爱的
> 那是一种近似番庄乌龙的汤色
> 发酵与焙火在角力在纠结
> 相知多年后才有的了解　亲爱的
> 与你相处太自然了使我早已忘了最后一道出汤的
> 　时间
> 却依旧能记起初次见面的滋味
> 一种闻香杯与温润泡相互依存的微妙关系
> 一种初乳夹在牧草间的清鲜空气
> 一种焦糖试图掩饰躁虑的情绪

一种桀骜有待被驯化的不服气　亲爱的

　　……

　　关于乌龙茶之味，如果你从未饮过上品，体验到浑身通泰、小宇宙天朗气清，那么我无法对你说；如果你体验过，那么我什么都不用说了。

　　世事浮云乱，而乌龙茶是安顿老灵魂的味道。

茶道

茶可道
（增订本）

茶礼与茶规

这些年，在茶桌或者饭桌上，屈起手指轻叩桌面，对给自己倒茶的人表示感谢的多起来了。这种风俗源于广东，风行全国。曾经对一位广东朋友开玩笑说："埋单"这个词，从粤语变成普通话，是广东最厉害的拳头产品。现在想来，还有屈指代跪"谢茶"的这个动作。

一般人都是屈起四指，以其中的食指和中指轻敲的。两指是代表双腿，屈而轻叩代表下跪。相传，当年乾隆皇帝微服私访，来到广州，君臣一行来到一家茶馆，皇帝扮演普通人很进入角色，一时兴起，抓起茶壶就给臣僚斟茶。臣僚们一下子慌了手脚，不跪谢有欺君之罪，要跪谢又暴露身份，其中一人急中生智，用食指和中指屈成跪状，轻点桌面，才算完成了"不可能的任务"。其余人一看，连忙纷纷仿效。后来就在民间流传开了,成了一种饮茶的礼俗。据说,广东人行此礼还有讲究。到人家家里,主人给客人倒茶时,如果客人是独自一人,就用中指敲;如果是夫妇两人同去,就用中指和食指一起敲;如果全家老小都去了,那就由年长者用五个手指同敲。听上去很有道理,但是我疑心要有鹰一般犀利的眼神,才能看出其中的细微区别。

在外面饮茶,茶壶里的水喝完了,需要续水,客人往往将茶壶盖揭开,搁在茶壶口边,服务员看见了不需说明就会过来添水。这也是源自广东的规矩,也是始于清代。据说当时广州有八旗子弟游手好闲,到处生事。一日,提着鸟笼上茶馆,喝完茶后将笼中小鸟塞进茶壶,盖上壶盖,大声叫堂倌续水,堂倌不知有诈,盖子一揭,小鸟冲出,八旗子弟就说放走了珍鸟,高价索赔。店主明知对方敲诈,也只好自认晦气息事宁人。从此,茶馆吸取惨痛教训,定下规矩:茶客要求续水,必须自己打开茶壶盖。到了今天,已是约定俗成:要续水,客人尽可"免开尊口",但需"举手之劳"掀开盖子。

过去的茶馆,深谙和气生财的道理,处处与人方便。一些地方(如天津等)茶楼数人同去可以一壶数杯,也可以自备茶叶茶楼代泡。茶客中途离开,可以保留座位,回来接着喝。不过各地规矩稍有不同：北京外出时是将茶碗扣在桌上，吩咐堂倌一声；绍兴是将茶杯盖仰天放在桌上，表示"暂时离开，请勿占位"，如此等等。绝无只敬钱袋不敬人的势利眼和穷凶极恶"抢钱"的吃相，偏偏这两款腔调如今是很普遍的了。

客来敬茶或茶馆相聚，一般主人为了表示敬客之意，会避免将壶口对着客人。这是因为"尊壶者，面其鼻"（《礼记·少仪》）。所谓"鼻"，是指壶柄，壶柄为尊，相对的壶口就为卑了。所以应该避免壶口对着客人以免不敬。虽说许多人未必在意，甚至对此全不知情，但是待客之道总是周全些为好。

20世纪30年代以前，上海的茶馆流行"茶客功架"。老茶客上茶馆，向堂倌要茶时不开口，而是用手势示意。比如要喝绿茶，就把食指伸直；要喝红茶，食指就弯曲；要喝花茶，五指伸出微弯形如菊花，这是要菊花茶，伸手握拳状是玳玳花茶，大拇指、食指和中指碰合一起，则是要茉莉或者珠兰花茶，这个手势表示小花型花茶；如果只喝白开水，就只伸出一个小指。这种做派如同戏剧演员的功架，所以被称为"茶客功架"。如今早已废止。这一点，我想再怀旧的人也不会试图让它复辟，因为如今茶叶品种太多了，伸直了食指，怎么表示得清龙井、毛峰、云雾、猴魁、毛尖、银针、碧螺春等数以百计的绿茶？何况还有明前、雨前，特级、一级的等级。如果还讲茶客功架，要么是练杂耍，要么是打哑谜。现在的服务员也没耐心陪你玩默契。

茶礼、茶规讲不讲都不打紧，只是这年复一年茶馆里的人情味只管淡下去，却是让人黯然神伤的。

茶会与茶宴

如今的茶话会,常常让我想起古已有之的"茶会"。中间多出一个"话"字,是因为古人重茶而今人话多吗?思之令人发笑。

茶会应始于唐朝,最初多由寺庙僧侣发起,一般在春天举行,众人聚会饮茶,同时论佛谈玄。这首名为《资圣寺贲法师晚春茶会》的诗可以让人玩味这类茶会的底蕴:"虚室昼常掩,心源知悟空。禅庭一雨后,莲界万花中。时节流芳暮,人天此会同。不知方便理,何路出樊笼。"后来的茶会不限于佛门,但总是边饮边谈,而且所谈的内容与茶相宜。著名书法家颜真卿和他的几位好友举行茶会,留下《五言月夜啜茶联句》,其中"素瓷传静夜,芳气满闲轩"是摹写文人雅士茶会的传神佳句。

茶宴，又称茶果宴、茗宴、汤社，指用茶果而非酒肴宴请宾客。史载第一桌茶宴是由东晋的吏部尚书陆纳摆下的。陆纳任吴兴太守时，卫将军谢安要来拜访他，他的侄子看他什么都没准备，又不敢问他，就私下准备了可供十几人用的酒席。谢安来了，陆纳只是用茶果招待，侄子连忙救场，摆出丰盛的山珍海味。陆纳等客人一走，就打了侄子一顿，骂道："你小子不能给我争光，为什么要玷污我清白的操守？"可见对于茶宴，有人视为寒酸吝啬，有人则认为是清白的证明。到了唐代，风气一变，茶宴被视为清雅风流之举，成了时尚盛事。茶宴内容热闹起来了，增加了吟诗、唱和、丝竹、歌舞（白居易所谓"珠翠歌钟俱绕身""青娥递舞应争妙"），程式和气氛上更像"宴"了。人们不但以茶宴鉴茶、款客、招聚，还用茶宴送行——"幸有茶香留稚子，不堪秋草送王孙"，就是明证，诗题《秋晓招隐寺东峰茶宴送内弟阎伯均归江州》也清楚说明了一切。这里也可看出茶宴和茶会相比，除了更热闹，还有一点：完全不拘时令。宋代的茶宴之风吹进了宫廷，宋徽宗曾设茶宴招待群臣，并且当场表演茶艺——"亲手注汤击拂"。蔡京这个马屁精于是写了《延福宫曲宴记》来大加讴歌。蔡京还写了《太清楼特宴记》《保和殿曲宴记》来记叙皇家茶宴盛况。到了清代乾隆朝,茶宴已成定规,每年元旦后三天在重华宫举行。宴时,乾隆居宝座,群臣每二人一几,饮茶看戏,或作即景联句,或乾隆当场赋诗,命大家和。

茶会和茶宴也有难以分别的时候。比如著名的阳羡茶会、径山茶宴。阳羡茶会,是唐代茶业盛事。浙江长兴顾渚和阳羡交界产阳羡贡茶(即顾渚紫笋),每年入贡前,常州、湖州两太守都要到顾渚山举行茶会,邀请各界名流来品尝新茶。有一年,白居易因病不能前往,还写了《夜闻贾常州崔湖州茶山境会,想羡欢宴因寄此诗》表示向往和遗憾。以场面的盛大和气氛的热闹,这确实是一场以茶的名义举行的"欢宴"。相反,径山茶宴则是径山寺僧人在寺内举行的诵佛论经的茶事活动,它仪式感强,更像气氛庄重的"会",而甚少"宴"的色彩。(径山茶宴是日本茶道的源头,那要用另一篇文章细说才是,这里先按下不表。)照我看,前者更像茶宴,后者却是茶会。也许是到了某个境界,不必拘泥名称之辨?也许在这种场合,茶会和茶宴已经合二为一?

茶会在当代虽渐渐式微,但不绝如缕。抗战之前,茶道专家夏自怡举行的金陵茶会,20世纪80年代兴起于台湾的无我茶会,都是古茶会的余响。为求"和敬清寂"之境,无我茶会过程中禁止讲话。由此可见茶会和茶话会的侧重是不同的，但这一点大概会让爱发言的人无法忍受吧。"吉人辞寡"，如今的吉人不多，也许是因为都太"有我"了吧。

茶与果

前几天去了一趟马陆,拜访葡萄研究所的所长单传伦先生。一边听单先生讲述他的葡萄种植理论,一边按照他的权威建议,由淡而浓地依次吃着各种葡萄:藤稔、香悦、白鸡心、翠峰、巨峰、巨玫瑰。让我们喝的,意外的,是铁观音,而且香得很正。平生头一遭吃着葡萄就铁观音,果味茶香在口中抑扬顿挫、相生相发,在盛夏的日子里,这样坐在绿色的葡萄架下,突然有一种新奇的愉悦。忆起了曾经在日本吃特别甜脆的网纹瓜配绿如春水的玉露茶,还想起了"茶果"这个可爱的词。

"茶果"原本有几种解释,一是茶和水果,晋代以俭德著称的陆纳招待贵客时只用茶果,唐诗"林家何所有?茶果迎来客"也是这个意思。二是茶和果仁。这些果仁是榛子仁、松子仁、胡桃仁、瓜子仁这类,如今还多了开心果、杏仁这些进口的坚果,橄榄仁、杨梅仁则少见了。三是泛指点心,《六部成语·茶果费》注:"衙门茶果,例有官项,即所谓点心费也。"茶果就是点心,衙门里用来招待客人,是有专款的。今天说茶果,多沿用第一个意思,有时也兼了第二第三个意思,指茶和各种与茶相宜的小食。这个意义上的茶果,就像杭州茶楼里的自助饮茶,干鲜果品、点心小吃,什么都有。

历史小说《少年天子》里,有一个堪称经典的茶果单子。那是乌云珠(后来的董鄂妃)给太后拜寿时献上的三清茶和九九果盒,三清茶用的水是松针、竹叶上的雪,烹茶时又添了松仁、佛手和梅花,水滚三道而成。果盒有九样果品,每样九颗,分别写了吉祥的名签:瀛海骊珠(龙眼),上苑琼瑶(栗子),玉池莲颗(莲子),仙露明珠(葡萄),绛囊仙品(荔枝),宝树银丸(白果),安期珍品(白枣),蓬山翠粒(松子),昆圃长春(长生果)。原来饮茶品葡萄,前人早就有了,还可能是极尊贵典雅的来历。

我极推崇的明代韵人张岱,在《陶庵梦忆》写茶馆的《露兄》篇中有:"瓜子炒豆,何须瑞草桥边;橘柚查梨,出自仲山囿内。"瓜子炒豆,橘柚查梨,这几样,想必是张岱经常用来佐茶的,或者是当时茶馆常见之物。加上张岱写得出神入化的兰雪茶、罗岕茶,当时的茶果,这就是了。

明代的趣人李渔在《闲情偶寄》之《不载果食茶酒说》篇中说:"果者酒之仇,茶者酒之敌。"他将人分为两类:酒客和茗客。他说有新客入座,只要拿果品和甜食给他就可验出。见了就吃而且兴奋的,就是喜欢茶果的茗客,不吃或者勉强吃一点的,就是酒量过人的酒客。他说自己不喝酒,谈起"食果饮茶之事","则觉井井有条,滋滋多味"。我用李渔的标准衡量了一下亲友,好像果真如此。

今天的佐茶的"果",主要为三大类:瓜子坚果、蜜饯干果、糕饼点心。以我个人的经验,菲律宾的芒果干可算茶果中的尤物,而日本的"和果子"则是此中的逸品,闽南的绿豆酥饼和花生贡糖,南京的茶干,北京的豌豆黄、苹果脯也都是与茶配得很妥帖的妙品。平时居家饮茶,有茶无果的清饮居多,闲暇宽裕或佳客至时,最爱天津的栗羊羹一味。将褐色而略带透明感的长方形从塑料袋中取出,切成小块,插上牙签,放在白色或透明的掌上小碟里,视觉上先助了茶的清,更以毫无保留的甜给茶绵绵不绝的微苦打了拍子,使每一口茶都香浓如初,连细腻密实的口感都正好衬托茶的过口即空,真是体贴入微,丝丝入扣。般般皆无时,超市卖的台湾米点和东北产的"超细质"绿豆糕也无不可,前者有南方的甜糯可人,后者是黑土地的质朴大方,与茶也相宜。

云雾　轻香　冷韵

在茶人的心目中，最美的风景，不是奇峰烟云，也不是小桥梅花，而是那翠绿茶园。看着它，你会觉得满目生机，洁净无尘，清风徐来，仿佛听到泠泠水响，闻到茶香氤氲，那可能是人间最接近仙境的地方，因为到了茶园，你会发现：仙境在你心中。

我到过不少茶园，有的是平地茶园，有的是缓坡茶园，还有山地茶园和人工群落茶园，至于高山茶园，也在路过的车上遥遥眺望过不止一次。

就像人是不是种茶人由不得自己一样，一个地方能不能种茶也要看天意。众所周知，我国有江南、江北、华南、西南四大茶区。究竟是什么原因使茶树形成这样的分区？换言之，什么环境适合茶叶生长？

首先是土壤。土壤质地,《茶经》中说:"上者生烂石,中者生砾壤,下者生黄土。"沙壤土以其保水、保肥,通气良好的特点,成为茶叶的首选土壤质地。土壤酸碱度,pH7为中性土,pH7以上是碱性土,茶是耐酸作物,以pH4.5~6.5为宜。了解土壤酸碱度,固然可以用指示剂测定,但是还有一个方法可一目了然,那就是生长着马尾松、杜鹃花、蕨类、杉木等植物的地方,一定是酸性土。此外,土壤养分、地形地势对茶的生长也有影响。

第二是水分。茶树需要比较湿润的环境,但过湿会导致根部的腐烂等湿害。

第三是温度。茶树生长最适宜温度是20℃~30℃,平均气温低于10℃,则茶进入休眠状态,气温低于茶所能忍受的最低限度时,茶叶就会冻伤甚至冻死。虽然不同茶种耐受低限温度各不相同,但一般来说,乔木型大叶种是-5℃左右,灌木型中小叶种在-10℃左右。连续冰冻时间和风速对茶叶也有很大影响。这也是主要茶区都在南方,而不在冬季千里冰封的北方的主要原因。

最后是阳光。光照是茶叶生长的首要条件,茶叶依靠阳光进行光合作用,对阳光的强度、时间、光质都有要求。最早的茶树生长在原始森林里,现在许多优质茶也纷纷标榜自己生长于高山之上、密林之中、云雾之间，直接叫"高山茶""云雾茶"、甚至两者叠加叫"高山云雾茶"；这是为什么？原来茶叶喜欢光照，但不喜欢直射光，而是喜欢相对柔和的漫射光。因此一些日照强烈的地方，会在茶园里种上一些树给茶遮阴，正为此故。

那些高山密林、云雾缭绕的地方，终年多漫射光，有利于茶叶的茶氨酸、谷氨酸等含量提高，所以，在那种环境里生长的茶叶，往往品质优异，滋味好，香气高。比如历史上的黄山云雾，据《黄山志》记载："……就石隙养茶，多轻香，冷韵袭人断腭，谓之黄山云雾……"如今常看到的云雾都是别处的（比如庐山），黄山似乎是以黄山毛峰来"主打"了。有好事者考证说，黄山毛峰的前身就是黄山云雾，我一度也相信了，因为"文革"前后乱改名的风气实在盛行。但是，这种理性上的妥协不能说服味觉。我喝过许多次特级黄山毛峰，甚至就在黄山"就地"喝过，只得说是辜负了黄山的盛名，还不如同是那里产的"滴水香"。那"轻香""冷韵"，终是"只在此山中，云深不知处"，无从寻觅。

还是毛峰归毛峰，云雾归云雾吧，那"袭人断腭"、冷艳出尘的绝代好茶，纵使今生无缘一亲芳泽，总可以在心里存一点念想。所谓"梦魂纵有也成虚,那堪和梦无!"——人生最难堪的,不是梦没有实现,而是连梦都没有。

一春心事在新茶

"盼望着,盼望着,春天的脚步近了。"这是早年从课本背诵下来的朱自清的名作《春》的开头。我对十足君子的朱自清先生抱有敬意,把他的名句窜改成"盼望着,盼望着,新茶的脚步近了",实在是情不自禁,情非得已。

如果没有新茶,春天有什么好盼望的?

对我来说,春天常常是令人烦闷的季节。冷暖不定,黏黏糊糊的雨水,突如其来的风沙,杂乱无章的植物,"又是一年了"的压力,满城多发的感冒和精神病……日本作家吉本芭娜娜说过,春天有一种"势"。在我看来,春天简直气势汹汹,人需要在身体和心理上有足够的能力与之抗衡。

幸亏有新茶。对于喝茶的人来说,一年之计在于春,是个千古不变的真理。总是这样的,到了春节,细水长流的春茶或者后来补充的秋茶,就喝得差不多了,剩下的,其色香味也都是明日黄花了。但是算来还在二月,春天还停留在节令名称上,少不得忍耐,斟上一杯陈茶,聊胜于无地喝下去。其实只要保存得当,茶叶的"陈化"也还可以接受,但是心理很难哄骗。就像那些明星,虽然脸上看不出一丝皱纹,但是出道已经老普洱茶般地"不记年",怎么也不能让人觉得年轻。喝陈茶,就像对着这样的明星,还要叫他"男生"、呼她"女生"一样。

然后熬到了三月,存茶眼看断档,但绝不甘心去买陈茶,这是黎明前的黑暗。开始心神不宁:今年新茶不知会不会如期上市,品质好不好?几乎是近乡情怯了。哦,不是近乡,是近"香"。

清明快到了。关于新茶的消息开始撩拨人们的神经。如果天气好,报纸上预报的各地开采新茶的日子可以精确到一天不差;如果老天不作美,比如遇上倒春寒什么的,那受影响的,不仅仅是娇嫩的茶叶,还有我们的心情。

明前茶自然是极好的,那好不在新,不在嫩,也不在物以稀为贵,而在它来得及时。就在希望和绝望两军对阵、胜负难料之时,它的到来,一下子奠定了局势。但是,明前茶产量少,而且贵,难免曲高和寡,等到雨前茶仙女下凡，所谓"兰亭步口水如天，茶市纷纷趁雨前"，新茶终于来了！古人折了梅花寄给远方的朋友，"江南无所赠，聊寄一枝春"。我总觉得这应该是说茶，有一次寄新茶送人，真的就写了这两句，明知故犯了。

过去关于新茶的传说是：只能由年轻的未婚女子来采，采下来的茶叶不放进竹篓而是含在口中以保持茶叶的纯正和新鲜（信阳毛尖），新茶采后不用火焙，而是用薄纸包裹，置于女子胸脯上，"蛾眉十五采摘时，一抹酥胸蒸绿玉"，确保纤芽细叶绝不焦卷（碧螺春），等等。现在呢，伴随着新茶而来的是名茶"反盗版"、产地争抢采茶女之类的消息，还有骇人听闻的天价。

新茶几乎是艺术品。芽如嫩玉，色如曙光，吹气如兰，沁人心脾，一饮之下，实在是难以言说的享受，几乎可以算作现代人心理治疗的一种。因此，等茶、买茶，成了一春的心事。

陆游诗我独爱这一首："世味年来薄似纱，谁令骑马客京华。小楼一夜听春雨，深巷明朝卖杏花。矮纸斜行闲作草，晴窗细乳戏分茶。素衣莫起风尘叹，犹及清明可到家。"世味薄，想必那时茶味犹厚。如今不知为何，连茶味也只管一年年淡了，做人真是越发的难了。

各自喝茶去吧

茶堪称中国"国饮",客来奉茶、以茶会友、相互赠茶,都是古已有之的风俗、习惯,几乎成了许多中国人不假思索的下意识:客人来了,往往一边问候,一边就去取茶罐茶具;朋友见面,真的有话要说或喜欢清净聊天的,就会舍筵席而取茶叙;至于做礼物,从富有的王室到清贫的书生,从忙碌的商人到悠闲的隐士,从白发老者到青春红颜都合适,除了茶,谁想得出第二样? 真所谓"君子小人靡不嗜也,富贵贫贱靡不用也"(宋人李觏语)。

古之君子,收到茶的馈赠,一般有三种反应。坦然自得的:"不寄他人先寄我,应缘我是别茶人。"(白居易)——他不先寄茶给别人独独寄给我,是因为我是个善于鉴茶的行家;充满感激带一点不安的:"愧君千里分滋味,寄与春风酒渴人"（李群玉）；还有就是别有怀抱借题发挥的："收藏爱惜待佳客，不敢包裹钻权幸"，这是一肚皮不合时宜的苏东坡，他说要把好茶珍藏等待有品位的客人，绝不会像势利小人那样，拿它去钻营权门。

时常收到师友们送的茶，可惜不会吟诗，否则会有许多首"谢赠茶"问世。但"愧君千里分滋味"的心情是有的。

作家毕飞宇，一次要参加一个作家代表团去台湾，早早许诺带台湾茶来，然而行程一拖再拖，我几乎忘了。后来去南京，先见了另一个作家朋友贾梦玮，他居然马上拿出一盒茶，说是毕飞宇给我的。是台湾的高山茶，虽然不是冻顶，但是香气和滋味都是"端正好"，后来问价钱，约合人民币500元半公斤。这比安溪铁观音便宜了不少，如今的上等铁观音，动辄上千元了。对了，毕飞宇平时不喝茶，喝乌龙茶更有茶醉的痛苦经历，台湾买茶时他请当地的行家当了参谋，外行不充内行，不失聪明人本色。

作家裘山山肯定不记得她送过茶给我。我们到海南开笔会，住在一间房间，她是杭州人，生活在成都，都是茶香满城的地方，自然讲究，出门自己带茶不说，还是特级竹叶青，而且是最合理的小包装，一包一泡的那种。卸下行李，她泡了一杯给我，碧清鲜爽，香气扑鼻，我连呼好茶，临别时,她把剩下的几包都给了我。那小包装的设计也很清雅,墨白两色,没有一句絮叨广告,除了写明"四川省峨眉山竹叶青茶叶有限公司"之类外,就是老子《道德经》里的一句话:"静胜燥,寒胜热,清净为天下正。"受教育之后再喝此茶,越发觉得肺腑如洗、尘心暗息。

评论家施战军,有一年来上海时送了我两罐崂山绿茶。一看是曲条形绿茶,颜色并不翠绿鲜亮,而是青苍泛白,怎么像陈茶?谁知一泡,隐藏着的绿就显现了,汤色嫩绿明亮,清香细细,一啜,滋味竟比汤色更绿了一层,让我惊喜不已。后来见《茶录》里有"黄白者,受水昏重;青白者,受水鲜明"。这就是了。也许是抑扬之间反差大,觉得这个茶格外有意思。只是名字失之泛泛,不如改成"崂山黛眉",形色兼具,或者单取个气势,叫作"崂山苍"。后来又遇一款"崂山和茶",与之十分相近,应为近亲。

还有成都的黄海波,那个喜欢窦文涛、自己也很有趣的人,送过广安松芽和峨眉山的仙芝毛峰。还有许多朋友——说不过来了。

茶喝下去了,一声谢却不容易出口,怕一出口,谢不尽情义,却谢落了半城烟柳干树春花。好像是简媜说过——

"说完之后,各自喝茶去吧,有的滋味会流入心里,有的消逝。茶还是茶。"正是呢,趁着清明谷雨时节,千里共好茶,各自喝茶去吧。

我的那杯及时茶

有享受下午茶传统的英国人,表示不喜欢什么的时候,是这样表达的:"这不是我的那杯茶。"我喜欢这种用茶来代替"口味""兴趣"的表达,够含蓄,而且典雅,带着淡淡的幽默。

回到茶本身,喝茶的人固然常常有自己的偏好,每个人都有自己的那杯茶,这不消说的。但是对茶的感受,不仅仅取决于是不是自己的那杯茶,也不仅仅取决于"二十四宜"之类的饮茶环境,还取决于那茶出现的时机。茶固然要在一定水准之上,但是在此先决条件之下,茶与人什么时候相遇就成了决定性的了。这有点像婚姻。其实世上哪有什么命中注定的唯一的另一半? 在一定条件之内,本来有许多可以选择的人,你现在选择的这一个,之所以是她(或他），往往因为这个人在某个关键时刻正好出现。就像一杯茶，来得早，你不想喝；来得晚，你已经喝过了；正想喝茶，茶来了，就是你的那杯茶了。

对于农民和农作物来说，及时雨是上苍的恩惠。对于爱茶、依赖茶、一天之中不能离开茶的人来说，一杯及时茶完全具有同样的意义。什么是天下第一好茶？就是在你口渴、咽干、眼涩、心烦、神疲，觉得魂不附体时，端到你面前的，清香扑鼻、不冷不烫的那杯茶。几口茶汤入口，潺潺过喉，沁入五脏六腑，真如雨过天青、忽然花开，又如拨云见日、再世为人，那种幸福之强烈之刻骨铭心，大概只有坠入爱河可以相提并论。

明人冯梦龙在《古今谭概》中记载了一个极端的例子：

（明）太祖尝至国子监，有厨人进茶，偶称旨，诏赐冠带。有老生员夜独吟云："十年寒窗下，何如一盏茶！"帝微行适闻之，应声云："他才不如你，你命不如他。"

中国的皇帝是不讲理的祖宗，朱元璋这个农民皇帝更是纯正的流氓加暴君，这种人根本不知道天下有"理"字。

但是这次,是他所有不讲理之中最人性化的一次。可以想象,那可能是个困倦的午后或深夜,朱皇帝可能正好又累又困又渴,正好那个厨人送来了一盏还魂的香茶,自然使他大为满意,而且印象深刻,记得赐他冠带。而那些十年寒窗的呆子,他们读的圣贤书,和这个连《孟子》都要删改的土皇帝有什么相干? 怎比得上一盏"及时茶"的强大功力? 他一向杀人如麻,这回听见牢骚而不予追究,就算那个老生员命大了。

不说古代,回到当今。爱茶的人如果陷入无茶可喝的窘境,也是类似于苦难的体验。作家裘山山是这样描写的:她有一次参加会议,"到了那儿才发现,会场是露天的,由于人多,除了坐主席台上的人享有热茶外,其他人都只能干坐。我坐在会场的椅子上,眼睛四处滴溜溜地转,想找一杯茶。可瞟了半天,才瞟到墙角有个和茶相关的东西,热水瓶。我总不能把热水瓶抱起来喝吧。……那个时候,对热茶的向往已远远超过爱情。

"就在这时,我听见一个女人很轻柔的声音:山山,你是不是想喝茶? 跟我说话的是省作协的曹蓉,一个很温和很清秀的女人。她像变戏法一样拿出一个装在保鲜膜里的纸杯,杯里已经放好了茶叶。

"当时我的心情,真可以形容为狂喜。我都没顾上问她怎么看出我想喝茶的,拿上纸杯,直奔刚才已经瞟见的那个热水瓶,迅速将茶泡上。三分钟以后,我就喝上热茶了。那种熨帖,从口里直抵心间。"

这篇写于两年之后的文章是这样结尾的:"曹蓉,谢谢你的一杯暖茶。"

一杯及时茶,简直成了大恩情。这种情状,不爱茶的人觉得不可思议,爱茶的人却都能会心一笑。

中国顶级茶人张岱说:天上一夜好月,得火候一杯好茶,只可供一刻受用,其实珍惜之不尽也。我则怀着最虔诚的心祈祷:今生今世,愿爱茶人的那一杯茶,总是来得正及时。若有这一份甘甜,茫茫人生,也挨得过了。

睡前一壶茶

茶饮最主要的功能,除了解渴,就是破睡提神。

这一点,古代茶人们看法非常统一。所谓"驱愁知酒力,破睡见茶功"(白居易),"六腑睡神去,数朝诗思清"(曹邺),"忧国惟生睡,降魔固有神"(曾几),"勒回睡思赋新诗""手碾新茶破睡昏"(陆游)……其实说的都是明代顾元庆《茶谱》中的两个字:(饮茶可以)"少睡"。

话虽如此,天下事也难一概而论。有惯例就有例外,规则就是让人打破的。

我是从早到晚喝茶的。早上起来,因为空腹,所以一般喝温和的绿茶,过去一般是龙井、碧螺春,后来随和了或者说想通了,不拘名号,巴山银芽、顾渚紫笋、崂山绿茶、羊岩勾青,这个毛尖,那个毛峰,有什么喝什么。早上的茶是"还魂茶",不喝一天都醒不过来,做什么都不耐烦,哪怕天王老子我见了也懒得搭理,总要三杯下去,下床气渐消,眼睛才有了焦点,舌头也不黏在上颚上了,这才能开口说话。早饭吃不吃无所谓,"早茶"不喝,那我的一天根本无法开始。老茶客们说"喝通了""喝顺了",一点不假。午饭之后,一般有一个小时左右是不喝茶的。到了一两点钟,茶烟再起,这回统统换了乌龙茶,因为上班不能午睡,原有些困倦,加上还有一下午的工作等着,提神的力度要大大加强,非请来铁观音不可。晚饭后,还是休息上一个钟头左右,照例要喝茶,这时喝什么就很随性,晚饭吃得油腻了,就来几杯酽酽的乌龙茶消食;晚饭吃得清淡,那就喝杯绿茶,甚至日本茶,都无不可。什么喝了茶睡不着这件事,对我好像天方夜谭。有不少人不要说晚上不喝茶,从下午起就不敢喝茶,我过去总觉得很搞笑,后来变得有点同情。

有时候,晚上睡得晚,临睡前,茶已经喝淡了,而茶兴未尽,我就会另外烧水,酽酽地沏上一壶铁观音或者色种、佛手、冻顶之类,舒舒服服地喝上三巡,然后去睡。有时睡不着,也要起身,认真地新泡一壶茶,喝上两杯。等到睡意渐浓,还要把茶水倒上一杯,带进卧室,好在夜半梦回时喝上一口,才好重新入睡。如此睡前一杯茶,有的朋友说我是对茶的兴奋作用有了"抗药性",我觉得不对,同样一杯茶,为什么白天可以提神醒脑?如果抗药性有如此神奇的时段选择,那就是好事了。可能的解释是:我这个人,太疲劳或者心情烦躁、沉闷都是无法入睡的,所以需要茶来解乏、破闷、清心,制造适合睡眠的氛围和心情。

有这样奇怪习惯的不止我一个人。请看——"我每日三餐之后,必泡一杯热茶,甚至睡觉前也要喝上一杯,否则就难入眠"(李修平《坐下来喝茶》);"静夜开卷或写作时若无此物,就提不起精神;临睡前也要'灌溉'几口,否则辗转难眠"(杨光治《茶缘》)。忆明珠先生更是到了"临上床必重沏一杯浓茶,放在床头柜子上,喝上几口,才能睡得安适"的地步。甚至在十年浩劫期间,他夜夜赶写"认罪书",但是因为有一壶苦茶相伴,"却仍有着一夜夜的安睡。这么说,茶可以滤清梦境,安人魂魄,又有什么不可理喻的呢?"

话虽如此,但同是一杯茶,为什么在白天可以提神醒脑,到了晚上,又可以安神助睡呢?这种现象,科学似乎也无法解释。但是,大千世界,芸芸众生,科学无法解释的,也多着呢。至于那些因健康原因、体质原因过午不能喝茶甚至根本不能喝茶的人,我只能说:人生本来没有完满,此事古难全。

关于茶的神奇，套用一句现成的句式：如果你没有体会过，那我无法对你言说；如果你已经体会到了，那我就什么都不用说了。

茶边话

关于饮茶,其中的奥妙、规矩、忌讳实在是繁如天上繁星的。之所以这样比喻,是因为没有人能认识所有星星,但是星空却是美妙的,饮茶的各种"说法"亦然。

许多常规的说法是耳熟能详的,比如,空腹饮浓茶会茶醉,比如,对待不同的茶要用不同的热情(水温),等等。这算大道理。而各个地方甚至各家各户都有一些五花八门的小说法。

读到冯亦代先生的《品茗与饮牛》,里面说到"我小时候祖母是不许我饮冷茶的,说饮了冷茶,便要手颤,学不好字了"。冯先生祖母的训示让我想起《红楼梦》里薛姨妈和宝钗劝宝玉不要喝冷酒的那一段,先是薛姨妈说喝冷酒使不得,吃了冷酒,写字手打颤儿,然后宝钗说:"宝兄弟,亏你每日家杂学旁收的,难道就不知道酒性最热,若热吃下去,发散的就快;若冷吃下去,便凝结在内,拿五脏去暖他,岂不受害?……"这话听之俨然,到底如何,却未可知。喝冷的东西有那么严重吗?许多外国人一年到头地喝冷水、喝冰水,也没见他们怎么受害,反倒壮实得很,难道他们的五脏是寒带植物,而中国人的五脏就是温带甚至热带植物吗?再说,若说酒性最热,所以不能冷吃,那么茶性一般偏寒,为何冯先生的祖母也不让喝冷的呢?冯家老太太和宝姐姐,总有一个是错的。本能地,我不太喜欢什么都懂、好为人师、过于世故的少女,所以要我投信任票,我宁可投冯家老太太一票。

英国人对下午茶的热爱,到了有人说"茶是英国病"的地步。但据说西人绝不请初见面的人喝茶,总要到相见几次之后、觉得渐渐融洽才会一起喝茶。所以苏雪林读徐志摩会见哈代记里说"老头真刻啬,连茶都不教人喝一盏",马上判定徐志摩在开玩笑,因为他在外国甚久,应该知道西人的这个习惯。吉辛在写到下午茶时也说,老朋友来访喝茶不亦快哉,若是生客闯来喝茶不啻渎神。如此看来,他们是有"不要和陌生人喝茶"的说法了。不论冷热,茶性是不变的,只是若逢陌生人,未知"人性"如何,喝茶喝错了人，煞风景不说，倒真是"岂不受害"呢。

我家喝茶也有一个小说法。我父亲生长在福建，是茶风颇盛的地方，家里曾经也有一两亩茶园，自然是全家都喝茶的。他小时候往往一边读书写字，一边喝茶。我过去常听他说，祖母凡事都纵容他，唯独一件事要求很严，而且一再重申，那就是：不可以用茶磨墨，因为那样长大了会卖妻。父亲每次都是笑着说的，想必当时听了也是觉得滑稽而不信的。为什么用茶磨墨会卖妻？祖母没有解释。也许是单纯的一种迷信、禁忌？也许有潜在的道理，比如：茶是贵重之物，用来磨墨暴殄天物，日后难免败家，败到要典卖妻子的地步。

关于茶的说法里，有一个说法可能是最暖人或者最伤感的，那就是：在泡茶时腾起的雾气里，只要你心诚，你就能够看见你最想念的人的影像。其实，这就和抛硬币来决定事情一样，不在于硬币告诉你的结果，而在于硬币停留在空中时，你会突然明白你真正想要的是什么。如果你意识到在茶的雾气里寻找的是谁，看不看见就都无所谓了。所思念的人虽可能天各一方，甚至天上人间，但思念在心，那人便时时在的，何必在心外找呢？

梅家坞初夏

今年春天,没有去杭州。曾经有几年,每年新茶出来的时候,就去一趟杭州,九溪十八涧走进去,去龙井买茶。去不了的时候,就和那里相熟的茶农联系,我把钱寄过去,让他们把茶寄来。

新茶季节没有去杭州,有了一点牵挂,放在心里,时隐时现。眼看要梅雨了,心里的那一点牵挂突然发酵,蓬松扩大,于是我马上去了杭州。

既然误了新茶,就像辜负了一个多年相知的故人,不等别人说,自己心下愧疚,好像没有理由再贸然撞去龙井。于是,就在西湖边找茶喝。进一家茶馆,要一杯龙井,边喝边看湖,喝淡了,就出来;出来就湖边走走,口渴了,又进一家茶楼,又要一杯龙井,再喝。喝着喝着渐渐不着意看湖了,湖光在杯里,湖光满身满心。

在闻莺阁,听见两个北方人在商量喝什么茶,两个人显然平时都是不喝茶的,但是偏偏做出顶真的样子,对服务员说:"乌龙茶里哪一种最好?""你们这儿的冻顶不是假的吧?"听了觉得别扭。除非有特别偏好,到了杭州,就皈依了这里的风土,就选了这里的龙井吧。且不说龙井在中国绿茶里坐的是第一把交椅,单说这里是龙井的故乡,到了这里,眼睛看的是西湖,嘴里品的若不是龙井,不是显得你一窍不通,就是显得你多少有点不近人情。

出门在外,只要当地是产茶的,一般都可以试着喝上几天,也许是萍水相逢,也许从此缘定终生,只有天知道。不知道在哪里看到过,说成年人到了三四十岁,还没有认识的人就不必认识了,因为朋友和敌人已经够了。我赞同这个说法,但是对茶,我似乎还不能这样淡漠、薄情。品茶到了一定的年头,喜欢的茶一般是不会轻易改变了,但是还是有兴趣在没去过的地方,喝没喝过的茶。甚至隐隐盼望着:说不定会在哪里,会饮到一盏美梦一般、盖过以前千杯万盏的好茶。但是如果真的喝到了,那以后的日子可怎么过? 一般等闲的茶如何还喝得下去? 纵喝得下去,哪还有什么享受? 那次第,怕只能学古人大喊:还我口去! 所以，那样的茶我至今没喝到，一则以悲，一则以喜，窃喜。

第二天睡到自然醒，蒙眬间想起了从来没去过梅家坞。吃了早饭，就去了。果然是另一方洞天。高高下下的茶园，半阴半晴的天，行人稀少，鸟鸣声声，信步走走非常惬意。走了不知几里路，口渴想喝茶了，看见路边的几户人家，都挑着"茶"字帘子，就选了一家视野最好的，上了二楼，霸占了整个大阳台，然后朗声说："来一杯龙井！"龙井来了，茶是好的，水也不错，他们说是山水。听说新茶季节这里天天座无虚席，一杯龙井二十元，换茶叶再加十元，看到墙上还写着"茶位费"，问是什么意思，主人笑着说："那是新茶出来的时候，现在不要紧。"脸上竟有点羞色。我也就不好再问。这家的老太太在旁边坐着，见我一个人，就说："你怎么一个人？要有伴来才好，好说说话，人多还可以打麻将。"我笑了。其实，这是我好不容易才有的清静。坐在这个地方，满目茶树，鸟鸣山幽，绿风送爽，慢慢品着茶，觉得自己草芥一般的人，碌碌无为，何德何能，这样领受万物之备，已经心满意足，几乎惭愧了。

临走时，主人只收了我十元的茶钱，说"下次再来！"我答应着，心里感慨这里民风尚存淳朴，下得楼来，听见老太太在二楼大声说："下次带人来啊！"她还是觉得一个人喝茶怪可怜的。

我忍不住笑了。享受了难得的悠闲,还得到了意外的同情,梅家坞果然是个好地方。

当天晚上,我胡诌了一首打油诗:湖光开烦襟,翠微洗尘心。山僧相对默,茶姑笑语频。借问何处客?独行可冷清?来处已不知,眼前白云深。最后一句有一个出处,十里梅坞入口的牌坊背后写着:白云深处。

茶是径山茶　道是径山道

2016，岁在丙申，孟冬时节，竟入径山。

世间真正的相遇都是久别重逢。没去过径山，却心里早有一座径山在，也许是我思念径山久了，终于承蒙径山不弃，被唤去一见。

入山的路上，心中的盼望欢畅，如万斛泉源，滔滔汩汩。若问缘由，便叫我从何说起呢？径山茶，天目碗，陆羽，径山寺，无准师范，牧谿禅师的《六柿图》，禅茶一味，径山茶宴是日本茶道的源头……那么多令茶人仰慕、激动的风物、风范、风雅之人，彩云般的，一朵又一朵，都升腾萦绕在径山之上，千年不散。而我，只是尘世中一个不一样的泡沫，此生居然有机缘与此风雅之山、智慧之山略作缠绕，居然有机缘入径山"吃茶去"，这种喜悦，对一个爱茶成瘾的人，实在大到难以言传。种种渴念，因为"即将得到满足"的预感而势不可挡。

径山位于杭州余杭，为天目山余脉。唐太宗贞观年间（627—649），僧人法钦遵"乘流而下，遇径而止"的预言，在径山创建寺院。唐太宗诏至阙下，赐他为"国一禅师"。法钦在寺院旁植茶树数株，采以供佛，不久茶林便蔓延山谷，鲜芳殊异。径山寺自此香火不绝，僧侣上千，并以山明、水秀、茶佳闻名于世。宋政和七年（1117），徽宗赐寺名为"径山能仁禅寺"。南宋开禧年间（1205—1207），宁宗亲笔赐额"径山兴圣万寿禅寺"，后改为"径山香林禅寺"。因此，自宋代起，径山寺遂有"江南禅林之冠"的誉称。

正是在宋代，日本高僧纷纷来中国求法，而径山寺是他们向往的圣地。于是，千光荣西将天台山茶籽和制茶法带回了日本；希玄道元将径山茶宴礼法带回了日本，制定了《永平清规》；南浦昭明更是将虚堂智愚赠送的一套径山茶台子与茶道具，以及七部中国茶典，一并带回了日本。

所以，从源头上说，日本茶道，茶是径山茶，道是径山道。

吃茶去。径山下的一个叫作"茶经"的餐厅，里面辟有茶室，迎接客人的，是径山茶宴。主持的是一位姓王的女茶艺师，眉目清秀，脂粉不施，穿一领赭色麻衫，长发绾成一个单髻，穿着和神态都温和清淡，恰与茶相宜。这些年见到的表演茶艺的女子，有的过于柔艳，美人扰了茶的清净，有的过于高冷，近乎妙玉姑娘，都让人不能安心领受茶中三昧。而这一位，却是让我想起一个词牌——"端正好"。她坐下来开始烹水，并不言语，但随着她的动作，茶席渐渐光亮起来，不知何处传来了《高山流水》的琴声。然后她为我们点茶，是径山茶，但不是叶茶，而是自己碾磨的蒸青绿茶的茶末（这便是蔡襄的《茶录》与宋徽宗的《大观茶论》中均提及的点茶程序中的"碾茶"工序；而"末茶"就是"抹茶"，当年在日本留学，一听"抹茶"就认定是中文"末茶"二字），这里的碾茶工艺细入毫巅，每一次都有具体的目数。这一回的，恍惚听见，是六百目。上一回，听见人谈目数，是在宜兴制作紫砂壶的作坊里——也是一个需要将"匠"与"道"发挥到极致的去处。然而今天，又是不同的，还未想出如何不同，已见茶师"罗茶""候汤""熁盏"已毕，注少许沸水入瓯，皓腕徐移，有人请问："这是干什么？"茶师轻道："调膏。"正是。随即注汤，环注盏畔，手势舒缓大方，毫不造作。拿起茶筅（此前许多人纷纷问过"这是什么？""做什么用？""筅字怎么写？"此时全都安静了），持筅绕茶盏中心转动击打，我忍不住脱口而出："击拂。"因为这是"初汤"，明显地，她的腕力蓄而不发，再注汤（"第二汤"），这回直注茶汤面上，急注急停，毫不迟疑，再"击拂"时，但见皓腕翻动，一时间一手如千手，令人目不暇接，这一汤茶师力道全出，击打持久，眼见得汤花升起，茶汤和汤花的一绿一白，分明而悦目。第三汤，汤花密布，越发细腻，随着不疾不徐、力道与速度匀整的"击拂"，汤花云雾般涌起，盖满了汤面……

如果击拂的轻重、频率、运筅不当，击拂之后，汤花会立即消退，露出水痕（即苏东坡诗"水脚一线争谁先"的"水脚"），宋代就叫"一发点"，是点茶失败的一种表现。而这次的汤花白如霜，密如雪，还经久"咬盏"，我们后来在隔壁用餐，频频过来探视，过了一个小时，汤花居然保持完好，始终没有露出"水脚"，实在令人惊叹。这是我见过的最精彩的点茶了。

茶道有"和、敬、清、寂"之说，对其中的"寂"，我一直体会不真切，自然不会是"寂静"之意，若在日本茶道中，感受和揣度到的，似乎接近外表残缺、暗淡、干枯而在朴素中蕴含厚味的"侘寂之美"，至于中国茶道，自然又不尽相同。

这一次，在径山，我悟到了何为"寂"。

在径山寺，当我们在禅房中品饮禅师亲手烹制的径山茶，有一位同行的朋友问："外面在施工，会不会影响你们每天的功课？"禅师微微一笑，又一位朋友说："施工是一时的，游客倒是一年四季来的，可能你们会觉得吵。"禅师依旧专心致志、动作和缓地将茶斟完，然后轻声答："这些都和我没有什么关系。"他的表情波澜不惊，不，连一丝涟漪都没有起。

这才是"寂"——不管发生什么事情，都不为所动。不受环境影响的"安"和不随外界转移的"定"，以及超脱，便是茶道中的"寂"。

"寂"是方式，由此进入茶，但通过茶，得到"安""定"和超脱，因此，"寂"也是结果。这一层，我从来没有想到过呢。坐在径山寺的茶席上，不敢造次妄言，但心中喜悦，如茶香飘起，似汤花涌起。

茶席上的插花，是一枝细小而素白的茶花，就是我们在上山的路上随处可见的，不知何时，竟然飘落了两瓣，剩下的几朵，以一种随时可以滑落的姿态停留在枝上。径山寺，竟然连一枝茶花都美得微言大义。众人不知何时都静默了。一安静，顿觉整座径山是空山，外面落叶满径满山，唯有面前这一盏茶,越喝越润了。

茶道二字,我一向认为:各地有各地的茶,各人有各人的道。领略了多少次佳茗奇茗、茶席茶宴也仍作如是想。但这一次,径山的茶人、僧人用他们茶、水、山、天、人合一的点茶和禅茶,将他们的茶道理念传递给了我:茶是径山茶,道是径山道。

茶诗

茶可道
(增订本)

吟到新茶诗也香

—— 茶与诗之一

到了唐代,茶既为国饮,又正逢诗歌的时代,茶诗就蓬蓬勃勃地染绿了人们的视野。但是茶诗浩如烟海,真要品赏,也不知从何说起。少不得挂一漏万,窥斑知豹了。

如果要推举最佳短诗,我投它一票:

九日与陆处士羽饮茶

皎然

九日山僧院,东篱菊也黄。

俗人多泛酒,谁解助茶香?

自己品茶赏菊,嘲笑那些只知道喝酒的俗人,何等自信,何等骄傲。

同样把茶置于酒之上，怡然自得于茶中情趣的，还有钱起的《与赵莒茶宴》：

竹下忘言对紫茶，全胜羽客醉流霞。
尘心洗尽兴难尽，一树蝉声片影斜。

抒发对茶的感情，尤其是新茶的，姚合的《乞新茶》别具一格——

嫩绿微黄碧涧春，采时闻道断荤辛。
不将钱买将诗乞，借问山翁有几人？

先赞叹新茶的色泽和品质之可爱，又表示深知新茶得来的不易，然后突然用一种率真的婉转提出请求。末句似乎可以解读出一点自谦、自嘲的意味：像我这样不用钱而用诗就要换新茶（不近常情或者有点无赖）的人应该不多吧。其实却是骄傲：像我这样有才情又懂茶、能写出好诗来换好茶的风雅之人，世上没几个吧。以这首诗来看，确实值得以几斤新茶相酬的。

然而和高手相比，这样的才情还是相形见绌。看刘禹锡的《西山兰若试茶歌》是何等的明快流丽、英爽隽永：

山僧后檐茶数丛，春来映竹抽新茸。
宛然为客振衣起，自傍芳丛摘鹰觜。
斯须炒成满室香，便酌砌下金沙水。
骤雨松声入鼎来，白云满碗花徘徊。
悠扬喷鼻宿酲散，清峭彻骨烦襟开。
阳崖阴岭各殊气，未若竹下莓苔地。
炎帝虽尝未解煎，桐君有箓那知味。
新芽连拳半未舒，自摘至煎俄顷余。
木兰沾露香微似，瑶草临波色不如。
僧言灵味宜幽寂，采采翘英为嘉客。
不辞缄封寄郡斋，砖井铜炉损标格。
何况蒙山顾渚春，白泥赤印走风尘。
欲知花乳清泠味，须是眠云跂石人。

以我看，此诗在唐代茶诗中可以封一个榜眼。先将茶的来历从头道来，起笔不突兀，但高峰陡起，将制茶、烹茶、斟茶、品茶的过程写得绘声绘色，处处真，又字字新，句句奇，后半由对茶的赞美转入山僧对茶的态度（其实是处世态度),最后是刘禹锡的衷心认同:最懂得茶汤清凉平和的真滋味的,应该就是这样在云间入眠、在石上打坐的人啊。其实也就是说,那种热衷庙堂进退、执迷腥臊荣利的人是不懂茶,也品不出真正的茶味的。这种看法,直到清代,还有人和他遥相呼应:"试问天街骑马客,一生曾饮一杯无?"(方文)这是将刘禹锡赞美山僧背后的话挑明了。

至于卢仝,凭一首《走笔谢孟谏议寄新茶》,便可以高中茶诗的状元而很少异议。

日高丈五睡正浓,军将打门惊周公。
口云谏议送书信,白绢斜封三道印。
开缄宛见谏议面,手阅月团三百片。
闻道新年入山里,蛰虫惊动春风起。
天子须尝阳羡茶,百草不敢先开花。
仁风暗结珠琲瓃,先春抽出黄金芽。
摘鲜焙芳旋封裹,至精至好且不奢。
至尊之余合王公,何事便到山人家?
柴门反关无俗客,纱帽笼头自煎吃。
碧云引风吹不断,白花浮光凝碗面。
一碗喉吻润,二碗破孤闷。

三碗搜枯肠，唯有文字五千卷。

四碗发轻汗，平生不平事，尽向毛孔散。

五碗肌骨清，六碗通仙灵。

七碗吃不得也，唯觉两腋习习清风生。

蓬莱山，在何处？

玉川子乘此清风欲归去。

山上群仙司下土，地位清高隔风雨。

安得知百万亿苍生命，堕在巅崖受辛苦。

便为谏议问苍生，到头还得苏息否？

  问得好，喝得更好。从此卢仝的名字和茶永远联系在了一起，从此中国有了七碗茶的典故，每一碗都有自己的说法，从此有人奋笔写茶诗，有人搁笔长叹息，而到了今天，仍有许多茶馆茶铺都用它来做一个最现成最风雅的广告。至于我，每读此诗，击节之余总觉得余兴难遣，恨不能和上一首。可作为一个只喝茶不写诗的人，只得慢慢净了手，细细沏了茶，泠泠斟上一盏，酽酽喝上三道，便算作我笨拙却虔诚的酬和了。

贡茶滋味

—— 茶与诗之二

"春风三月贡茶时,尽逐红旌到山里。焙中清晓朱门开,筐箱渐见新芽来。"这是唐代诗人李郢的《茶山贡焙歌》中的诗句。描写的是早春茶农采制贡茶的情景。

贡茶制度开始于唐朝,大约是天宝年间。虽然在周武王时代,巴蜀茶叶就是贡品,但那时的贡茶没有制度化。到了唐代,贡茶遍及五道十七州府,还专置贡茶院,负责制造上等茗茶,上贡朝廷,当时贡茶已有十余品目:剑南的蒙顶石花,湖州的顾渚紫笋,峡州的碧涧明月,福州的方山露芽,蕲州的蕲门月团等。

贡茶特点之一是采得早。所谓"天子须尝阳羡茶,百草不敢先开花。仁风暗结珠琲瓃,先春抽出黄金芽"(卢仝《走笔谢孟谏议寄新茶》),说的正是在百草尚未开花,春天尚未到来的时节，贡茶已经采摘了。这当然是为了抢新，但不是主要的原因。

主要的原因是："十日王程路四千，到时须及清明宴。"（李郢）要赶在清明前送到京城。为什么？因为宫廷里清明节的祭祀，一定要用进贡的茶叶来作祭礼。

贡茶的包装自然也很讲究，"何况蒙山顾渚春，白泥赤印走风尘"（刘禹锡）。用特殊的涂料封口，封包上还盖上朱印。

如此千娇百贵的贡茶到了京城，宫中是什么反应呢？"凤辇寻春半醉回，仙娥进水御帘开。牡丹花笑金钿动，传奏吴兴紫笋来。"（张文规《湖州贡焙新茶》）可以看出"贡茶到"在宫中也是一件大事，而且是一件龙颜大悦的事。

正因为贡茶如此事关重大，而且要抢时间，所以虽然蒙顶茶"天下第一"，但蜀道难，难于上青天，所以唐代的贡茶院还是设在交通方便的常州宜兴和湖州长兴两郡之间的顾渚。顾渚贡茶院规模宏大，经常征调几万人，曾经每年产茶一万八千多斤。采茶时节，湖、常两郡守会到茶山欢宴，也是一年中的盛会。白居易的《夜闻贾常州崔湖州茶山境会，想羡欢宴因寄此诗》，就想象了宴会的盛况，道出了自己因病不能出席的遗憾。

宋代的贡茶移到了福建建安的北苑，正如宋徐荣叟《茶》所写的："官焙春绿入贡时，担头猎猎小黄旗。甘香不数尝阳羡，密侍天颜喜可知。"还有人明确将原因归于北苑茶优于顾渚茶："顾渚惭投木，宜都愧积薪。年年号供御，天产壮瓯闽。"（丁谓《北苑焙新茶并序》）当时北苑有专制贡茶的官焙三十二所，制作的贡茶是龙凤团茶，于是茶诗中到处可见"北苑""龙团"。

可以享用到贡茶的自然不是寻常百姓，"贡入明光殿，分来王谢家"（郭祥正《元舆试北苑新茗》），"样标龙凤号题新，赐得还因作近臣"（王禹偁《龙凤茶》），"政和官焙雨前贡，苍璧密云盘小凤。京华谁致建溪春，睿思分赐君恩重"（释德洪《郭祐之太尉试新龙团索诗》）。

官员大臣、文人雅士以品饮贡茶为傲："龙团贡罢争先得，肯寄天涯主诺人。"（曾巩《方推官寄新茶》）"鸡苏胡麻留渴羌，不应乱我官焙香。"（黄庭坚《以小团龙及半挺赠无咎并诗用前韵为戏》）

贡茶制度的推行，虽然对茶业发展有一定作用，但茶农却往往因此不得安生。"终朝不盈掬，手足皆鳞皴。悲嗟遍空山，草木为不春。"（袁高《茶山诗》）人们不禁要问："朝廷玉食自不乏，何用置局灾黎元？"——明明朝廷什么都不缺，为什么要这样折腾老百姓呢？前人用寄语的口吻揭示了简单的答案："传语后来者，毋以口腹媚至尊。"（查慎行《和竹垞御茶园歌》）

茶烟轻飏名寺中

—— 茶与诗之三

只要读茶诗,就会和无数寺院蓦然相逢,眼前许多高僧飘然而过。不用查史书,便可恍悟茶与僧与寺的渊源是多么地深。

只看标题 ——《大云寺茶诗》(吕岩)、《西塔寺陆羽茶泉》(裴迪)、《招韬光禅师》(白居易)、《资圣寺贲法师晚春茶会》(武元衡)、《谢僧寄茶》(李咸用)、《西山兰若试茶歌》(刘禹锡)、《慈恩寺塔下避暑》(刘得仁)、《宿溪僧院》(曹松)、《题禅院》(杜牧)、《九日试雾中僧所赠茶》(陆游)……就可以看到一派寺院风光,远远近近听见僧人烹茶、论茶的声音。至于《九日与陆处士羽饮茶》《对陆迅饮天目山茶因寄元居士晟》《访陆处士羽》《饮茶歌送郑容》《饮茶歌诮崔石使君》……这一串茶诗,它们的作者是皎然。纵然不知道皎然为谁,那么端详一下这个名字,有点特别? 没有俗姓?对了,这是一位僧人,著名诗僧,茶中高人。除了皎然,其他僧人(如齐己)写的茶诗也不在少数。

茶兴于唐,盛于宋。而饮茶在唐代的燎原之势,确实是借了佛教特别是禅宗兴起的东风。学禅要闭目静思,修心效果难以立见,倒是容易使人入睡,所以要喝茶。唐代《封氏闻见记》记载:"学禅务于不寐,又不夕食,皆许其饮茶,人自怀挟,到处煮饮,从此转相仿效,遂成风俗。"于是饮茶在大小寺院风行,僧人纷纷加入种植、采制茶叶的行列,而且技艺登峰造极:"玉蕊一枪称绝品,僧家造法极功夫。"(吕岩《大云寺茶诗》)可以说是:无庙不种茶,无僧不饮茶,名寺出名茶,名僧制名茶。

僧人们种茶、制茶之后,是如何饮茶的呢? 一天之中,他们是从早喝到晚,到深夜,身边无一刻没有茶的伴随。不论是诵经还是坐禅,不论是吟诗还是下棋,不论是独处还是会客,任何场合都离不开茶。所谓"少年云溪里,禅心夜更闲。煎茶留静者,靠月坐苍山"(曹松),所谓"今日鬓丝禅榻畔,茶烟轻飏落花风"(杜牧),茶在诗中留下的踪迹,总是和"禅"分不开。

还可以看看更加有趣而具体的描写:"晨起洗手面,盥漱了吃茶……吃茶了东事西事,上堂吃饭了盥漱,盥漱了吃茶,吃茶了东事西事。"(道原《景德传灯录》)饮茶为寺院制度之一,寺中有茶堂、茶寮,有"茶头"专管茶水。甚至有些法器也用茶来命名,比如设在东北角的鼓叫作"法鼓",设在西北角,就叫"茶鼓",也有人认为这个"茶鼓"就是用来按时敲击召集僧众饮茶的,无论如何都可以看出寺院对茶的重视。

还有著名的"赵州茶"的典故,也就是"吃茶去"的公案,说的是唐代名僧从谂为赵州禅院住持,前来请教的人很多,一个和尚新来,从谂问道:"曾经到过这里吗?"回答:"到过。"从谂说:"吃茶去!"又这样问另一个和尚,回答:"没到过。"从谂又说:"吃茶去!"后院主不解地问:"为什么到过的也叫他吃茶去,没到过的也叫他吃茶去?"从谂就喊"院主!"院主回答"在",从谂仍是说:"吃茶去!"这就是禅宗所谓的"机锋",打念头,除妄想,唤起各人觉悟。

从谂"无言"也好,"以不变应万变"也罢,但是到底选择了吃茶而不是别的。为什么? 因为茶与禅有天然的相通,都需要平心静气、清净从容,都讲究自然的过程,都强调主体感受,非深刻体味不可得,所以有"茶禅不分家""茶禅一味"等说法。何况学习"遇茶吃茶,遇饭吃饭",原也是禅宗的入门功课。从谂将如此丰富奥妙的内容浓缩在三个字里，难怪前人赞叹："赵州'吃茶去'三字，真直截，真痛快。"（湛愚老人《心灯录》）

　　茶可以"涤尽昏渴神"（刘言史），"断送睡魔离几席"（吕岩），更可以"为我对啜延高谈，亦使色味超尘凡"（黄裳），至于诗僧皎然所谓"稍与禅经近"，已经将饮茶视为修行的一部分了。虽说茶禅一味，但能悟便悟，不能悟就继续执着、妄想，倒不必"索性做了和尚"。门槛内外，谁是容易的呢？还是遇茶便饮，罢了！

茶香入对联

中国对联,蔚为大观,其中以茶入联的,对联也沾染了浓浓的茶香,受到人们的喜爱,不论他们爱不爱饮茶。

作为一个受龙井恩惠多年的人,少不得要从西湖说起。杭州涌金门外藕香居有一副对联非常有名:

欲把西湖比西子

从来佳茗似佳人

集的是苏东坡的诗句,可是地点、特产、历史渊源非常贴切,别处妒忌不得。

还是杭州,"茶人之家"的门柱上,也有一联,写的是茶的美妙和茶馆的真诚:

一杯春露暂留客

两腋清风几欲仙

九溪十八涧附近的林海亭,石柱上镌刻了这样一联:

小住为佳,且吃了赵州茶去

日归可缓,试同歌陌上花来

不动声色地用了"赵州茶"及"陌上花开,可缓缓归矣"两个典故,妙手拈来,意境高远。

茶饮的发源地四川,自然也是茶联纷纭。最古老而且著名的就是:

扬子江中水

蒙顶山上茶

扬子江中水,说的当是有"天下第一泉"美称的南零水,蒙顶山上茶,自然是蒙顶玉露和蒙顶黄芽等贡茶、名茶了。

成都早年有家茶馆,兼营酒铺,请当地才子写了一副对联：

> 为名忙，为利忙，忙里偷闲，且喝一壶茶去
> 劳心苦，劳力苦，苦中作乐，再倒一杯酒来

说的是大白话，却平易贴切，雅俗贵贱都有共鸣。以前有个寺院，有副对联与此意思相近，但说得更透彻：

> 是命也，是运也，缓缓而行
> 为名乎？为利乎？坐坐再去

还是成都，望江楼公园里的吟诗楼，是根据唐代才女薛涛的故事修建的，有副对联曰：

> 花笺茗椀香千载
> 云影波光活一楼

花笺指的是薛涛创制的薛涛笺。公园内还有一处浣笺亭，也有一联：

幽境忽诗来，十样名笺供叶句

余甘留井洌，一瓯春茗正花时

可以想见薛涛不仅是诗人，也是个茶人。

扬州富春茶社，仗着盛名，当起了茶的代言人：

佳肴无肉亦可

雅淡离我难成

郑板桥可能是文人创作茶联的冠军，至今流传的有：

墨兰数枝宣德纸

苦茗一杯成化窑

以及：

汲来江水烹新茗

买尽青山当画屏

意境开阔，悠然自得。

还有不少，如：

扫来竹叶烹茶叶
劈碎松根煮菜根

抒写的是清贫而自尊的生活。
他为日铸茶做过宣传：

雷文古泉八九个
日铸新茶三两瓯

日铸茶产于越州，就是今天的浙江绍兴。说到绍兴，绍兴当年的驻跸岭茶亭挂过一副对联：

一掬甘泉好把清凉洗热客
两头岭路须将危险告行人

除了道及甘泉香茗和眼前山路，似乎还有弦外之音，暗示着世道艰难，茶能洗俗。

此外，比较常见又比较出色的茶联有：

诗写梅花月

茶煎谷雨春

和：

坐，请坐，请上坐

茶，泡茶，泡好茶

这一联有个典故，说的是苏东坡任杭州通判时，有一次外出游览到了一个寺院。接待他的和尚势利，以为他是个普通游客，便说："坐。"又吩咐："茶。"后来闲聊几句，发现他谈吐不俗，就客气起来，改说："请坐。泡茶。"等到得知他就是大名鼎鼎的苏东坡，大吃一惊，恭恭敬敬地再次邀请："请上坐。"大声吩咐："泡好茶！"一盏茶毕，苏东坡起身告辞，和尚请他留下墨宝，苏东坡在纸上一挥而就，就是这两句奇文，现成典故，饱含讥讽，弄得和尚面红耳赤。

如今势利人多，而且连和尚的羞恶之心也没有，若是遇上这样的事情，恐怕不但不脸红，反而兴冲冲卷起那张宣纸，直奔拍卖场而去，倒要叫苏学士长长见识了。势利一旦入骨，茶洗不去，火烧不毁，浊臭逼人，至死方休，奈何奈何！

《金瓯缺》无茶

写茶人写到宋徽宗,不由得想起了著名历史小说《金瓯缺》。不由寻寻觅觅从书架中找出那四卷本,看到泛黄的书脊,发脆的纸,真是"二十余年如一梦"啊。《金瓯缺》确实是当代最杰出的历史小说,作者徐兴业为天下贡献了一部民族心灵史,一幅历史画卷。仅凭那几个极其鲜活、丰满、令人难忘的人物,已经让多少作家望尘莫及。当年初读的目不暇接、叹为观止的记忆,让我忍不住又把这部长篇读了一遍。

谁知这次读完,心里竟有了不满足。不是写得不好,写得着实的好,不但当年看出来的好处都在,还看出了一些当初不曾领会的深刻,但是我还是感到不足和遗憾,而且相当强烈,觉得国人的几大"恨事":海棠不香,鲥鱼多刺,

《红楼梦》未完……之后，应该加上一句：《金瓯缺》无茶！

北宋茶业重心南移之后，饮茶之风日盛，斗茶之风遍及朝野。徽宗《大观茶论》序言中说："天下之士，励志清白，竞为闲暇修索之玩，莫不碎玉锵金，啜英咀华，较箧笥之精，争鉴裁之别。"可见当时风尚。一部《金瓯缺》如文学的《清明上河图》，风土人情无所不包，从当时东京人的审美标准（"韵"）直写到看戏，赏灯，婚嫁，歌舞，过节，赛龙舟，饮酒，梳妆，赏花……连时尚的凤头鞋的名色都有（"错到底"），甚至没有遗漏了著名的吃食——李和儿炒栗。可就是没有茶。酒写了好几种：小槽真珠红，樊楼春，乳泓白酒，可是龙凤团茶或其他任何名茶，只字未提。我期待的分茶的准确细节，关于斗茶的绘声绘色的描写，更是身影全无。赵宋之世，三百二十年与外患相始终，但文化上却是空前的灿烂夺目，正如陈寅恪所说"华夏民族之文化，历数千载之演进，而造极于赵宋之世"（《金明馆丛稿二编》）。如此一片繁花之中，茶文化是其中一枝奇葩，不大书特书，也应该勾勒几笔，否则实在可惜。

再说，既写宋徽宗，而且是那样浓墨重彩、精雕细刻地写宋徽宗，怎么能不写到茶？若是别的皇帝，不写也就罢了，这可是宋徽宗——皇帝中唯一一个写了一部茶书的人，他的身边怎能没有茶,从"安享太平"直到被俘北上。《金瓯缺》中的他,也算得"日理万机":作画、写字、吟赋、吹笛、听琴、题石、咏桧……但这风雅的万机之中,没有点茶和品茶。那么,当时的北苑官焙的贡茶都送去了哪里?那些日益增多、花样翻新的贡茶品种又所为何来?官窑制的茶具难道另有去处不成?那言简意赅的《大观茶论》难道是空穴来风、纸上谈兵?他让位之前和《罪己诏》一起问世的《罢花石纲指挥》中怎会有"罢都茶场"?若不是他爱茶如命、沉湎其中,这些都无从解释。

干脆说,整部《金瓯缺》,几乎不见有人真正喝茶!开头一两处"献上清茗和时鲜果品"这样简单地提一句之后再无消息,好容易盼到写师师走马万胜门,好容易正巧她口渴了,这该写她喝茶了吧?还偏偏"找不到一个出卖茶水的",只让她喝下一瓶马扩挂在马脖子上的水!马扩也不喝茶,他只会把杯中剩茶泼在地上,说:"危难之际,若苟且偷生侥幸图免,有如此水。"这一泼,我的心算凉了。

为什么《金瓯缺》无茶?徐先生在世时,我无缘识荆,因此无从得知。不知徐先生本人饮茶吗?是出于个人兴趣做出这样的取舍?或者受七八十年代时代限制——当时生活水准较低,这一波次的茶文化热还未涌起?

爱茶成癖，又爱《金瓯缺》，不免痴想，那一段徽宗遭师师冷遇的心理战，如果不是用送围棋做借口、通过下围棋做暗示，而是送新茶，借分茶、点茶表心迹又会怎样？至于传达沧桑之感，借一盏茶来让蒙尘天子触物生情也非常贴切。宋诗中恰有这样一首："白发前朝旧史官，风炉煮茗暮江寒。苍龙不复从天下，拭泪看君小凤团。"（韩驹《谢人送凤团及建茶》）

《金瓯缺》无茶，奈何奈何！

寒露啜茗时

疲劳类似于微醺,而连续七天工作的疲劳,是薄醉了。10月15日,宝贵的休息日。睡眠的主要作用不是充电而是清空,通过切断白天辛苦的思维和各种梦的释放,将所有的压力送入另一个空间。然后醒来,迷迷糊糊地觉得一切都还来得及。

秋天了,天薄阴。满屏都是诺贝尔文学奖和鲍勃·迪伦,初听见这个消息,自然是瞪大眼睛的,然后便笑起来了。一半艺术,一半娱乐,多么好。除了极少数睡梦里也想获奖的人,所有人都在笑,多么好。

诺奖不诺奖,民谣不民谣,吃茶去。我喝我的茶。

用一柄掌心大小的浅豆绿色段泥壶,样子是一粒珠,壶钮下多一圈柿蒂纹,色调和式样,泡大禹岭都很适宜;壶嘴短，出汤非常畅快，不用滤盏，直接斟进天青色龙泉杯里，水声泠泠悦耳，方觉清香绕鼻，又见色泽悦目，啜一口，口腔顿时苏醒，再一口，喉咙里隔夜的闷气也散了，一时间五感全开，有几分重新做人的喜悦。

秋天了，我已经不能喝绿茶了，这么些年，向来只有夏天一季能喝一些绿茶，入了秋，就都是乌龙茶，由秋入冬，则一半乌龙茶一半红茶。乌龙茶系列很多，各有妙处，比如眼前的大禹岭，香高而清爽，滋味爽利而归于圆润温文，不像冻顶那么扑烈钝重，也不像武夷岩茶般带一些荒凉蛮力，特别适合充当早上的"还魂茶"。

随手拿起顾随先生的书，一读，又处处觉得他可爱。

"唐人诗不避俗，自然不俗，俗亦不要紧。宋人避俗，而雅得比唐人俗得还俗。"做人也是如此，有的人刻意避俗，结果让人发现其俗在骨；若是认定"俗也不要紧"，就不会起念造作，自然就举止大方。

说到"大方"，顾随说初唐作风，有一点"是气象阔大，后人写诗多局于小我，故不能大方"。局于小我，是小气；气象阔大，才是大方。

"'定于一'是静，而非寂寞。"此语是极。如今往往苦于不得清静，日日嘈杂，心里反而寂寞。

说李白《乌栖曲》"东方渐高奈乐何"一句"不通"。但是李白是用古乐府的《有所思》中"东方须臾高知之"句呀，顾随谁的面子都不给，直批"古乐府此句亦不好解"。真正的学问家，在于别人看不明白的地方他看得明白，别人都自以为明白或者不明白装明白之处，他敢于说出其实根本看不明白。

关于读书人，他说："一个读书人一点'书气'都没有，不好；念几本书处处显出我读过书来，也讨厌。"这是真话，却率真任性，令人莞尔。

他又说王维，说王右丞的诗韵长而格高、境高，"虽写起火事，然心中绝不起火"，但"古书中所谓'高人'，未必是好人，也未必于人有益"。他拿陆游来对比——"放翁所表现不是高，不是韵长，而是情真、意足，一掴一掌血，一鞭一条痕。"从未想过，醍醐灌顶。

杜甫的"莫思身外无穷事，且进生前有限杯"，一般人看作牢骚，或者无奈颓唐之语，顾随却说这看似平常，其实"太不平常了"。"现在一般人便是想得太多，所以反而什么都作不出来了。'莫思身外无穷事'是说'人必有所不为'，'且进生前有限杯'是说'而后可以有为'。"别出新解，启人新思。

他说中国文学缺少"生的色彩",欲使生的色彩浓厚,须有"生的享乐""生的憎恨""生的欣赏","不能钻入不行,能钻入不能撤出也不行。在人生战场上要七进七出。"这样的话,我等虚弱怯懦、"不中而庸"的人,连击节都不配。

顾随是艺术和人生天真赤诚的热恋者,所以他有骨气、血气、孩子气而没有仙气,他说"人生最不美、最俗,然再没有比人生更有意义的了"。从未读过、听过这样彻底的话,用《红楼梦》里的话说,真是叫人"念在嘴里倒像有几千斤重的一个橄榄"。

"人要自己充实精神、体力,然后自然流露好,不要叫嚣,不要做作。"谨记了。

可是"充实精神、体力"非一日之功,过了午,又倦怠起来,而且无端有点烦闷。何以解闷? 唯有喝茶。

武夷岩茶吧,正好有极好的"牛肉"。牛肉? 不饮武夷茶的人乍听必定愕然:喝茶怎么喝出牛肉来了,难道还要喝马肉吗? 正是,还有"马肉"呢。其实"肉"是武夷岩茶中的一个品种"肉桂",因产于牛栏坑和马头岩的均负盛名,热衷者便以"牛肉""马肉"来称呼了——"牛肉",牛栏坑肉桂是也,"马肉",马头岩肉桂者也。这两款茶,香气和味道都很霸道,岩韵十足,喜欢的往往是老茶客。要说区别,

"牛肉"采用传统古法炭焙,像个上了年纪的江湖大侠,霸气比较收敛,而骨力苍劲而持久,五泡之后骨气不倒;而马肉张扬爽快,是比较年轻的侠客,光明磊落,气势夺人。

武夷岩茶中的大多数,总有一股苍凉山野的气息,与江南绿茶的温柔细腻、云南滇红的甘甜圆润很不一样,饮之似有一股自由而开阔的山风迎面扑来,化作一股真气灌注全身。

这样的茶,在秋声乍起的时节,尤其是有点困倦的午后,最是相宜。壶用一把曼生石瓢,简洁的光器,一点装饰也无,泥是80年代的底槽青。注沸水,稍候,用滤盏滤进一个日本清水烧的小杯里,杯子里是纯白的,茶汤的颜色看得很清楚,比大禹岭的微黄要深得多了,光泽颇像琥珀,但色比寻常琥珀要深,让我想起雨中山民穿的蓑衣。

武夷岩茶,最适合做午后的提神破闷茶。

到了晚上,茶都淡了,也不便再泡其他茶,怕搅了白天茶兴的余韵,便淡淡泡了一壶正山小种,手握杯子站到阳台上,发现不知何时天气转好,夜色清朗,有月,有云,云时笼月,而月有晕。不远的地方,桂花开了,我看不见,但那种馥郁,一下子熏透人的魂魄。

明末张大复《梅花草堂笔谈》中有《此座》篇:"一鸠呼

雨，修篁静立。茗碗时供，野芳暗度，又有两鸟咿嘤林外，均节天成。童子倚炉触屏，忽鼒忽止。念既虚闲，室复幽旷，无事坐此，长如小年。"

写这篇的时候，他已经是一个盲人，但是对"虚闲"体味得比我们看得见的人更真切。

饮茶，其实是品味时间，浸在茶汤中的许多瞬间，分明感觉到："时"是无"间"的。

一直喝着茶，却已经是寒露了。

茶人

茶可道
（增订本）

一声渐儿茶,双泪落君前

中国茶史第一人陆羽,字鸿渐,昵称"渐儿",当时人们把他煮的茶唤作"渐儿茶"。

他的身世凄苦。他是个西湖弃儿,被竟陵龙盖寺住持智积禅师拾得收养。其貌不扬,还有些口吃,长大后不愿削发为僧,逃到戏班子当了优伶……后来他采茶觅泉,诵经吟诗,每每至日暮,才号泣而归。唐代宗曾封他太子文学,他没有接受,留在了民间,留在了他宿命的历史位置上。

相传,智积禅师是位嗜茶的和尚,而且非陆羽煮的茶不饮。后来陆羽云游他乡,智积就此停止饮茶。后来皇上(代宗)召智积进宫,每天命宫中煮茶高手奉上名茶,一再劝智积品饮,希望得到他的赞美,但智积总是尝上一口,便默默放下了。代宗不服,密召陆羽进宫,由他烹茶,再端给智积,智积照例喝了一口,立即惊讶地说:"渐儿何时归来?"代宗惊问何出此言,智积笑道:"方才饮的是渐儿茶。"代宗至此才心服口服,让陆羽出来见过师父。

这个故事有另一个版本,主角之一的智积法师换成了国师佛光和尚,陆羽的远游也有了理由,是奉帝命遍访天下名泉,其他的,完全相同。陆羽的茶艺之精,和尚的知茶之神,都是一样的。但是这个故事里,似乎还有什么,在触动我的心。

传说是不是真实的,我不知道,但是历史上的记载,陆羽受到的待遇不是这样的。宋代王谠《唐语林》和《新唐书·列传》的《陆羽传》告诉我们:御史大夫李季卿把他召来,然后只因他衣着寒素,又没有谄媚讨好地玩炫目的茶艺花招,就看不起他,先是不行礼,后来又叫人用三十文打发他走了。区区三十文,简直是打发叫花子,这样的轻蔑无礼,使倔强清高的陆羽感到无比屈辱和愤怒,以至于写下了《毁茶论》来发泄心中的愤慨。《茶经》的作者写《毁茶论》,谁能想象他的尊严受到怎样的伤害?

回头再看那个渐儿茶的故事。多么温暖,多么感人。原来最让人感触的,不是陆羽的神乎其技,也不是和尚的精于品茶——是哪位和尚更不重要,这个故事说的是:知音难觅。世有千里马,而伯乐不常有;世有渐儿茶,而禅师在何处? 那样的相知相重,那样的知遇之恩,是多么难得! 都说渐儿茶好,可是好到什么地步? 对真正的知音来说,是好到不可代替,好到不能容忍退而求其次。旁人也说渐儿茶好,皇帝也知道陆羽手段高,但是皇帝不相信,那种好是独一无二的,他更不相信,精诚所至,茶能通神,有人能通过一口茶就辨认出陆羽和其他高手的区别。

我愿意相信这个故事是真的,因为孤苦的陆羽需要这种灵魂的温暖。我们也需要。我还愿意想象,当皇帝叫人送上那盏茶的时候,陆羽——一路上备受辛苦、冷遇,甚至侮辱的陆羽,就站在侧旁的帷幕之后,他怀着坚定的信念,又难免些微的担心,侧耳倾听。他的耳朵甚至没有放过茶具接触的轻微的脆响,以及啜茶的声音。皇帝和他都知道,他,只有一口茶的机会。然而,智积没有让他久等,他惊喜而清晰地说:"渐儿什么时候回来的?"一口茶,他就认出了陆羽,斩钉截铁,不作他想。陆羽走出遮身的帷幕,对着师父拜了下去,他的身子伏得那样深,因为他要掩饰自己的热泪。

皇上的赏识与灵魂无关,荣华富贵与内心无关,只是人生在世,如果没有这样的知音——多么寂寞,多么荒凉。

千古之后，怀才不遇的人，如果看到这一幕，是否要替陆羽流下忍住了的眼泪？

一声渐儿茶，双泪落君前。

茶人与茶鬼

茶人，原本有两个解释，一是精于茶道之人；二是采茶之人或者制茶之人。我觉得还应该宽泛些，因为何为茶道，茶究竟有没有必要上升到道的地步，历来都有不同看法，只要是爱茶惜茶的人，即使不够精于此道，都可以算作茶人。

"乳瓯十分满，人世真局促。"做得茶人，自然是浮生清福。但是，凡事过犹不及，一旦沉溺过度，不免雅事变祸事，带来忧患。

我生也晚，但因生在茶风盛行的闽南，常听长辈们说起，早先哪家哪户的有钱人，因为嗜茶，弄到败家，卖妻，要饭。孩提时代听了，就像听一个离奇故事，觉得不可思议。

直到长大，看各色茶书，才惊觉那竟然不是故事，而是真实的。《忆情楼杂记》记载：过去福建有一个富翁，非常喜欢茶。有一天,门口来了一个乞丐,说:"听说您家精于茶道,能赏我一杯喝吗?"富翁嘲笑他说:"就你这样,难道还懂什么功夫茶?"乞丐说:"我过去也是有钱人,因为喝茶把家给喝败了,所以现在靠行乞过活。"富翁听了就叫人沏了好茶给他喝。乞丐如遇甘露,慢慢喝完,说:"茶是很不错的,可惜不够醇厚,是因为壶太新,我有一把壶,是过去常用的,至今每天随身带着,就是冻死饿死也不愿舍弃。"富翁借过来一看,果然是一把从未见过的好壶,养得像铜一样的颜色,开了盖子,香味清冽。拿来泡上茶,味道果然醇厚,和平时完全不一样。富翁爱不释手,就提出要买。乞丐说:"我不能全卖给你。此壶值三千两,我现在卖一半给你,用来安顿妻儿,另一半归我但存在你这里,我好时常来府上共品好茶,如何?"富翁答应了,给了他一千五百两,乞丐拿了银子回家了。此后每天到富翁家,烹茶对坐,如同老友一般。相同的传说,有的地点变成了潮州,不知是流传有误,还是相同的故事不止发生在福建。想想,好茶本来就价昂,嗜之者不计代价,还要收藏各种名壶,把个家败光,确实不难。

这个故事里,这位乞丐的妻儿还算得到了安顿,还有一个故事,里面的女人就没有这样幸运了。说的是,一个做官的人善于品茶,一天家门口来了个乞丐,也是要讨茶喝。家里仆人端了一碗粗茶给他解渴,谁知他看了一眼,说:"这样的茶没法喝。"主人听见了好奇,就自己沏了一杯给他,他喝了一口,说:"茶是好茶,可惜沏得不得法。"主人暗暗惊奇,就叫他们家最精于茶饮的女仆沏了一道,再送出来,乞丐一喝,默默地流下了眼泪。主人问他因何如此,他说:"我本来是富家子弟,我妻子特别善于沏茶,后来我喝茶把家败光了,她也被有钱人买去,今天这茶让我想起她的手艺。"主人连忙到后面问那个女仆过去丈夫的名字,正是这个乞丐。主人不便说破,眼睁睁地看着乞丐离去。

最令人同情的,是那个沦为女仆的女子,眼看故夫来了,可是成了乞丐,依旧团聚无望,不能回到正常人的生活,看着他远去,有谁知道她的心情是何等痛苦绝望?喝茶喝到这个地步,不是茶人,竟是茶鬼了!人生在世,但可为茶人,不可成了茶鬼。

另一个为茶求乞的故事,主角是个云游僧。杭州有位姓钱的茶商,为了庆祝六十大寿,大办寿宴,大宴宾客,并以大量钱财施舍穷人。忽然来了一位老和尚化缘,给他任何财物都不接受,高呼吃茶。钱茶商就命人施茶,老和尚端过去一嗅,连说不好,泼在地上。给他好茶,还是说不好，又泼在地上。钱茶商觉得很奇怪，命人给他端来上等好茶，老和尚才喝，说："这才算得上好茶。"钱茶商越发惊奇，请他入座，请教茶事。老和尚就从袋中取出一小包茶，取一撮沏泡，是清香扑鼻的极品。但是最终也不知道和尚与茶的来历。

这位和尚当然是精于品茶之人，但是若入茶的堂奥，当有平常之心，不论好茶庸茶，只管处之淡然，何况茶秉天地精华，村女、茶农腕下手中而来，叶叶芽芽，来之不易，不想喝不喝便罢，怎能暴殄天物随便泼在地上？这样的人，还不如一位捧着大瓷碗，满足地享受着苦涩粗茶的村夫农妇呢！他们虽无缘品享好茶，但是对茶对水都保有天然的珍惜之心，即使算不上茶人，也差得不远了。

浮生清福

"从来佳茗似佳人",自从苏轼开了头,茶和美人就结下了不解之缘。忽而说饮茶如事美人(明人冯开之),忽而又说什么"初巡为婷婷袅袅十三余,再巡为碧玉破瓜年,三巡以来,绿叶成荫矣"(许次纾《茶疏》),总之是比(喻)个不休。明代王世贞的词《解语花·题美人捧茶》更是将美人和香茗写得浓艳旖旎,充满名士趣味:

中泠乍汲,谷雨初收,宝鼎松声细。柳腰娇倚,熏笼畔,斗把碧旗碾试。兰芽玉蕊,勾引出清风一缕。翠翠娥斜捧金瓯,暗送春山意。　微袅露鬟云髻,瑞龙涎犹自沾恋纤指。流莺新脆低低道:卯酒可醒还起?双鬟小婢,越显得那人清丽。临饮时须索先尝,添取樱桃味。

虽然清丽可人,但在文人的思维里,美人和好茶具一样,只是伴茗、增加情调的一个因素,从来不是品茶的主体。

幸亏不都是这样的,还是有女性能够和茶朝夕相亲。

因为古代女性地位低下,有缘品茶的并不多,《清稗类钞》中还有禁止女性进茶肆,进去的被罚脱鞋回去的记录,所以女子单独精于茶饮的例子罕见记载,有的往往是夫妇共饮的情况。说起来,《浮生六记》里芸娘"用小纱囊撮茶叶少许,置(荷)花心。明早取出,烹天泉水泡之,香韵犹绝"应该算一例,虽未明说,肯定是夫妇共享的。

最著名的可能是李清照和赵明诚这一对。

李清照在为赵明诚编著的《金石录》写的《后序》中,回忆了以学问赌茶的趣事:"余性偶强记,每饭罢,坐归来堂烹茶,指堆积书史,言某事在某书某卷第几叶第几行,以中否角胜负,为饮茶先后。中即举杯大笑,至茶倾覆怀中,反不得饮而起。甘心老是乡矣!故虽处忧患困穷,而志不屈。"

说的是夫妇两人烹好了茶,然后不喝,要玩个记忆游戏,指着堆积如山的书,说出某个典故在哪一本书哪一页哪一行,说中的人先喝,输的人就后喝。有时候说对了的人因为得意,拿着杯子大笑,茶都倒在身上了,反而弄得喝不成,还要起身收拾。如此情投意合,如此情趣盎然,真是令人羡慕。念及后来李清照独自一人"寻寻觅觅冷冷清清凄凄惨惨戚戚"的光景,又令人更添恻然。

不过,我最感兴趣的是另一对,冒辟疆和董小宛。没错,就是明末的江北名士冒辟疆和"秦淮八艳"之一出身的董小宛。冒辟疆在《影梅庵忆语》中追忆小宛为他烹茶,两人相对品茗的情景,令人感叹柔情似水,良辰不再。

> 姬能饮,自入吾门,见余量不胜蕉叶,遂罢饮。……文火细烟,小鼎长泉,必手自吹涤。余每诵左思《娇女》诗"吹嘘对鼎䥇"之句,姬为解颐。至"沸乳看蟹目鱼鳞,传瓷选月魂云魄",尤为精绝。每花前月下,静试对尝,碧沈香泛,真如木兰沾露,瑶草临波,备极卢、陆之致。东坡云:"分无玉椀捧娥眉",余一生清福,九年占尽,九年折尽矣。

秦淮八艳,果然不是浪得虚名,不但琴棋书画样样精通,而且精于茶饮,使一代名士都赞叹、折服。更难得小宛兰心蕙质，婚后九年，洗尽铅华，勤勉持家，虽颠沛流离，不改深情，直到"以劳卒死"，当时年仅二十七岁。冒辟疆不愧是一代才子，"一生清福"之语，道出知心和创痛，至少在纸上不负小宛奉茶之情矣。

有人说，可以忍受妻子婚后不跟自己的姓，但上茶楼不能不和自己喝一样的茶。茶对夫妻感情的影响，还不能小觑呢。

夫妇同饮，不必花前月下，更不必举杯齐眉，只要共此一缕清香、一瓯雅淡，就会对彼此多一些家常的体恤和非日常的欣赏。

浮生如梦，而清福难得。这种清福，不知天下有几人得享？享有此福的人又是否懂得惜福？

人世真局促

爱茶又爱诗,读了茶诗无数。最令我心醉神往的,就是这两句了:乳瓯十分满,人世真局促。

这是苏东坡咏茶长诗《寄周安孺茶》中的诗句。唐宋人饮茶,以茶汤多沫为佳,沫白如乳,所以常用"香乳""细乳"来指代茶汤,"乳瓯"就是盛茶的茶器。这两句诗的意思可以理解为:茶器里的茶汤可以注到十分满,人生在世就有种种欠缺,不可能这样圆满了。或者,进一步:满是茶汤的小小茶杯真是广大,杯外的人世反而狭小局促。但是,这十个字的含义似乎远不止这些。说不清但能体会到,真是——醍、醐、灌、顶。

茶芳泂洗神,其清入骨,除了实用和享受层面的益处,还有一些精神层面的特殊功能。

有人认为"艺术修养高的人，借助茶的媒介，使自己获得一种特殊的时空感，……取得心理的平静"（王从仁《茶趣》）——这话说到了点子上。

有人则是在桃花源品茶之后，漫步竹径，细雨清风之中，竟觉得说不定在这小径深处，会意外地遇上解甲归田的陶渊明（林子伟《喝擂茶记》）。——茶兴、茶爽，使时空发生了转移。

类似的感觉，苏州人说得更透彻、更天经地义：如果一个人到园林喝茶，有两种状态，一是把园林当成自己的家，二是"觉得园林里是能遇上古人的，或者他将自己就当成古人了，他在拙政园泡好茶，好像唐伯虎已经到北寺塔了，唐伯虎也是闲来无事，出了桃花坞的家门，散着步一路走来……"这是苏州人陶文瑜的版本。这样的异想天开，实在是茶带来的乐趣和幻梦。

说到幻梦，梦与真实的边界有时是模糊的。苏东坡元祐四年（1089）到杭州，作《参寥泉铭》，铭曰：

> 在天雨露，在地江湖。
> 皆我四大，滋相所濡。
> 伟哉参寥，弹指八极。

> 退守斯泉，一谦四益。
> 予晚闻道，梦幻是身。
> 真即是梦，梦即是真。
> 石泉槐火，九年而信。
> 夫求何信，实弊汝神。

所谓"真即是梦，梦即是真。石泉槐火，九年而信"，说的是苏东坡亲身经历的一件奇事。熙宁四年至七年（1071—1074），苏东坡任杭州通判，与诗僧道潜（号参寥子）友情甚笃。元丰三年（1080）东坡谪居黄州，一日夜梦参寥师携诗相见，似乎是一首饮茶诗，醒来后只记得其中两句："寒食清明都过了，石泉槐火一时新。"梦中东坡问道："火固新矣，泉何故新？"答曰："俗以清明淘井。"九年后，苏东坡再度来杭州，在寒食那天去参寥子卜居的孤山智果精舍相访，"舍下旧有泉，出石间，是月又凿石得泉，加冽。参寥子撷新茶，钻火煮泉而瀹之"。和九年前梦中情景完全相符，谈诗论茶之梦，九年后居然应验，苏东坡大为惊奇。

茶秉天地至清之气，一般嗜茶之人可以以之清心养志，忘忧出尘，忘记身在何时何地何种处境。像苏东坡这样文化修养极深厚、感悟力极强的人,可以借助茶获得非现实的时空感觉,并且通过对人对己的心理暗示将它实现。这可能是这个趣闻唯一合理的解释。

乳瓯十分满,人世真局促。只有对茶、对人生都有着最深体验的人,才写得出这样的诗。我认为,这触及了茶饮的终极意义。也可以反过来说,人世真局促,乳瓯十分满。正是因为人世有太多的龌龊,所以需要茶的清洁;正是人世有太多的缺憾,所以需要茶的圆满;正是人世有太多的局限、仓促、无奈,所以才需要茶里的舒缓从容、无边自在……饮茶带来的特殊时空感,是虚幻的,又是真实的,它无限广阔,澄清无尘。

> 日常是灰败,茶是鲜明照眼。
> 人生是干枯,茶如秋水盈涧。
> 现实是暗夜,茶如明月当头。
> 世道是炎热,茶如清风拂面。

身临其境,似有我,若无我,身外之物化作烟雾散去,似乎天地间只剩下一个我,一盏茶;刚刚找到自己又飘然忘却此身。"长恨此身非我有,何时忘却营营?"茶烟轻飏,茶香缭绕，茶甘在喉，当此际，说忘也就忘了。

也许，使人们对茶恋恋难舍的，归根结底，不是因为百般功用，不是因为千般风雅，而是这种在短暂的人生、局促的人世中找到片刻自在的感觉。

烫茶神

看麦家的电视剧《暗算》，里面的女数学家黄依依到了破译密码的关键时刻，表情紧张，说要找祖冲之的像来拜拜，连她那个岩石一样的领导安在天都被她说服了，同意也在心里拜拜。后来密码果然破了。这当然是麦家弄的玄虚，但也可见即使在聪明人心里，行业偶像，还是宁可信其有不可信其无。

"百工技艺，各祀其祖，三百六十行，无祖不定。"就像鲁班之于工匠业，黄道婆之于纺织业，茶业的行业偶像，是陆羽。陆羽生于733年，死于804年，活了七十一岁。三岁时就被父母遗弃在复州竟陵（今湖北天门）的河岸边芦苇丛中。附近龙盖寺的住持智积法师将其收养。因是孤儿，故无姓无名。陆羽的名字据传来自一次占卜，其意是"鸿渐于陆,其羽可用为仪,吉"。因为卦好,遂以陆为姓,羽为名,鸿渐为字,由于生于竟陵,又称竟陵子。《大唐传载》中记载:"(羽)及长,聪俊多闻,学赡辞逸,诙谐谈辩,若东方曼倩之俦。"

陆羽八岁就学习烹茶,后因不愿削发为僧,十三岁时逃离寺院,投身戏班,充当丑角,并开始创作,写下《谑谈》等滑稽剧本;生活经历的不幸常常使他"独行野中,诵诗击木,裴回不得意,或恸哭而归"。后有幸遇上河南州官李物齐,李氏送他到虎门山攻读,陆羽从此就有机会通读圣贤之书,博学观览,为其诗文的修养奠定了良好的基础。后又回竟陵天门山潜心读书,然后拜师访友,与当时的名流之士如李白、杜甫、颜真卿、张志和等人都有交往,于是文名日盛。

陆羽十分爱茶,为了研究茶的品种和特性,游历天下,遍尝各地出产之茶和各地之水,常要亲身攀葛附藤,深入产地采茶制茶。朝廷听说陆羽很有学问,就拜他为太子文学,不久又徙太常寺太祝。但陆羽都未就职,而隐居苕溪(今浙江湖州)专心著述。他积多年经验终于写出了《茶经》这部中国第一亦是世界最早的研究茶的专著。全书三卷十篇,记述详备,将茶的性状、品质、产地、种植、采制加工、烹饮方法及用具等皆尽论及。"夫茶之著书，自羽始。其用于世，亦自羽始。羽诚有功于茶者也！"（陈师道《重刻茶经序》）可见陆羽对茶业的开创之功。因此，陆羽就被尊为"茶圣""茶神"。

唐代李肇的《国史补》中就记载："江南有驿吏，以干事自任。典郡者初至，吏白曰：'驿中已理，请一阅之。'刺史乃往，初见一室，署云酒库，诸酿毕熟，其外画一神，刺史问：'何也？'答曰：'杜康。'刺史曰：'公有余也。'又一室，署云茶库，诸茗毕贮，复有一神，问曰：'何？'曰：'陆鸿渐也。'刺史益善之。"这位驿吏在酒库里供奉杜康，在茶库里供奉陆羽，而且得到了刺史的赞赏，可见在唐代陆羽就被当作茶神崇尚了。

茶库里供茶神，主要出于一种敬意。茶作坊、茶店、茶馆供奉陆羽，则有明确的功利目的了。唐赵璘在《因话录》中说，当时卖茶的人家，做了陆羽的陶瓷的小偶人，"置于炀器之间"，说可以让生意兴隆多获利润。这种小偶人还被作为赠品："巩县陶者，多为瓷偶人，号陆鸿渐，买数十茶器，得一鸿渐。"（《国史补》）如此种种，无可厚非。但是，"市人沽茗不利，辄灌注之"。还有一种说法，民间卖茶者将陆羽陶像放在茶灶之间，买卖好就以茶祭之，生意不好则放在锅中用热水浸泡，或用茶水浇淋，谓可保佑茶味醇厚，财源茂盛（余悦《中国茶韵》）。生意不好居然想到要惩罚茶神！这就令人气得发怔了。若是茶神不神，那么怪之何益？如果茶神灵验，如此冒犯欺侮，岂非渎神，难道不怕有报应？真是糊涂油蒙了心。曾经看到有人说这种浸泡或者灌注是一种特殊的香火，真是善良的误解。像杀鸡宰鹅煺毛那样将茶神放到锅里泡，像烫杯烫壶一样往茶神身上浇开水，会是一个表示尊敬的方式？

想那陆羽，在人间时一生不如意，身后成了神还受这种气，真是夫复何言。转念一想，那些世俗的宠辱何必介怀，陆羽不必做神，他就做回一个人——爱茶人心中的第一茶人，这就够了。

诗人原是种茶人

—— 茶人之一

写过了陆羽,提过了卢仝、皎然、刘禹锡,不觉想到了一个人,白居易。

喜欢白居易的人,都知道他是个爱茶人。根据往往是他自己在《谢李六郎中寄新蜀茶》诗中的一句"自我评价":"不寄他人先寄我,应缘我是别茶人。"他自认"别茶人",也就是懂得鉴赏茶叶的人。我也认定白居易是茶人,但是我认为证据是另两句——"琴里知闻惟渌水,茶中故旧是蒙山",不但写出了对茶的感情,而且写出了他爱茶的时间够长,资格够老。加上不是每个爱茶人都有自己是"别茶人"的自信,但是谁都有一两样"茶中故旧",显然后者更容易激起我们的共鸣和联想。

白居易的"档案材料"是这样的:生于772年,卒于846

年，字乐天，晚年号香山居士，祖先是太原人，后来迁居下邽（今陕西渭南东北），唐代杰出的现实主义诗人。换咱老百姓语言就有水分多了，管保您一听就明白：就是那个写《长恨歌》的白居易嘛。"在天愿作比翼鸟，在地愿为连理枝。天长地久有时尽，此恨绵绵无绝期。"不知道？那——就是写《琵琶行》的白居易嘛，"同是天涯沦落人，相逢何必曾相识。"这个也不知道？好——吧——！下面这个如果还不知道就算你狠——"离离原上草，一岁一枯荣。野火烧不尽，春风吹又生"，除非您是生在国外只会说洋文的"香蕉"，否则还是学龄前儿童时肯定背过的。对了，就是这个白居易，也是写了诗念给不识字老太太听的那个白居易。他的成就够《百家讲坛》讲上十天半月的，就不用我多说了吧。

话说这位大诗人白居易，他一辈子离不开的当然是诗，但是只有诗他也活不成，因为他离不开的还有三样：酒、琴、茶。"琴里知闻惟渌水，茶中故旧是蒙山"说的是琴和茶。"闲吟工部新来句，渴饮毗陵远到茶"说的是诗和茶。"醉对数丛红芍药，渴尝一碗绿昌明"，绿昌明是唐代名茶，这说的是酒和茶（红对绿，这样鲜艳浓烈的颜色放在一起反而不俗，原来唐代的人就会玩"撞色"）。还有茶、琴、酒三样一起说的"鼻香茶熟后,腰暖日阳中。伴老琴长在,迎春酒不空"。这样的晚年生活,该让今天多少老年人忍不住发出刘姥姥对贾母说的那番感叹:"……我们就是想这样,还不能够呢!"

白居易是茶的知音。他明白佳茗以新为贵,而且要配上好水才能体现茶的珍贵:"蜀茶寄到但惊新,渭水煎来始觉珍。"如何选水呢? 他喜欢泉水——"最爱一泉新引得,清泠屈曲绕阶流","坐酌泠泠水,看煎瑟瑟尘";雪水当然也是上等的好水——"吟咏霜毛句,闲尝雪水茶"。他对选择茶具、候火定汤和品尝过程也是真正的行家:"白瓷瓯甚洁,红炉炭方炽。沫下曲尘香,花浮鱼眼沸。盛来有佳色,咽罢余芳气。"他还总是渴望和同样懂茶的好友一起品茶。在杭州任刺史时,邀请韬光禅师到城里相见——"白屋炊香饭,荤膻不入家。滤泉澄葛粉,洗手摘藤花。青芥除黄叶,红姜带紫芽。命师相伴食,斋罢一瓯茶。"很动人的邀请,虽然性情高洁的禅师还是不肯来。朋友不能说相见就相见,于是难免"无由持一碗,寄与爱茶人"。喝了好茶,但无法寄一碗给和自己一样爱茶的人,多么可惜。"不见杨慕巢,谁人知此味?"既是感叹知音难得,也是暗写彼此的友情非寻常可比。

白居易敢自夸懂茶，不但因为许多人给他送茶，使他有机会品天下好茶，还因为他不但懂烹茶，而且他种过茶。白居易当过江州司马（所以听琵琶到动情处，说自己"江州司马青衫湿"），他在一封信里写道："游庐山，到东西二林间香炉峰下，见云水泉石，胜绝第一，爱不能舍，因置草堂。"然后就在草堂边开辟了茶园，风景之中，茶园碧绿，诗人无限欣慰、不无骄傲地说："药圃茶园为产业，野麋林鹤是交游。"这样的人说自己懂茶，实在比纸上谈茶的人令人信服得多。

　　顺便说句题外话，《琵琶行》里那个琵琶女"投诉"她丈夫"商人重利轻别离，前月浮梁买茶去"，提到的茶叶集散地浮梁，在今天江西景德镇市北。现在从九江到浮梁，不过一个多小时的车程，简直算不上像样的两地分居了。

醉翁本色是茶仙

——茶人之二

提到北宋政治家、唐宋八大家之一的文学家欧阳修,不少人的第一印象就是一位醉醺醺、自得其乐的可亲的老头儿。这都要归功或者归罪于他自己的名作《醉翁亭记》:

> 环滁皆山也。其西南诸峰,林壑尤美。望之蔚然而深秀者,琅琊也。山行六七里,渐闻水声潺潺,而泻出于两峰之间者,酿泉也。峰回路转,有亭翼然临于泉上者,醉翁亭也。作亭者谁?山之僧智仙也。名之者谁?太守自谓也。太守与客来饮于此,饮少辄醉,而年又最高,故自号曰醉翁也。醉翁之意不在酒,在乎山水之间也。山水之乐,得之心而寓之酒也。
>
> 若夫日出而林霏开,云归而岩穴暝,晦明变化者,

山间之朝暮也。野芳发而幽香，佳木秀而繁阴，风霜高洁，水落而石出者，山间之四时也。朝而往，暮而归，四时之景不同，而乐亦无穷也。

至于负者歌于途，行者休于树，前者呼，后者应，伛偻提携，往来而不绝者，滁人游也。临溪而渔，溪深而鱼肥；酿泉为酒，泉香而酒洌；山肴野蔌，杂然而前陈者，太守宴也。宴酣之乐，非丝非竹，射者中，弈者胜，觥筹交错，起坐而喧哗者，众宾欢也。苍颜白发，颓然乎其间者，太守醉也。

已而夕阳在山，人影散乱，太守归而宾客从也。树林阴翳，鸣声上下，游人去而禽鸟乐也。然而禽鸟知山林之乐，而不知人之乐；人知从太守游而乐，而不知太守之乐其乐也。醉能同其乐，醒能述以文者，太守也。太守谓谁？庐陵欧阳修也。

最初读到这篇文章，我也以为这纯然是自得其乐、忘情山水的情怀。后来知道，这是他被贬官滁州期间的作品，再读，就读出了欢乐底下的抑郁，如今再读，又觉得主调还是欢乐的，只不过这份欢乐是和抑郁搏斗之后胜出的。

这位著名的醉翁，也是一位茶翁。首先，他一生好茶，不因处境和年龄而改变:"吾年向老世味薄,所好未衰惟饮茶。"他特别欣赏两种茶:一是建安龙凤团茶,二是修水的双井茶。他在《尝新茶呈圣俞》中赞叹:"万木寒痴睡不醒,唯有此树先萌芽。乃知此为最灵物,宜其独得天地之英华。"他对三千五百里外急送而来的新茶非常郑重其事,"泉甘器洁天色好,坐中拣择客亦嘉",才肯品尝。他对当时的茶坛新秀双井茶的品质非常推重:"西江水清江石老,石上生茶如凤爪。穷腊不寒春气早,双井芽生先百草。白毛囊以红碧纱,十斤茶养一两芽。长安富贵五侯家,一啜犹须三日夸。……"

其次,他是点茶、品茶的行家里手。所谓品茶要达到"真物有真赏",所谓需要具备茶新、水甘、器洁、天朗、客嘉这五个条件,点茶时所谓"停匙侧盏试水路,拭目向空看乳花",品茶时所谓"凭君汲井试烹之,不是人间香味色",无不看出他对茶中三昧体会之深。

第三,他是领风气之先的茶文化研究者,在《归田录》中有关于日注(铸)茶、双井茶的权威评价,认为双井茶"其品远出日注之上,遂为草茶第一"。同时代的蔡襄是另一位茶史留名的朝廷大员,大书法家,欧阳修请蔡襄作书刻石时,别出心裁地以大小龙团和惠山泉水作为润笔,使蔡襄大喜。欧阳修为蔡襄的《茶录》写了后序,里面详细记录了蔡襄创制的"小龙团"茶的精致和贵重,成为宋代茶业的珍贵史料。他还写了专门讨论烹茶之水的《大明水记》,文中比较和批判了陆羽的《茶经》和张又新的《煎茶水记》,见解独立,成为一家之言。

第四,他在扬州时,还曾经亲自去察看茶芽萌发的情况,不过不是爱茶成痴的风雅之举,而是他的"职务行为"。"忆昔尝修守臣职,先春自探两旗开。"这两句出自他的《和原父扬州六题 时会堂二首(之一)》,诗后自注"予尝守扬州,岁贡新茶"。这不但留下了扬州产贡茶的记载,而且可见欧阳修的茶缘。

杜牧"病不饮酒"时说"谁知病太守,犹得作茶仙",依我看这位醉翁之意不在酒的欧阳修,官宦其皮,醉翁其肉,骨子里早成了茶仙。

"前丁后蔡"话丁谓

—— 茶人之三

宋代最贵重的茶是龙凤团茶。欧阳修说:"茶之品莫贵于龙凤,谓之团茶。"(《归田录》)熊蕃《宣和北苑贡茶录》记载:"宋太平兴国初,特置龙凤模,遣使即北苑造团茶,以别庶饮,龙凤茶盖始于此。"那个除了皇帝当不好、样样精通的赵佶在他的《大观茶论》里也说:"岁修建溪之贡,龙团凤饼,名冠天下。"

龙凤团茶是用鲜叶经蒸青、捣碎、压模、烘干(一说蒸茶、榨茶、研茶、造茶、过黄)而成,呈团饼状,大小不一,表面都有讲究的龙凤饰纹,进贡的各种团茶都有吉祥的茶名,如万寿龙芽、太平嘉瑞、瑞云翔龙等。

说到龙凤团茶,不能不提两个人,一个是丁谓,一个是蔡襄。因为龙凤团茶,起于丁谓,成于蔡襄。宋太宗时建安就开始生产龙凤团茶，到了真宗成平年间，丁谓任福建转运使，开始监造龙凤茶，一斤八饼，又名大龙团。丁谓专门精工制作了四十饼大龙团进献皇帝，龙颜大悦，此后，建州每年贡龙凤团茶。

丁谓何许人也？丁谓（966—1037），字谓之，长洲（今江苏吴县）人。他可不是北宋普通的大臣，而是显赫一时的人物。太宗时进士，真宗时当上右谏议大夫、权三司使，和参知政事王钦若迎合皇帝的心思，大造道观，大搞封禅，屡上祥异。任参政后，更排挤寇准出相，自己升为宰相，封晋国公，独揽朝政。仁宗即位后，被贬到崖州，后死于光州。

这样一个官员，挖空心思精制贡茶取悦皇帝，实在是再合乎性格逻辑不过了。苏东坡写诗讥讽道："武夷溪边粟粒芽，前丁后蔡相笼加。争新买宠各出意，今年斗品充官茶。"至于说他升参政、晋国公都是用四十饼大龙团换来的，可能是夸大其词。这样的人，悦上媚圣是全套的把戏、全方位的攻略，不会只是进贡茶叶这么简单。小人也不是那么好做的。有能力的小人才是成功的小人，而没能力的小人往往损人不利己，是枉做了小人。

丁谓还有一个贡献，就是留下了一个典故：溜须。丁谓任参政后，当时寇准是宰相，是他的上级，丁谓依官场规矩对寇准俯首听命，毕恭毕敬，但出于小人本色，有时候戏就做"过"了。有一天，群臣宴会，寇准不小心让汤水沾到了胡须上，丁谓马上起身给他又拭又拂。寇准大概平时就看不惯他的为人，这时就笑着说："参政，国之大臣，乃为长官溜须耶？"——参政，是国家的高级干部，就是让你给长官溜须的吗？这话对一个野心勃勃的人来说当然很刺耳。小人也有自尊心，丁谓当然又羞又恼，从此深恨寇准。君子在鄙视小人的时候，埋下了自己遭遇挫折的祸根；但小人又在自己飞黄腾达的时候，为自己挖好了日后的坟墓——人世间的事情就是这样祸福相依，这一点倒是众生平等的。

这个丁谓，人品显然不足道，但却是个很有能力的人。曾不动刀枪，安抚了西南地区的少数民族动乱，并根据西南地区产粟米、缺食盐的情况，从内地调食盐到当地换取粟米充军粮，使官民两利。他也有文名，和孙何并称"孙丁"，当时文坛不乏推重者——当然这一点因为他的权势而可以怀疑。不过他的产量颇丰则是事实，著有《丁谓集》八卷、《虎丘集》五十卷、《刀笔集》二卷、《青衿集》三卷、《知命集》一卷。这些都已经看不到了，他著有著名的《北苑茶录》（又名《建阳茶录》），我因为喝不到龙凤茶怕读了馋，也没读，我读到的丁谓手笔是一篇奏章和几首诗。奏章是《进新茶表》，是进贡龙凤团茶的例行公文，看不出优劣，他的几首茶诗，似乎可算得上中上。尤其是这首《北苑焙新茶并序》：

> 天下产茶者将七十郡半。每岁入贡，皆以社前、火前为名，悉无其实。惟建州出茶有焙，焙有三十六。三十六中惟北苑发早而味尤佳。社前十五日即采其芽，日数千工，聚而造之，逼社即入贡。工甚大，造甚精，皆载于所撰《建安茶录》，仍作诗以大其事云。
>
> 北苑龙茶者，甘鲜的是珍。
> 四方惟数此，万物更无新。
> 才吐微茫绿，初沾少许春。
> 散寻萦树遍，急采上山频。
> 宿叶寒犹在，芳芽冷未伸。
> 茅茨溪口焙，篮笼雨中民。
> 长疾勾萌并，开齐分两均。
> 带烟蒸雀舌，和露叠龙鳞。
> 作贡胜诸道，先尝只一人。
> 缄封瞻阙下，邮传渡江滨。

特旨留丹禁,殊恩赐近臣。
啜为灵药助,用与上樽亲。
头进英华尽,初烹气味醇。
细香胜却麝,浅色过于筠。
顾渚惭投木,宜都愧积薪。
年年号供御,天产壮瓯闽。

这诗是一个绝好的广告。好个丁谓,突出地区优势,突出产品品质,最后突出自己贬低他人,而且突出得很艺术。能制出大龙团,诗也能写成这样,加上一贯该溜须就溜须,该翻脸就翻脸,这个丁谓,官不做大也难。

蔡襄与小团

—— 茶人之四

宋人熊蕃有《御苑采茶歌》云:"外台庆历有仙官,龙凤才闻制小团。争得似金模寸璧,春风第一荐宸餐。"这位"仙官"指的是蔡襄,记录的历史事件是:蔡襄创制小龙团贡茶。时间也有了:庆历年间。

蔡襄(1012—1067),字君谟,兴化仙游(今属福建)人。宋代著名书法家,与苏轼、黄庭坚、米芾齐名,称"宋四家"。他先后任大理寺评事、福建路转运使、三司使等职,并曾以龙图阁大学士、枢密院直学士、端明殿学士出任开封、泉州、杭州知府,被誉为"庆历名臣"。他也是一位茶学家,一位在茶业发展史上留下印迹的政府官员。

蔡襄善于鉴茶,当时就传为美谈。有一则说,当时建安能仁院有茶生石缝间,寺僧采造,号"石岩白",一共八饼，取四饼赠蔡襄，另四饼派人专送京师做官的王禹玉。岁余，蔡襄奉召回朝，造访禹玉，禹玉命子弟于茶筒内选精品款待。蔡襄捧着茶盏，未尝辄曰："此茶极似能仁院'石岩白'，公何从得之？"禹玉将信未信，取茶帖验之，果然是能仁院所赠的"石岩白"，于是大为佩服。又一则称：蔡襄知福州时，一日与府丞私约品尝小团茶，坐久，复有一客至，共品茶。蔡啜而味之曰："此非独小团，必有大团兼之。"——这不纯是小团茶，一定掺杂了大团茶。府丞惊呼仆僮问之，童子承认，本来碾了两个人的小团茶，因为后来了一位客人，来不及再碾，就用大团掺了。府丞于是深服蔡襄。

蔡襄还善于论茶，他著有《茶录》，《茶录序》云："臣前因奏事，伏蒙陛下谕臣先任福建转运使日，所进上品龙茶最为精好。臣退念草木之微，首辱陛下知鉴，若处之得地，则能尽其材。昔陆羽《茶经》，不第建安之品；丁谓《茶图》，独论采造之本。至于烹试，曾未有闻。辄条数字（事），简而易明，勒成二篇，名曰《茶录》。"可见《茶录》填补了陆羽未论及建安茶和丁谓未论及烹试的空白，对建安贡茶的采制工艺、品质标准、烹试方法、茶器茶具都有精到的论述，还提出了色、香、味的标准，为后世所沿用。

丁谓制的龙凤团茶已经是上品，是一斤八饼的大团。蔡襄任福建转运使后，经实地考察，严格选定北苑山区的凤凰山一线所产的鲜嫩茶芽为贡茶的取料来源。他更改进了加工工艺，造出一斤二十饼的龙凤团茶，即小团。这样更加小巧，方便烹用。同时茶饼外形也更加多样，除了原来的正圆形，还造出了椭圆形、四方形和菱形等花色。茶饼上除了正面的龙凤呈祥图案，周边还饰以花草图案，异常精美。

这种小龙凤团茶之矜贵到了令人瞠目结舌的地步："凡二十饼重一斤，其价直金二两，然金可有，而茶不可得。"（欧阳修《归田录》）仁宗皇帝非常珍惜，即使是对宰相这样的重臣平时也不轻易赏赐，只有在南郊大礼致斋之夕，中书枢密院各四人共赐一饼，官女们剪金为龙凤花草贴其上，两府八家分割开来带回去，根本舍不得喝，而是作为宝物收藏着，偶尔来了特别有交情的客人，才拿出来——大家一起喝？不，大家一起看，像鉴赏古董珍玩一样"出而传玩"。欧阳修自己曾经得到过一饼，过了六七年，经历了三朝皇帝，茶饼因为反复把玩都有了凹陷，还舍不得烹饮（见《归田录》及王辟之《渑水燕谈录》）。看了这段话，耳边响起《红楼梦》第四十九回"琉璃世界白雪红梅　脂粉香娃割腥啖膻"宝琴的那声"怪脏的"！

对蔡襄创制小团，当时的人有褒有贬，似乎很矛盾。最有代表性的如苏东坡和欧阳修。苏东坡在诗里公开"前丁后蔡"地大加讥讽，但是他自己也十分喜欢大小团茶，而且是人人皆知，以至于皇上都割爱分赐。历史上有记载，"官家"曾把一块茶饼交给一位大臣，密语说"赐予苏轼，不得令人知。"（王巩《随手杂录》）可见苏轼的非议不是针对茶，而是针对人，他认为前丁后蔡贡茶和贡荔枝一样，都是费尽心机以口腹之欲买宠，不惜给老百姓带来困扰，因此对这种行为不齿。欧阳修呢？一面是写诗作文公开赞美龙凤团茶，又是一块茶饼玩赏七年，另一面却说了让蔡襄非常难受的评价——"蔡君谟著茶录，造大小龙团，欧公闻而叹曰：君谟士人，奚至作此，作俑者可罪。夫饮食，细事也，君子处世，岂不能随时表见，乃于茶铛水瓮中立名？"他觉得蔡襄是有学问有品行的人，怎么会到做这些饮食细事的地步。至于"作俑者可罪"，应该也是指穷奢极欲、扰民太甚吧。

精制龙凤团茶，确实是茶业史上灿烂的一页，同时也是扰民苦民之举。也许文明就是一枚银币，一面是特权，一面是苦难，但自有其不能抹杀的价值。

到底是苏东坡

—— 茶人之五

与茶有缘的文人很多，大多数的人，是受惠于茶，是茶滋润了他的人生，是人应该感谢茶。而有的人，他的智慧和才华反过来照亮了茶、提升了茶，茶应该感谢他的知遇之恩、升华之功。苏东坡就是后者，而且是后者中的代表。

我喝茶时最经常想起的古人，大概就是苏东坡。首先是因为他写的关于茶的那些美妙隽永的诗词："雪沫乳花浮午盏，蓼茸蒿笋试春盘"——多么清爽悦目的色彩和细致鲜活的食欲美；"磨成不敢付僮仆，自看雪汤生玑珠""活水还须活火烹，自临钓石取深清"——可见他对好茶的重视，对水质、火候的讲究；"雪乳已翻煎处脚，松风忽作泻时声"——不是茶道中人，无法捕捉到如此稍纵即逝的变化，做出如此传神的刻画；"何须魏帝一丸药，且尽卢仝七碗茶""同烹贡茗雪,一洗瘴茅秋"——认为茶可祛病强身,还可以洗瘴气,对茶的认识非常深入;至于"乳瓯十分满,人世真局促"这一句,在我看来,这就是关于"茶"最本质最哲学的理解和最生动最精炼的概括了。

其次是因为总会想起他和茶有关的许多趣闻逸事。东坡梦泉——他梦见和诗僧参寥子饮茶作诗,九年后两人相见,发生了和梦中完全相同的一幕:参寥子用新凿得的泉水、钻新火、烹新茶来招待他。茶墨之辩——司马光故意为难苏东坡,说:"茶欲白,墨欲黑,茶欲重,墨欲轻,茶欲新,墨欲陈,君何故同爱两物?"苏东坡回答:"奇茶与妙墨皆香。"以诗索泉——在杭州任通判时,故人赠他新茶,为了烹制出合心意的茶汤,他写诗向当时在无锡为官的友人求赠惠山泉水,"精品厌凡泉,愿子致一斛"。

还因为他对茶的各种独到创见和贡献。他发明了茶汤漱口健齿法——"除烦去腻,不可缺茶,然暗中损人不少。吾有一法,每食毕,以浓茶漱口,烦腻既出,而脾胃不知。肉在齿间,消缩脱去,不烦挑刺,而齿性便若缘此坚密",确实大有道理;在宜兴看到提梁式的紫砂壶,都会想到这是苏东坡设计的,遥想他用这种壶烹茗论茶,"松风竹炉,提壶相呼",心头都会感到一阵暖意;在杭州看到著名的对联

"欲把西湖比西子　从来佳茗似佳人",会赞叹苏东坡这两个比喻之妙,流传之广,再赞叹绝世才华和西湖美景的珠联璧合……

更因为他和茶相通的仁爱胸怀和清洁精神。他同情茶农,抨击官僚们昔贡荔枝、今贡新茶,残民邀宠的可耻行为,更嘲讽以茶钻营权门、讨好媚上的小人行径——"收藏爱惜待佳客,不敢包裹钻权幸"。

东坡一生足迹遍及各地,虽然是连遭贬谪,但是他强大的心灵力量使他超越现实泥潭,乐观旷达的性格使他随遇而安,不但对各地风物见多识广,同时也得以"尝尽溪茶与山茗",加上朋友们知道他爱茶至深,也纷纷赠茶给他或以好茶留待东坡,彼此切磋茶道,更使苏东坡深得茶中三昧,领略了茶中最高境界。

即使是伟大的人,可以战胜人生际遇,甚至可以战胜自己,但无法战胜时间。晚年的东坡,对茶的态度发生了深刻的变化。年轻时饮食非常讲究,对茶更是精益求精——"沙溪北苑强分别,水脚一线争谁先","缄封勿浪出,汤老客未嘉",到了久经风波、看淡生死之时,这些风雅的习惯、细致的讲究都被一种大的境界取代了,那就是不执着、不固执、不拘泥,一切听其自然。哪怕是故人千里迢迢寄来的上等好茶，被不谙此道的老妻稚子按照北方习惯"一半已入姜盐煎"，他也不以为意，反道："人生所遇无不可，南北嗜好知谁贤？"好一个"人生所遇无不可"！还有什么茶喝不得，甚至喝不喝茶又有什么要紧呢？各种人生际遇，也不过是"也无风雨也无晴"了。

一盏茶，他痴迷时没人说得过他，等到他放下时，一转身就是如此开阔通透的境界。

苏东坡到底是苏东坡！

赵佶：风雅绝代衰天子

—— 茶人之六

    赵佶就是宋徽宗。他这个皇帝当得糟糕至极，昏庸无能，耽于享乐，朝政腐朽黑暗，最后导致靖康之难，北宋之亡。皇帝中若评选最不称职、遭遇最倒霉、结局最屈辱者，前三甲宋徽宗是坐稳了的。第一名应该是"故国不堪回首月明中"的李后主。但是，国人对这两位衰天子的感情，往往不是恨——恨不起来，更不曾鄙视——某种意义上那是他们应得的，而是一种既怨又谅的无奈，一种复杂而深切的同情。

    究其原因，可能是因为：第一，这两个人除"本职工作"不称职之外，实在是天才的艺术家，多才多艺，才华盖世，风雅绝代。第二，让这样的性情中人当皇帝，真是九州生铁铸大错，但这是宗法制度所致，不是他们个人意志所决定,这个"岗位"可没听说过竞聘上岗的! 命运的玩笑,开得忒大了。第三,他们虽然政治上无能,是可悲的历史人物,但自己也为此付出了惨重代价,亡国灭身,事实上有"以死谢天下"的效果。第四,这是最隐蔽也可能是很重要的一个理由:他们生性比较柔善,昏而不恶、庸而不暴。中国人对皇帝的要求其实不高,只要不残暴不变态就不会切齿痛恨,糊涂荒唐是可以原谅的。

赵佶有几件事很出名:能书(著名的瘦金体),善画(工花鸟,画鸟时为了生动用生漆点睛),在音律、诗词、收藏、鉴赏等方面的造诣也很高,又极好园林花石(故有"花石纲"之事)。遥想他在位的时候,所谓的"富贵风流",他若不算,就没有人当得起。从成就一番风雅功业上论,赵佶对自己是不辜负的。

他"工书画,通百艺",这"百艺"包括茶艺。赵佶嗜茶,精于此道,乐此不疲,当时流行的"斗茶""分茶",他都擅长。对茶具的选择也很有眼光,为了更好观赏茶面上的白沫(所谓"云脚"和"粥面"),他推重颜色青黑、釉面上有细长白条纹的茶碗("兔毫盏")。他在汴京置官窑,还将钧窑也定为官窑,所制茶具专供宫廷使用。

他写了一本《茶论》(后人称为《大观茶论》),御笔著茶书,是历代帝王中唯一的一个。这本书一共才不到三千字,但言简意赅,论述全面,见解精到。内容有绪论及地产、天时、采择、蒸压、制造、鉴辨、白茶、罗碾、盏、筅、瓶、勺、水、点、味、香、色、藏焙、品名、外焙二十个名目,其中最精彩的是对七汤点茶法的描写:

> 妙于此者,量茶受汤,调如融胶,环注盏畔,勿使侵茶。势不欲猛,先须搅动茶膏,渐加击拂,手轻筅重,指绕腕旋,上下透彻,如酵蘖之起面,疏星皎月,灿然而生,则茶之根本立矣。第二汤自茶面注之,周回一线,急注急止,茶面不动,击拂既力,色泽渐开,珠玑磊落。三汤多寡如前,击拂渐贵轻匀,周环旋复,表里洞彻,粟文蟹眼,泛结杂起,茶之色十已得其六七。四汤尚啬,筅欲转梢宽而勿速,其清真华彩,既已焕发,云雾渐生。五汤乃可少纵,筅欲轻匀而透达,如发立未尽,则击以作之;发立已过,则拂以敛之,然后结浚霭凝雪,茶色尽矣。六汤以观立作,乳点勃结,则以筅着居缓绕拂动而已。七汤以分轻清重浊,相稀稠得中,可欲则止,乳雾汹涌,溢盏而起,周回旋而不动,谓之咬盏。宜匀其轻清浮合者饮之。《桐君录》曰:

"茗有饽，饮之宜人，虽多不为过也。"

如此复杂繁琐的过程，实际操作起来只是一两分钟的时间，不是老于此道而且眼明手快是无法完成的。唐宋饮茶的最大区别，是"唐煮宋点"，欲知"宋"如何"点"，看赵佶的生花妙笔便可领略。

赵佶确实是茶中高手。只是，在他沉迷于如此细致而微妙的艺术之中时，局势已经岌岌可危，大难临头之日，他那精细逼真的花鸟画轴挡不住金太宗的狼牙箭，他那出自官窑的兔毫盏又如何经得起金人的铁蹄践踏？

"分宁一茶客"与"黄州梦"

—— 茶人之七

茶人数到宋代,不可不说到黄庭坚。黄庭坚(1045—1105),字鲁直,号山谷道人,又号涪翁,洪州分宁(今江西修水)人。他是著名的诗人,"江西诗派"的开山鼻祖;又是杰出的书法家,与苏轼、米芾、蔡襄并称"宋四家"。他还是一位茶艺家。

黄庭坚聪颖早慧,据说小时候读书一目五行俱下,读几遍就能记住。当时一位宰相叫富弼,听说他的声名,就和他见了面。谁知两人话不投机,不欢而散,富弼就对别人说:"还以为黄庭坚有多了不起呢,原来不过是分宁一茶客罢了!"这当然是贬低黄庭坚,但是却说了个正着。黄庭坚确实是个天生就、地造就的茶客——分宁产茶,而黄庭坚就出生在那里。"分宁一茶客",说出了他诗人、书法家之外的另一个重要身份。

　　黄庭坚的家乡在分宁双井村，那里产的茶，茶名就叫双井。双井茶成为名茶，要感谢两个人，一个是欧阳修，他极力推崇双井茶，赞它"西江水清江石老，石上生茶如凤爪。穷腊不寒春气早，双井芽生先百草。白毛囊以红碧纱，十斤茶养一两芽。长安富贵五侯家，一啜犹须三日夸"。正如梅尧臣所说："始于欧阳永叔席，乃识双井绝品茶"——许多人都是从欧阳修这里了解双井茶的。另一个就是黄庭坚。根据南宋叶梦得的《避暑录话》记载，元祐年间，黄庭坚在京师任职，收到家乡寄来的双井茶，立即对许多名人雅士题诗赠茶，品质优异的双井茶顿时声名大噪，名满京师，甚至超过了贡茶建溪龙凤团茶——"双井名入天下耳，建溪春色无光辉。"（黄庭坚之父黄庶《家僮来持双井芽数饮之辄成诗以示同舍》句）"分宁一茶客"不但自己爱茶，而且对家乡茶的推广大有功劳。

　　茶酒从来不同道，黄庭坚早年嗜酒，到了四十岁发愿戒酒，于是"煮茗当酒倾"，完全投入了茶的怀抱。大约是体会到了饮酒过多的害处和以茶代酒的好处，他不但自己身体力行，还劝好友们也放下酒杯端起茶盏。从晁补之《鲁直复以诗送茶云愿君饮此勿饮酒次韵》一诗的题目就可以看出，黄庭坚送上好茶和诗篇，同时说：希望你喝这个不要喝酒。一个"复"字透露出，他这样劝告晁补之已经不是第一次了，对茶的偏好和对友人的关怀袒露无遗。这样的茶客可以算得上"兼济天下"了。

黄庭坚赠双井茶的诗中，最著名的当数写给苏东坡的《双井茶送子瞻》（子瞻为苏东坡字）。诗曰："人间风日不到处，天上玉堂森宝书。想见东坡旧居士，挥毫百斛泻明珠。我家江南摘云腴，落硙霏霏雪不如。为君唤起黄州梦，独载扁舟向五湖。"此诗前四句盛赞苏东坡的人品、才华和风度，五、六两句说双井茶，唯独最后一句含义，我看到若干个版本的注解，都说是：希望苏不要忘记被贬黄州的教训，是一种委婉的劝诫。虽然讲得通，但我总觉得有点费解，全诗看下来也不够通透。以黄庭坚对苏东坡的敬重和倾慕，会希望苏改变自己的人品和性格吗（即使这带来了挫折和灾难）？最重要的，苏东坡是他的老师，黄庭坚会这样不恭不敬，借着送茶的机会来敲打自己的老师吗？我觉得"黄州梦"的意思应该是苏东坡《赤壁赋》中所流露的寄情山水、超然物外的情怀，这样一来，这两句的意思就变成：希望唤起您在黄州时纵情山水、遗世独立的旧梦，泛一叶扁舟在五湖之上悠游自在。这样似更符合两人的身份。况且赠茶给身处逆境的人，比起提醒和规劝，超然忘忧的祝愿也更合人之常情吧。

八百年前一盏茶

—— 茶人之八

不久前重游沈园,第一次在那里赏了荷花,不知第几次在壁上读了《钗头凤》,于是想起了陆游。幼时是从这首诗知道陆游的:"死去元知万事空,但悲不见九州同。王师北定中原日,家祭无忘告乃翁。"(《示儿》)长大了经常遇到的是《钗头凤》:"红酥手,黄縢酒。满城春色宫墙柳。东风恶,欢情薄。一怀愁绪,几年离索。错,错,错! 春如旧,人空瘦。泪痕红浥鲛绡透。桃花落,闲池阁。山盟虽在,锦书难托。莫,莫,莫!"

前者表现的是他心怀天下的壮阔心事,后者宣泄的是他缠绵悱恻的儿女情长,一般认为这两方面合起来就是完整的一个大诗人陆游了。我觉得还少了一个侧面,他还是一位好茶、知茶,从茶中得到大宁静、真淡泊的茶人。若是只有爱国的壮怀激烈和爱情的刻骨铭心，都是人生中的至"浓"（而且都是不能遂心如愿、备受压抑的），而没有这"淡"的一面来化解，大概他也享不了八十五岁的高寿。

陆游（1125—1210），字务观，号放翁，越州山阴（今浙江绍兴）人。南宋杰出的爱国诗人。这位大诗人对茶真是狂热！

他不惜把家谱世系上毫无关系的陆羽当成自己的祖先，因为陆羽曾自称"桑苎翁"，所以他宣称"我是江南桑苎家，汲泉闲品故园茶"，甚至怀疑自己的前身是陆羽（"《水品》《茶经》常在手，前身疑是竟陵翁"），八十三岁时还说"桑苎家风君勿笑，它年犹得作茶神"。他的朋友们也作如此看，比如周必大在诗中就明确将陆游说成陆羽的"云孙"，也就是七世孙。其实陆羽本是弃儿，本姓也不可考，所以这种家族关系，只能理解为陆游追慕前贤的热切，与血缘无关，友人的"认可"则是对一种风雅态度的赞美，都不必当真。

他的茶诗数量之丰，令人叹为观止。他一生存诗九千多首，是我国古代存诗最多的诗人，其中咏茶的至少有三百二十首：《九日试雾中僧所赠茶》《三游洞前岩下小潭水甚奇取以煎茶》《同何元立、蔡肩吾至东丁院汲泉煮茶》《听雪为客置茶果》《饭罢碾茶戏书》《夜汲井水煮茶》《试茶》《梦游山寺焚香煮茗甚适既觉怅然以诗记之》《雪后煎茶》……仅看标题就可看出他浓重的"茶情结"。他的茶诗艺术上也高明，茶引诗兴，茶清诗境，裁芳剪味，口齿留香。

然而，真正使我对陆游心折不已的是这一首，而且只是这一首——《临安春雨初霁》。我也许已经厌倦了《钗头凤》，但绝不会厌烦一次次背诵它："世味年来薄似纱，谁令骑马客京华。小楼一夜听春雨，深巷明朝卖杏花。矮纸斜行闲作草，晴窗细乳戏分茶。素衣莫起风尘叹，犹及清明可到家。"

这首诗写于淳熙十三年，当时他已六十二岁，在家乡山阴赋闲了五年之后，被召入京，等候接见。全诗写的是客居心情。"分茶"是宋代流行的茶艺游戏，技巧性很强，精于此道者可用水纹和茶沫形成各种图案，又叫"水丹青"。这首诗的听雨、揣想杏花、写草书、分茶，写的都是"闲情"，但是"闲情"背后却是"苦情""悲怀"——诗人一辈子都心怀报国大志，又逢国家多事之秋，可是却被冷落闲置，内心是苦闷无奈的。可是有茶的陪伴和慰藉，他的心情基调还归于闲散落寞，没有让烦闷、焦虑这些烈性情绪占上风。世味淡，茶味犹浓，这才洗去了些许不平和孤寂，唤起了竹篱茅舍的平和，多亏了茶！

其实茶不茶的也不打紧。风尘再大，世味再淡，一首好诗已经在这里了。八百多年了，还是水灵灵。芳华都歇，这里的杏花还带雨盛开着。心灰了冷了，这里的茶还热还香，上面的"水丹青"正在变幻。

想见其人肺腑香

—— 茶人之九（上）

在我心目中，明末的张岱是天下第一等性情中人，第一等趣人、妙人、韵人，又是第一等痴人。生为仕宦人家的子弟，家中藏书甚丰，锦衣玉食，明亡之后，披发入山，偏偏不能忘情旧日，写了《陶庵梦忆》《西湖梦寻》，如小品版的《红楼梦》，写尽了繁华如花旖旎如梦，也写尽了落花满地好梦成空。他是反现实主义者，国破家亡之后坚持"梦中说梦"，用完美的记忆来代替残酷的现实，因为"余梦中所有者，反为西湖所无"，"惟吾旧梦是保，一派西湖景色，犹端然未动也"。

如此痴人，不思悔改，反而堂堂正正地说："人无癖不可与交，以其无深情也。"我无比信服这句话，几乎把它读成了自己的肺腑之言。张岱自己，绝对是那个时代最值得与之来往的人,他不但有"癖",而且非止一端。寻常人病在无深情,他病在情"滥"无法自制,情深不能自拔。他恋园艺,精戏曲,好美食,嗜佳茗,耽于湖光山色、花朝月夜、琴棋书画、古董珍玩……像他自己为自己写的墓志铭中所说"纨绔子弟,极爱繁华",他确实热爱繁华——生活中所有与"实用"无关而和"享受"有关的事物。

有这样广而厚的底子,加上过人的天赋,张岱在茶艺方面的造诣自然不同凡响。他与茶有关的文字,最著名的可能是这篇:《闵老子茶》。其次是《兰雪茶》,再次是《禊泉》。

《闵老子茶》写张岱寻访茶人闵汶水。1638年9月的一天,四十一岁的张岱慕名专程去拜访老茶人闵汶水,说"今天不畅饮闵老茶,绝不回去。"闵高兴,亲自当炉烹茶,张岱品了茶叫绝,问是哪里的茶,闵说是阆苑茶。张岱说:别骗我! 是阆苑的制法,而味道不像。闵笑着问:那你说是哪里产的? 张岱再啜了一口说:"怎么这么像罗岕?"闵不禁吐舌称奇。张岱问是什么水,闵答是惠泉。张岱又说:别骗我! 惠泉在千里之外,怎么能有这种感觉? 闵不得不说出取惠泉的秘诀,又吐舌称奇。闵又拿来一壶茶斟给张岱,张岱说:这个茶香烈味厚,是春茶吧。刚才喝的是秋茶。闵大笑说:我活了七十岁,见到精于鉴赏茶水的,没人比得上你！两人从此结为忘年好友。这篇文章写茶写人都惟妙惟肖，许多文章名家提及，往往不吝篇幅地全文照录一遍，在我看来，是一种集体无意识的情不自禁。

在《禊泉》中，张岱写了重新发现禊泉的过程，他还提供了辨别的方法：取水入口，先后抬起舌头、舔过上颚，过颊即空，好像没有水可下咽的，就是禊泉。他说来似乎既明确又简单，但是一般茶人恐怕也很难企及，更多的人只有吐舌称奇的份。张岱这种连老茶人都惊叹不已的鉴赏力，他自己却觉得很平常，说是"诸水到口，实实易辨"，就是各种水一进口就知道了，想分辨不出都难。

不过，被老天赐予或者后天渐渐培养出这样的嘴和舌头，也不全是好事。因为这样的嘴是将就不得了，有了这样一张嘴，生涯中就少了许多从众的乐趣，天下偏多了许多进不了口的东西。别人觉得好，你觉得只是凑合；别人喝得，你根本喝不得。张岱对被老天选中成为这种人没有一个字的抱怨，但是他的一个朋友和他混久了，不知不觉中嘴被养刁了，分别后大叫其苦：家里的水实在进不了口，张岱，你还我原来的嘴来！

无端地觉得，像张岱那样的人，繁华热闹、任性胡来都只是外表，内里是极干净的，五脏六腑都是香的。

但愿相对啜一瓯

—— 茶人之九（下）

张岱是个明白自己的人，而且白纸黑字承认得既坦率又幽默。除了"纨绔子弟，极爱繁华"，他还说自己"茶淫橘虐"。

这位"茶淫"可不简单，他不仅是精于鉴茶，善于辨水，深知茶理，传神摹写茶人茶事，他还创制名茶，玩赏茶具，介绍茶馆。

张岱是山阴（今浙江绍兴）人，当地的会稽山日铸岭产茶——"日铸雪芽"，在宋朝已是贡品。有"两浙之茶，日铸第一"的美誉。直到明代，安徽休宁松萝茶名声大噪，盖过日铸。张岱认为松萝茶之精妙主要在制法，于是从安徽招募歙人来日铸，按照松萝茶扚、掐、挪、撒、扇、炒、焙、藏诸法，制出新茶，并命名为"兰雪茶"。张岱还试了多种泉水、水温、茶具，找到了这种茶的最佳泡法："他泉瀹之，香气不出，煮禊泉，投以小罐，则香太浓郁。杂入茉莉，再三较量，用敞口瓷瓯淡放之，候其冷；以旋滚汤冲泻之，色如竹箨方解，绿粉初匀；又如山窗初曙，透纸黎光。取青妃白，倾向素瓷，真如百茎素兰同雪涛并泻也。"四五年后，兰雪茶大行于市，山阴的茶客们又纷纷放弃松萝，喝起兰雪来，这股风尚势力强劲，甚至安徽的正牌松萝也改头换面，以"兰雪"来重新命名自己。兰雪茶的创制和风靡一时，张岱功不可没。

张岱和同道茶友相处甚得。"非大风雨，非至不得已事，必日至其家，啜茗焚香，剧谈谑笑"，多年如一日。独乐不如众乐，他对大众化的茶馆也很有兴趣，对其中的佼佼者还大力推重。当时，绍兴有不少茶馆，其中有一家与众不同："泉实玉带，茶实兰雪，汤以旋煮，无老汤，器以时涤，无秽器，其火候、汤候，亦时有天合之者。"(《露兄》)张岱对这家茶馆特别喜欢，为它取名"露兄"——典出米芾"茶甘露有兄"之语。还以生花妙笔为它作了《斗茶檄》："水淫茶癖，爰有古风；瑞草雪芽，素称越绝。特以烹煮非法，向来葛灶生尘；更兼赏鉴无人，致使羽《经》积蠹。迩者择有胜地，复举汤盟，水符递自玉泉，茗战争来兰雪。瓜子炒豆，何须瑞草桥边；橘柚楂梨，出自仲山囿内。八功德水，无过甘滑香洁清凉；七家常事，不管柴米油盐酱醋。一日何可少此，子猷竹庶可齐名；七椀吃不得了，卢仝茶不算知味。一壶挥麈，用畅清谈；半榻焚香，共期白醉。"

张岱对茶具也眼光独具。他曾经见到一个茶壶，款式高古，他把玩一年，得一壶铭："沐日浴月也其色泽，哥窑汉玉也其呼吸，青山白云也其饮食。"有一把紫砂茶壶，没有镌刻作者印，张岱认为出自紫砂大师龚春之手，特作壶铭："古来名画，多不落款。此壶望而名为龚春也，使大彬骨认，敢也不敢？"他还为一个宣窑茶碗作铭曰："秋月初，翠梧下。出素瓷，传静夜。"

这几句让我想起张岱名作《西湖七月半》中一段："小船轻幌，净几暖炉，茶铛旋煮，素瓷静递，好友佳人，邀月同坐……"到最后，"月色苍凉，东方将白，客方散去。吾辈纵舟，酣睡于十里荷花之中，香气拍人，清梦甚惬。"每读至此，总有一种扼腕、拍案、跌足的冲动，叹只叹那样的清梦到如今连个碎片也难寻觅！恨只恨没有生在那个时代！若是有幸和张岱做了同时代人，哪怕后来要和他一起遭家国之变、哭旧梦之残，也还是要把三春勘破，浮名抛却，赶赴那湖光、月色、荷风、茶香的一场繁华盛事。

纵使生在张岱的时代,纵使有缘得见其人,我也不敢说:今天不畅饮你的茶,绝对不走;我只有从心底里道出一句:生不愿封万户侯,但愿相对啜一瓯。

不伍于世流，不污于时俗

—— 茶人之十

宁王朱权。最早注意到他，是因为一句话。散茶到了明代开始普及，标志性事件是明太祖朱元璋下诏，停止造龙凤团茶，命令从此进贡芽茶（也就是散茶、叶茶，和今天的形态相同）。这时候有人淡淡地评说了一番："（团茶）杂以诸香，饰以金彩，不无夺其真味。然天地生物，各遂其性，莫若叶茶，烹而啜之，以遂其自然之性也。"不是诏书和律令，但对团茶同样是历史性的判决。"真味""自然之性"，说得多好，多透彻！说这话的，就是朱权。由这样一个皇子中难得的雅人来给团茶敲响丧钟，可谓团茶的"哀荣"了。

朱权是朱元璋第十七个儿子，生于1378年，死于1448年，十三岁封藩于大宁，世称宁王，永乐元年（1403）改封南昌。朱权死后谥献，故又称宁献王。他神姿秀朗慧心聪悟，于书无所不读，被称为"贤王奇士"。他一生致力于研读著述，是戏剧理论家、剧作家、古琴家。所著《太和正音谱》为中国现存最早的杂剧曲谱，是中国戏曲史上重要的理论著作。他信奉道家学说，自号大明奇士、臞仙、涵虚子、丹丘先生。

洪武三十一年（1398），朱元璋死，皇孙朱允炆即位，是为建文帝。次年，朱棣进军南京，发动了长达四年的"靖难之役"。朱棣起兵前，曾胁迫朱权出兵相助，并许以攻下南京后，与他分天下而治。经过四年战争，朱棣打败建文帝，夺取了政权，即皇帝位，是为明成祖，年号永乐。朱棣即位后，非但只字不提分治天下，而且还将朱权从河北徙迁至江西南昌，尽夺其兵权。朱权遭此骨肉相残的巨创深痛，心灰意懒，深自韬晦，于南昌郊外构筑精庐，寄情于戏曲、游娱、著述、释道，多与文人僧侣往来，晚年信奉道教，悉心茶道，寄情于琴棋书画。

这位由权力高峰跌落、终于超凡脱俗的宁王，是茶文化的高士。他将饮茶经验和体会写成了一卷对中国茶文化颇有贡献的《茶谱》。《茶谱》开宗明义指出饮茶是为了修心养性："予尝举白眼而望青天，汲清泉而烹活火。自谓与天语以扩心志之大，符水火以副内炼之功。得非游心于茶灶，又将有裨于修养之道矣。"与清茶相配,他要求茶客必须是清客:"凡鸾俦鹤侣,骚人羽客,皆能志绝尘境,栖神物外,不伍于世流,不污于时俗",和这样的人才能"清谈款话,探虚玄而参造化,清心神而出尘表",抵达清茶清谈、饮谈相生的清境。

朱权主张的饮茶程序,摆脱了繁琐的旧习和皇家的富丽,连使用的茶具也比陆羽的"二十四器"减少了许多,只保留必要的几件。他认为理想的品茶程序应该是这样的:

先让一侍僮摆设香案,安置茶炉,然后另一侍僮取出茶具,用瓢汲清泉,碾茶末,烹沸汤,等汤如蟹眼时注于大茶瓯中,再等茶泡到最好的时候,分注于小茶瓯中。这时主人起身,举瓯奉客,对他说"为君以泻清臆"(供您一抒胸臆);客人起身接过主人的敬茶,也举瓯说"非此不足以破孤闷"(不这样无法消除我的孤闷)。然后各自坐下,饮完,侍僮接瓯退下,于是主客之间谈话,礼陈再三,琴棋相娱。

顺便说一句,朱权推崇的叶茶还是蒸青茶,到了明代中叶,炒青法成了主流,蒸青茶渐渐少见,这是后话。

揣摩一下,这位内心深埋怨恨和无奈的宁王,起初嗜好茶艺应该主要是为了自保,但是后来,他似乎真的变得淡泊清静起来，这里面当然少不了茶的安抚之力、点化之功。可惜人生态度不遗传，他的后裔轻率地放弃了这种茶精神，回到了政治的漩涡之中。朱权死后七十年，他的玄孙宁王朱宸濠在南昌起兵十万，争夺皇位。这次叛乱很快被扑灭，朱宸濠被处死，宁王之藩也被撤除。

一切都灰飞烟灭了，但是朱权推崇的品茶境界却至今清芬四溢，令人向往。

千古茶闲烟尚绿

—— 茶人之十一

好像是前年,曾经请篆刻家孙君辉兄为制一方闲章,刻的是"茶闲烟尚绿"这几个字。他是篆刻大师陈巨来先生的外孙,用家传风格的满白文刻了,果然受看。那方印后来送了一位好友。今年春天,新茶时节,聊起此事,君辉兄问这几个字的出处,我犹豫了一下,才轻轻道出。承他雅意,不久再刻了一方。这次是元朱文,看得出君辉兄近来心绪从容,比上回更加落落大方,印石是寿山石中的汶洋石,有冻的感觉,扁扁的像块玉牌,晕几处胭脂红的俏色,刻的又不是龙虎兽,而是竹节纹样。难得印石和印文配得好,格外令我惊喜。

这肌骨晶莹、气度闲雅的几个字,出处是《红楼梦》。是曹雪芹借贾宝玉之口给潇湘馆题的联:宝鼎茶闲烟尚绿,幽窗棋罢指犹凉。不知是何缘故,这副联我是从小念到了大,从书上念到了心里,从醒着的白天念到了梦魂深处。

曹雪芹是天生的至情之人,他对茶有一段痴情,见识之广博、描写之传神,无人可比。在《红楼梦》中,据统计,提到茶的有二百多处,咏及茶的诗词联句有十来首,至于里面写到的名茶品目、品茶方法、珍奇茶具,都为人啧啧称道,成为历久不衰的话题。

《红楼梦》中有关茶的情节都很著名,有的家喻户晓,比如:众人到妙玉的栊翠庵品茶(里面带出老君眉的公案和最讲究的用水——梅花上的雪)。黛玉喝了凤姐送的茶说好,凤姐开她玩笑:"你既吃了我们家的茶,怎么还不给我们家做媳妇?"(这反映了以茶下聘、"茶定"的风俗。)宝玉探晴雯时,给晴雯倒了半碗粗茶,晴雯如得了甘露一般,一气都灌了下去。后来宝玉祭奠她时,用了自己喜欢的枫露茶。而当初就是为了枫露茶,大丫鬟茜雪被撵了出去……茶直接或间接地昭示甚至改变了人物的命运。

第二十三回的"四时即事"诗四首,其中就有三首茶香弥漫:"倦绣佳人幽梦长,金笼鹦鹉唤茶汤。"(《夏夜即事》)"静夜不眠因酒渴,沉烟重拨索烹茶。"(《秋夜即事》)"却喜侍儿知试茗,扫却新雪及时烹。"(《冬夜即事》)分明是一年四季离不开茶。饭后啜茶,客来敬茶,同好品茶,药用饮茶,烹茶吟诗……更是从早到晚离不开茶。想到曹公后来那般潦倒困苦,是宁缺毋滥,苦度没有茶的日子?还是只能像临死的晴雯,将原来根本下不得口的"只一味苦涩"的粗茶当成甘露?想来心痛,不忍细想。

还是回到红楼梦没有醒的时候吧。黛玉进贾府,吃的第一顿饭,饭刚吃完,丫头就用小茶盘捧上茶来,黛玉跟着众人的样子用这茶漱了口,然后"又捧上茶来,这方是吃的茶"。饭后用茶漱口,可以洁齿去腻,但是马上喝茶,却伤脾胃。黛玉的父亲林如海教过她养身之道,要饭后"过一时再吃茶,方不伤脾胃",黛玉也明知父亲是对的,但是进了贾府,面对诸如此类和家中不同的地方,少不得一一改过来。这个细节,写出了孤女寄人篱下的不易和无奈。贾府的茶饭自然是精致的,但是这茶饭从一开始就在损害着黛玉。

回到那副对联。总觉得"宝鼎"两个字太富贵了,所以刻闲章时把它去掉了。我手边的这方印,上面的清简竹节正好暗合了潇湘馆翠竹掩映的环境,几抹红色让我联想到"洒上空枝见血痕"的啼痕。《脂砚斋重评石头记》里,这一联下各有评注,说上联是:"'尚'字妙极,不必说竹,然恰恰是竹中精舍。"说下联是："'犹'字妙。'尚绿''犹凉'四字便如置身于森森万竿之中"，说得极是。

那样的鲜花着锦、烈火烹油终究成空，那样的青春繁华、痴情缠绵也是一场梦。茶闲。棋罢。远远的，尚能看见那一缕茶烟，隐隐的，指尖犹留存一点凉意。这种安安静静、心甘情愿的伤感是一种福分。

玉与水晶　但等知音

—— 茶人之十二

茶人说到这里要告一个段落了,这回就说袁枚。作为一个福建人,而且是一个每天必饮乌龙茶的福建人,我对袁枚有感激之情 —— 因为他对乌龙茶的知遇之恩。

袁枚(1716—1798),清代诗人、诗论家。字子才,号简斋,晚号随园老人,浙江钱塘(今杭州)人。袁枚是乾隆进士,与赵翼、蒋士铨合称为"乾隆三大家"。曾任江宁、上元等地知县。三十三岁父亲亡故,辞官养母,在江宁(南京)购置隋氏废园,改名"随园"。自此,他就在这里过了近五十年的闲适生活。著有《小仓山房集》《随园诗话》,笔记小说《子不语》等。他创"性灵说",对儒家"诗教"不满。

我记得大学时代读他的散文《祭妹文》,哀婉真挚,古文论者将它与唐代韩愈的《祭十二郎文》相提并论。成年后日子辛苦潦草,人自然就一天天俗起来了——《随园诗话》多年前读过一遍就丢开了,倒是《随园食单》经常翻翻,水陆生鲜,杂素点心,看袁才子侃侃道来,比看许多当令时文开胃多了。其中"茶酒单"论茶一节最是好看。

关于泡茶用水,他说:"欲治好茶,先藏好水。水求中泠、惠泉。人家中何能置驿而办?然天泉水、雪水,力能藏之。水新则味辣,陈则味甘。"关于茶叶收藏,他说:"收法须用小纸包,每包四两,放石灰坛中,过十日则换石灰,上用纸盖扎住,否则气出而色味全变矣。"关于龙井茶(其实可以涵盖所有细嫩绿茶)的泡法,他也自有心得:"烹时用武火,用穿心罐,一滚便泡,滚久则水味变矣。停滚再泡,则叶浮矣。一泡便饮,用盖掩之,则味又变矣。此中消息,间不容发也。"

正是因为他深得茶中三昧,所以他的朋友、山西裴中丞曾对人说:"我昨天到随园,才喝到一杯好茶。"袁枚听了感慨地说:"呜呼!公山西人也,能为此言。而我见士大夫生长杭州,一入宦场便吃熬茶,其苦如药,其色如血。此不过肠肥脑满之人吃槟榔法也。俗矣!"——对待娇嫩的绿茶,当然是袁枚"间不容发"的认识和处理最为相宜,弄成又苦又浓颜色暗浊的熬茶，可真是暴殄天物了。

　　茶圣陆羽没有提到武夷茶（武夷山产的乌龙茶），后人认为是因为他没有到过武夷，所以不知道。我怀疑是因为在唐代武夷茶尚未兴起，陆羽觉得不值得去考察。但无论如何，《茶经》确实没有提到武夷茶。这就是我对袁枚刮目相看的原因：他不但知道武夷茶，而且对武夷茶的评价很高。他在"茶酒单"中这样记录："余向不喜武夷茶，嫌其浓苦如饮药。然丙午秋，余游武夷，到曼亭峰、天游寺诸处，僧道争以茶献。杯小如胡桃，壶小如香橼，每斟无一两，上口不忍遽咽。先嗅其香，再试其味，徐徐咀嚼而体贴之。果然清芬扑鼻，舌有余甘。一杯之后，再试一二杯，令人释躁平矜、怡情悦性。始觉龙井虽清而味薄矣，阳羡虽佳而韵逊矣，颇有玉与水晶，品格不同之故。故武夷享天下盛名，真乃不忝。且可以瀹至三次，而其味犹未尽。"他如实记下了自己转变的过程，说武夷茶享天下盛名是名副其实，还指出比龙井、阳羡都胜一筹，这样的评价可谓前所未有。

　　如果乌龙茶有自己的历史纪年，袁枚到武夷的这一年，是一个应该大书特书的年份。

　　更让我会心微笑的是，他还解决了我在心里给乌龙茶和绿茶定高下的难题。就像玉和水晶品格不同，说得太好了，简直绝了。绿茶清似水晶，乌龙温厚如玉，各有各的好处、妙处，何必一定要比较高下呢？当然，玉和水晶，都需要懂得鉴赏的眼睛。同样，不论是绿茶，还是乌龙茶，要发其真味、尽其精华，也都要等真正的知音。

茶具

茶可道
（增订本）

携壶翠微品山茗

都知道参禅有三重境界：看山是山，看水是水；看山不是山，看水不是水；看山仍然是山，看水仍然是水。

去宜兴，倒无意中经历了与此相似的三个阶段：起初，带一把壶去；后来，不带壶去；现在，还是带一把壶去。

带壶，自然是紫砂壶；而带紫砂壶出门，必定有不小的"阵仗"：先用锦缎包袱衣包好、抽出绳头扎紧，然后放进质地硬朗的盒子里，里面还用宣纸的边角料填满空隙，防止在移动中意外的振荡。

这么麻烦？一定有人已经掩口笑我痴傻了。宜兴是出紫砂壶的，去宜兴，完全可以当地买一把，怎么会想到带壶去呢？

读旧书、嗜茶、写不畅销的书、交不得意的人，我这个人"痴"有几分，呆也有几分，傻倒也未必。早知道"阳羡壶自明代始盛，上者与金玉等价"（《桃溪客语》），"茗注莫妙于砂，壶之精者又莫过于阳羡"（《杂说》），在拙作《茶可道》中更有《黯淡之光》《人生百年　紫气万年》《水色　茶香壶魂》诸篇单说紫砂壶的妙处，并非懵懂不知。

每天都用紫砂壶，出门也都随身带一壶一杯，杯子是龙泉青瓷，壶自然是紫砂壶。起初到宜兴，不知道宾馆里有没有顺手顺心的壶，所以依然带了壶去。后来发现宜兴的宾馆不但家家有壶，而且几乎都是全套茶具：茶盘、茶壶、茶杯、茶海……最重要的是，器形多为水平、石瓢、井栏之类，利落大方，泥色都是底槽清、朱泥，做工也都不差，用来称手，完全对得起我带去的台湾乌龙或者武夷岩茶。

这样经历三五次之后，我觉得携壶去宜兴纯属多余，就乐得轻松，不再带了。每次去宜兴，从宜兴城里到城外，从工具看到泥看到坯看到窑，去制壶名手的工作室，看他们的新作，听他们谈新的构思，一起饮茶赏壶。这些去处所见到的壶，自然都是神完气足，气韵生动的，而茶，往往都是宜兴红茶，并不是我最喜欢的乌龙茶。于是，不带壶去宜兴，赏壶成了最大乐趣，品茶却退居其次。

如此也有两三年。后来，我发现紫砂壶之外，宜兴的天地也很广阔,有竹海、茶山,吸引得我一来再来。至今依然记得第一次来到这里的感受:满眼的绿多么鲜亮啊,空气新鲜得多么轻盈,多么湿润,似乎还泛着一丝丝甜味。大都市里喧闹的时间之流,到了这里,骤然平缓起来,一切都突然变慢了,人的心弦突然松了下来……

这次到的是阳羡生态旅游区,首先是一个字:净。这里几乎看不到裸土,满眼皆绿,竹海是绿的,树是绿的,水是绿的,随山坡高低错落、优美起伏的茶园更是绿的。这里的一切都那么洁净,这里的空气是那么清新而甘甜,这里的泉水是流过竹根的清泉,清澈的镜湖中还生活着有"水中大熊猫"之称的"桃花水母"。山水的缝隙里都是树木花草,所以这里的风绝不会带来粉尘和雾霾,也只会送来丝丝缕缕的茶香。这份洁净,真是完全抹去了乡村与风景区的界限。

第二是一个"慢"字。到了这里,可以骑自行车在绿色海洋里"出没",阳羡茶产业园里有龙池山自行车公园,集自行车运动、山水风光以及阳羡茶文化等特色为一体,沿12公里的自行车道内有三潭映碧、花谷探奇、平湖云影、澄光佛音等"慢游十八景",一边运动一边赏景,能不乐而忘返?

可以到茶人家中学着制茶,还可以到紫泥公社里学制紫砂壶，紫泥中的奥秘和乐趣，通过十个手指，慢慢通向心灵。难怪徐秀棠先生在上海朵云轩的艺术展，名字就叫作"十指参成"呢！紫砂艺术的最高境界，确实是"十指参成"啊。

而这些乐事，每一件，都是慢的。慢悠悠的，滋味摇曳。

第三是一个"雅"字。宜兴这些年，越来越注重对文化底蕴的发掘。不但在茶文化、紫砂文化的推广上下了许多行之有效的功夫，而且发掘了民俗文化的宝藏，比如这次看到了一种宜兴特有的民间面具舞，其历史可以追溯到元末明初，过去常常在庙会上演出，表达消灾祈福的愿望，如今在水边亭台楼榭之间演来，充满了纯朴的民间艺术的美感。

第四是一个"定"字。宜兴人总的来说有一种气定神闲的气质，举止斯文，话少，且慢条斯理。这是因为他们有底气。因为有了底气，心态就好：许多景点都是免费开放的，比如龙池山自行车公园，被打造成休闲胜地后居然没有围起来收费，而是免费对公众开放。想到有些地方把一个村一个镇甚至整个城都圈起来收费，是多么的急不可待、不顾一切，宜兴和那些地方形成了极大的对比。而且宜兴的景区里，我从未遇到或听到推销、拉客、宰客的事情。多好，和"十指参成"的好壶，和满目清亮的茶园、竹海，多配。

这样的山水之间，恰是最好的饮茶之境。于是我发现我需要一把好茶壶。因为如果我刚在宜兴买了一把壶，那是新壶，没有开过壶，总会有"生壶气"；若是向朋友借一把，但大小未必合适，器形未必称手，做工也未必称心合意。这样的山水之间，完美似乎触手可及，怎么能不带一把自己日日宝爱、包浆盎然的壶来呢？在这样天时地利人和的"宜茶之境"中，再拿起一把自己最称心的壶，就是人生的一霎完美了。在那样的瞬间，尘世的污浊和无奈都变得很遥远，而古老的回归田园之梦，打开了一条缝。

跟着我入茶山的壶，本就是来自宜兴，正好跟着我回到家乡，虽然口不能言，但是泡出来的茶总是格外清醇甘美，于是我知道，它也是高兴的。

总要有那么一个田园，让人畅快呼吸，或者让尘网中人存一个自由自在的念想。

黯淡之光

—— 茶具之一

在宜兴,第一次听到将紫砂形容为"紫玉金砂",也实证了在紫砂大师手中泥与金等价甚至泥比金贵,真正是"人间万金不足贵,岂如阳羡溪头一丸土"。但是这些并不是我印象最深的。

也知道紫砂壶的使用很有讲究,先要用茶汤好好煮上一煮,让它得到一次丰厚的滋养,然后每次泡茶,要经常用湿毛巾擦拭壶身,温度不烫的时候可以直接用手摩挲,这样"养"上一段时间之后,紫砂壶就会起变化,会焕发出紫砂特有的滋润光泽。当然这里说的是好的紫砂壶,质地差的壶,任你千呼万唤,也不会出现这种迷人的光泽。

"黯淡之光",这四个字是在一本小册子上读到的,一下子就吸引了我的注意。对于紫砂壶历久之后的光泽,我不知道还有什么比这更贴切。听上去有点矛盾，有点不可思议，但是却又贴切，又传神。

看过一些老壶，你会惊叹，它是那么黯淡老旧，但又是那么光彩夺目。那些文人士子的清净无尘的古雅，那些寻常巷陌的一饭一饮的素朴，还有光阴、岁月，都沉淀在了上面。那些壶不但有来历有故事，而且有阅历有心事，有时候你会觉得它在叹息，有时候是神秘地露出一丝笑意，有时候是拒人千里之外的冷傲——昔日出入王谢家，如今沦落庸夫俗人之手，夫复何言！那种颜色，太浓了，太厚了，只能黯淡，真的黯淡，却又有光从里面沁出来，而那光，不是太阳，而是夜里的灯笼，反衬出四周的黑暗，更衬出紫砂本来的深沉，看不见底。那是怎样的夜啊——夜深沉，这时红娘停了针黹，和小姐闲讲究，一讲讲到张相公；这时王子猷忽然想念戴安道，上了小船从绍兴到嵊县去看他，他不知道自己次日所作所言，会成为名士风流千古佳话；这时苏东坡去了承天寺，找朋友在月下闲逛，那月是他的性情，可以照亮遭遇的黑暗；而苦命的豹子头林冲，刚刚出了草场，大雪正纷纷，他去沽酒取暖，不知道命运张开了大口……对着一把紫砂壶，你可以静静看上很久，好像想了很多，又好像什么都没有想。

黯淡之光，含而不露，令人销魂。忽然想起，俄国流亡作家纳博科夫的经典作品《微暗的火》，港台有人就译作《黯淡之光》的。不不，黯淡之光只属于中国，纳博科夫拥有的应该是微暗的火。

黯淡之光是紫砂从矿土到"紫玉金砂"的神奇变身的最后一步。没有一把紫砂壶在使用之前能够拥有这种美，甚至可以说，无论什么大师精心设计，无论如何精雕细琢，没有一把新壶是完美的。只有当它在与茶、与人日复一日的肌肤相亲中，它才能渐渐焕发出这种沉睡的光芒，才能最后完成自己。

这是一种属于农耕文明、手工年代的感觉，不急不躁，无法速成，带着一种质朴的美感，来自时间的尊严感。

这里面可以得出一些人生的暗示。比如识人也需要时间，好壶最初看上去可能并不起眼，而有的泥质不好的灌浆壶，倒是一上来就有光亮；比如说人生的境界，是需要漫长时光的打磨的，年轻的棱角和充沛的元气不能代替漫长的修炼……

壶里乾坤大，也许其中的奥秘，是无法参透的。但是也许紫砂壶就是紫砂壶，所有的这些只是人的胡思乱想。面前的小小紫砂壶，简洁稚拙，好像在说：有什么好想，渴了，且喝杯茶！

人生百年　紫气万年

——茶具之二

写茶具,少不得从紫砂壶说起。而要说紫砂壶的价值,有几句话是不可不知的:"阳羡(即今宜兴)瓷壶自明季始盛,上者至与金玉等价。"(《桃溪客语》)"壶以砂者为上,盖既不夺香,又无熟汤气。"(《长物志》)"茗注(即茶壶)莫妙于砂,壶之精者又莫过于阳羡。"(《杂说》)

若论紫砂壶的妙处,又有两个传说不可不提。一个说的是:有一个泥水匠修房子时,将一把喝了一半的紫砂壶忘在屋顶天花板里。再度修房子时发现了它,壶内的茶不但没有馊,而且色香味都没有变。另一个是《逸情楼杂记》里记载的:过去福建有个富翁,爱喝茶。有一天来了个乞丐,说:"听说府上特别懂茶,能赏我一杯吗?"富翁就给他喝茶,他喝了说:"茶是好茶,可惜味道不够醇厚,壶是新壶的缘故。"说着拿出一把随身带的壶,富翁一看,果然精绝,铜色黝然,打开盖子,香味清洌,一泡茶,味道果然醇厚,和平时完全不同。富翁要向他买,乞丐说:"不能全卖给你。这把壶值三千金,现在卖一半给你,你给我一千五百金让我安顿妻小,我经常来你家,和你用这把壶品茶,如何?"富翁欣然应允,乞丐拿了一千五百金回家,后来果然经常来对坐喝茶,就像老朋友一样。

虽是外行,也见过不少紫砂茶具。不论是收藏家珍藏的老壶,还是当代制壶人刚烧制的新壶,我总觉得:它是有年纪的。起初我想,也许是因为它沉稳凝重的色泽,或者是因为它古朴内敛的造型。但后来,我发现,紫砂壶确实都是有年纪的,可以说,没有一把紫砂壶是新的,任何一把紫砂壶一出炉就有历史了。它的寿命更不是你我可以轻问的。

饮过功夫茶的人,一般都见过(或至少听说过)孟臣壶和若琛杯,这"孟臣"本是人名,明朝天启年间,宜兴有位著名的制陶师叫惠孟臣,善制造型精美、风格别致的紫砂小壶,壶上都落有"孟臣"款,茶家就习惯称为"孟臣壶"。直到他去世三百年后,还有这种落了他的款的孟臣壶不断出现 —— 壶比创造它的人长寿多了,或者说,因为孟臣壶,惠孟臣一直还活着。

清初嘉庆年间，当时的江苏溧阳知县陈曼生，工诗文，善书画，精篆刻，是"西泠八家"之一。他痴迷茶壶，擅长设计壶样，经常特意到宜兴和壶手杨彭年合作，陈曼生设计，杨彭年制作，再由陈曼生镌刻书画。传世作品有"棋云""井栏""石瓢""六方""传炉""合欢"等一十八式，世称"曼生十八式"，又叫"曼生壶"，是紫砂历史上无法逾越的高峰和收藏界珍藏的极品。"同辈的朝官早就被历史的尘埃湮灭了，但他和他的'曼生十八式'，在紫砂历史上的地位却是难以磨灭的。"（作家徐风语）又是一个典型的例子：壶寿远远长于人寿。生命的琴弦虽断，弹奏的琴音却余音缭绕，久久不绝。还可以有进一步的联想：比起官位和权势来，文化和艺术是弱势的，但是时间往往轻易地摧毁前者，却对后者手下留情，并且让其中的精华大放光彩。天道有情。

记得在哪里读过一句让我悚然一惊的话：作为中国人，每个人生下来就不是婴儿。这和我关于紫砂的第一个认识相近：每一把紫砂壶都是有年纪、有来历的，哪怕它是一分钟前刚刚出炉的。

没有人能真正拥有一把紫砂壶。可能是天意借某个人陪伴一把壶最后的日子，然后它会在某一天，毫无预兆地割断尘缘，别你而去。可能是时光的魂附在一把紫砂壶上，你把玩着它，实际上是它把玩着你，因为当你们默默相对的时候，时光从你身上漫过去，头也不回。紫砂壶穿越人的一生，在人消失以后，它还可能存在许多年，完好无损，多少昔日只换得包浆里的一抹润泽、一线微光。

紫砂的最高价值，不在于"紫玉金砂""与金玉等价"——金啊玉啊，那终究不离"物"的范畴。紫砂壶早就脱了泥胎，得了真趣，它只管拙拙地在那里，自有一股紫气氤氲，悠然万年。

水色　茶香　壶魂

—— 茶具之三

关于紫砂的第二个认识,就是它的本色随和,能屈能伸。面对紫砂壶,就是一个"浅者得其浅,深者得其深"。它不卑不亢、安安静静地在那里,当它和人相遇,与其说你在看它,不如说,它在看你,或者说,别人通过它在看你。面对紫砂,请小心开口,就像面对警察的嫌犯,"你有权保持沉默",但是你说的每句话,往往都在暴露自己是个什么样的人。

对紫砂没有兴趣、不求甚解的人,可以把它仅仅当作喝茶的器具,这也没有错 —— 看山是山,看水是水,虽然失之简单,但不妨碍用它享用香味醇郁、"而无熟汤气"的茶。对于较有文化素养、了解紫砂艺术的人,就可以从紫砂壶中品味出"方非一式,圆不一相",看出微妙肌理、光润色泽、深厚意蕴……这时候，就看山不是山，看水不是水了。到了最高境界（那是我遥遥揣想的），就越发不同了，竟是收拾起大地山河一壶装，用紫砂来容纳大千世界了。大千世界有多少奥妙，紫砂就有多少丰富来对应，大千世界有多少种气韵，紫砂就有多少生动来呼应。但是，无论如何气韵生动，如何千变万化，又永远是一把茶壶。你可以无思无忆，只当它是一把茶壶，朝夕相对，随手拿来，茶水一掬便出。这次第，看山是山，看水是水，看壶，又是壶了。

可以说，看壶看出什么，往往要看人是什么人。看壶看到第几层，端的要看人的境界活到了第几层。但是不论第几层，紫砂都可以和你朝夕相处，和谐默契，紫砂壶有一种随遇而安的淡定、一种宠辱不惊的大气。

关于紫砂的第三个认识，在于它提示的完美和永恒。

极爱苏东坡的一句诗："乳瓯十分满，人世真局促。""乳瓯"就是盛茶的茶器。欣赏神气格调均备的紫砂壶时，有时会情不自禁地将苏东坡的句子改作：紫砂十分满，人世真局促。真的，比起紫砂的壶里乾坤，人世间真是局促了，比起紫砂壶的气定神闲地穿越时间，人生短暂飘忽得像一声喟叹。也可以反过来说，人世真局促，紫砂十分满。正是人世有太多的缺憾，所以需要紫砂的圆满；正是人世有太多的不自由，所以才需要紫砂的从容、自得、大自在……

在生活中需要姑息容忍，但面对紫砂时，我们可以放纵完美主义的梦想甚至偏执狂的苛求：器形、土质、做功。形、气、神。若说传承之功，且看萧规曹随传承了几分？若论独到之想，则看别出心裁创新了几许？可传达了制壶人的气质？可有独特的趣味风神？此后经过了多少年代？甚至它后来的命运——可是像守住信念一般，始终专一和一种茶相守？可消尽了火气、晕染出水色？茶气可浸染了壶身，茶香可全占了壶的魂？

通过眼观、手触、心会，上品的紫砂壶给人带来的愉悦，是对绝无完美、永难满足的人生的一刻补偿。那种一壶在手，不知身在何处、今夕哪朝的特殊时空感，更是短暂此生中和永恒的一次握手。这样的无声一握，是温暖的，苍凉的，可遇不可求，也因此——刻骨铭心。

也许，使人们对紫砂壶恋恋难舍的缘由，归根结底，正在于此。这种魅力也是许多艺术共通的。

水色 茶香 壶魂

若即若离锡与茶

—— 茶具之四

在百货公司看到进口的锡镴制品，有餐具、酒杯等各种器皿，制作精美，风格独特，不由欣赏了起来。据介绍，锡镴是一种合金，用97%的锡加上3%的铜和锑。我想起了小时候猜过的一个谜语：金银铜铁——打一地名，谜底是无锡。莞尔之余，却想起了锡和茶若即若离的缘分。

中国的锡制茶具是采用高纯精锡制成，古人对锡制茶具历来有不同看法。一派是崇尚派，认为"惟纯锡为五金之母，以制茶铫，能益水德，沸亦声清"。"近有以夹口锡器贮茶者，更燥更密，盖磁坛犹有微罅透风，不如锡者坚固也"（冯可宾《岕茶笺》），是说锡茶罐的好处。锡茶壶也曾颇为流行。日本奥玄宝《茗壶图录》这样记载明代锡茶壶"出离头陀"："通盖高一寸八分一厘，口径一寸五分，腹径二寸四分二厘,深一寸四分,重六十二钱,容七勺……通体纯锡,经年之久,锈花赤斑,纷然点出,古色可掬。"说得郑重其事。另外徐珂的《清稗类钞》载,张之洞博学而诙谐,任两湖总督时,有个花钱买得候补知府头衔的小财东求见,张之洞就在纸上写了三个字,问他可认识这三个字,那个小财东一看就说:"锡茶壶也。"张之洞大笑,叫人送客。原来他写的三个字各比"锡茶壶"多一画,小财东肚里墨水少,加上锡茶壶是到处可见之物,就受了戏弄。

另一派是反对派。"铜铁铅锡,腥苦且涩"(屠隆《考槃余事》),"铜锡生锈,不入用"(张谦德《茶经》)。

我没有喝过用锡茶壶煮或盛的茶水,不好断言。不过就茶壶而言,似乎反对派比较有道理。茶最怕异味,一遇异味即死,故过去茶庄的人都不吃葱姜大蒜,现在真正的女茶艺师都不用任何化妆品,就是生怕熏染了茶。锡确实常有股腥味,用它盛茶水,不说是致命的错误,至少"能益水德"也是"不可能的任务"。至于生锈,也是证据确凿的指控,"锈花赤斑",看上去固然"古色可掬",但却是看得使不得的,真要用那样的锡茶壶烹茶,腥气、锈气夹攻之下,哪里还有茶味?那次第,只怕不是"出离头陀",而是出离愤怒了。大概是后来无数人的嗅觉和口感验证了反对派的意见，于是锡茶壶果然渐渐罕见打造。

不过，锡与茶也不是就此别过，恩断义绝。它们还可以借着锡茶罐藕断丝连。锡"五金之母"的资格虽然可以质疑，但是锡也有好处，刚中带柔，密封性好，延展性强，作为储茶的茶罐确实是"更燥更密"。且就我所见到的锡茶罐，设计多为双层盖子，一凸一凹，不但双重严密保护，而且里面一层盖子是下沉式的，罐盖沿罐壁徐徐下滑，可以排出罐内空气。由于盖子和罐壁之间的紧密贴合，这种锡茶罐无论是打开还是盖上，都略略有些费力，但是正因为这样，娇嫩的茶叶得以在里面安然度日，本色不改。

我泡铁观音，总是用电热壶把水烧开，此刻听着电热壶里的水噗噜噜噜的钝响，突然想，如果仅仅为了"沸亦声清"，而用锡茶壶烧水，应该也是细致而纯粹的听觉享受呢。再一想，如今是罐装茶大行于世的时代，自己烹点茶都接近颓废，谁还有闲心听"沸声"呢。

壶嘴的曲直是非

—— 茶具之五

说茶具，目光往往会先落在最引人注目的茶壶上。原来看茶壶，除了看质地、色泽，看器形时并不很注意壶嘴。后来发现关于壶嘴的曲直历来还有不同看法，于是每次选壶赏壶多少会留心到壶嘴。

主张壶嘴直为上的主要代表是李渔。他在《闲情偶寄》卷四《器玩部》有"茶具"一节，其中具体说到茶壶嘴的制作和选择标准：

> 凡制茗壶，其嘴务直，购者亦然，一曲便可忧，再曲则称弃物矣。盖贮茶之物与贮酒不同，酒无渣滓，一斟即出，其嘴之曲直可以不论；茶则有体之物也，星星之叶，入水即成大片，斟泻之时，纤毫入嘴，则塞而不

流。啜茗快事,斟之不出,大觉闷人。直则保无是患矣,即有时闭塞,亦可疏通,不似武夷九曲之难力导也。

他的意思很明确:制作茶壶,壶嘴一定要直,选购的时候也要按照这个标准,壶嘴一曲其功能就让人担忧,曲两曲简直就成了废物。因为装茶的器皿和装酒的不一样,酒没有渣滓,一斟就出来了,所以酒壶嘴的曲直可以不讲究;而茶是有形体的东西,即使是星星点点的小茶叶,入了水就变成了大片,斟的时候,容易进入壶嘴,使壶嘴塞住。喝茶是愉快的事情,如果这样斟不出来,就让人非常不痛快。茶壶嘴直就可以保证没有这个毛病,就算有时塞住了,也方便疏通,不至于很难办。

李渔时常喜欢发人之所未言,所说未必都可当真,不过这段话听上去明确痛快,我初读时没有多想,就觉得可以认同。

后来读《茶具》一书(宋伯胤著,上海文艺出版社2002年1月版),前言中论及茶具改进,举了两个例子:一个是给碗形茶器加上盖子,另一个就是将短而直的壶嘴,慢慢改成细而长的两弯或三弯嘴。而这种改进的目的,是"为了茶香不泄","保持壶内的茶味"。这就是认为壶嘴以弯曲的好,和李渔的看法不一致了。

壶嘴曲直，谁是谁非？仔细考虑，又可发现两者看似针锋相对，其实是各有侧重。壶嘴直，是为了出水流畅，壶嘴曲，是为了茶香不泄。各有各的道理，有一利则有一弊。直乎？曲乎？颇费思量。也许，喜欢简单痛快、注重"饮"胜过"品"的人，不妨选择直茶嘴；性格温和收敛、注重"品"的境界多于实用性的人，可以考虑曲茶嘴。

当然，若是能找到一个两全其美的方案，便是上上大吉。比如，茶嘴可以设计成曲的，但是在壶内加一个大小恰与壶盖口等大的金属滤层，将茶叶和茶汤分成上下两层，而壶嘴设在下层。或者在壶身和壶嘴连接处加上一个嵌入式的小滤网，这样都可以在保证茶香不泄的同时，确保茶叶碎末不会堵塞茶嘴。这两种方法，日式茶壶中都可见到，似可借鉴。

就我所见，虽然李渔大声疾呼，但清代的茶壶嘴仍很多是弯曲的。再看眼下的茶壶，直茶壶嘴成了绝对的主流。看来现代人是越来越注重实用了。或者说，为生计所迫、为快节奏所驱赶，性子越发地急躁了。然而，茶心即闲心，若要得茶中之乐、茶中之清、茶中之和、茶中之幽，还是要缓一缓，静一静，定一定，才好。

二十四将与十二先生

—— 茶具之六

有专家说,要简单划分中国茶饮的历史,可以唐代作为分水岭,分为草昧羹饮的前期和精制品茗的后期。为什么? 唐代出了陆羽,陆羽写了《茶经》。当时的饮茶之风盛行,开始有专用的茶具,而且越来越讲究。《茶经》里就出现了二十四件配套严整的"茶器"(陆羽把茶具称作茶器,将采制工具称作茶具)。有生火用具:风炉、灰承、筥、炭挝和火䇲;煮茶用具:镜、交床;烤碾量茶用具:夹、纸囊、碾、拂末、罗合、则;水具:水方、漉水囊、瓢、竹䇲、熟盂;盐具:鹾簋、揭;饮茶用具:碗和札;清洁用具:涤方、滓方和巾;收藏陈列用具:畚、具列、都篮。

虽然不是每次都要全套使用,但是唐代生活讲究的家庭都备有一套碾茶、泡茶、饮茶的器具,同时还有收藏器具的精巧小橱子（具列），可以携带，以便与人斗茶。

  法门寺地宫出土的唐代宫廷茶具，可以作为《茶经》的实物证据，这一套世界上最齐全、最奢华的茶具，包括烹煮器、点茶器、碾罗器、贮茶器、贮盐器、炙烤器及饮茶器等。烹煮器有：壸门高圈足座银风炉、银火箸、鎏金流云纹长柄银匙。点茶器有：鎏金伎乐纹银调达子。碾罗器有：鎏金壸门座茶碾子、鎏金团花纹银碾轴、鎏金飞仙鹤纹银茶罗子。贮茶器有：鎏金银龟盒。贮盐器有：鎏金人物画银坛子、蕾纽摩羯纹三足架银盐台。炙烤器有：金银丝结条笼子、鎏金镂空鸿雁球路纹银笼子。饮茶器有：琉璃茶盏及盏托、秘色瓷盘、鎏金菱弧形银方盒等。欣赏时，除了感叹富丽逼人和巧夺天工，也觉得和茶的气质并不相宜。

  到了南宋度宗咸淳五年（1269），出现了一本署名"审安老人"的《茶具图赞》。这位"审安老人"不但用单线勾勒出十二件茶具的模样，还称它们"十二先生"，给它们一一起名，还有字、号和官衔：韦鸿胪（茶炉），姓"韦"，表示由坚韧的竹器制成，"鸿胪"为执掌朝祭礼仪的机构，"胪"与"炉"谐音双关；木待制（茶臼），姓"木"，表示是木制品，"待制"为官职名，为轮流值日，以备顾问之意；金法曹（茶碾），姓"金"，表示用金属制成，"法曹"是司法机关；石转运（茶磨），姓"石"，表示用石凿成，"转运"是宋代负责一路或数路财富的长官，但从字面上看有辗转运行之意，与磨盘的操作十分吻合；胡员外（水勺），姓"胡"，暗示由葫芦制成，"员外"暗示"外圆"；罗枢密（筛子），姓"罗"，表明筛网由罗绢敷成，"枢密使"是执掌军事的最高官员，"枢密"又与"疏密"谐音，和筛子特征相合；宗从事（茶帚），姓"宗"，表示用棕丝制成，"从事"为州郡长官的僚属，专事琐碎杂务；漆雕秘阁（盏托），复姓"漆雕"，表明外形甚美，也暗示有两个器具。"秘阁"为君主藏书之地，宋代有"直秘阁"之官职，这里有茶托承持茶盏、"亲近君子"之意；陶宝文（茶碗），姓"陶"，表明由陶瓷制成，"宝文"之"文"通"纹"，表示器物有优美的花纹；汤提点（汤瓶），姓"汤"，即热水，"提点"为官名，含"提举点检"之意，是说汤瓶可用以提而点茶；竺副帅（茶筅），姓"竺"，表明用竹制成；司职方（茶巾），姓"司"，表明为丝织品，"职方"是掌管地图与四方的官名，这里借指茶巾是方形的。

此外还有赞语，生动诙谐，自成体系。于此我们知道宋人的茶具比唐代大大简化了，简化了多少？二十四将只剩了十二先生。

而审安老人已经算复杂的了，蔡襄在比他早两百年的

1064年的《茶录》中所列茶具只有九种，其后的宋徽宗在《大观茶论》里只提到了五种。

到了明清时代，饮茶人不再过问造茶的事情，一般说到茶具，就是指碗、盏、壶这三件，和今天的情形差不多了。总的说来，茶具"删繁就简"的演变历程符合自然、本色、质朴的品茶之道。

从青瓷而黑瓷到白瓷

—— 茶具之七

关于各地茶具的优劣,陆羽有一段著名的论断:"碗,越州上,鼎州次,婺州次;岳州上,寿州洪州次。……越州瓷、岳瓷皆青,青则益茶。茶作白红之色。邢州瓷白,茶色红;寿州瓷黄,茶色紫;洪州瓷褐,茶色黑;悉不宜茶。"

唐代所崇尚的碾末烹煮的茶风,茶汤显"白红"(即淡红),青瓷色泽沉稳,"相映而成高雅之趣。邢州瓷虽然洁白莹亮,就未免稍嫌轻浮了"(郑培凯《中国历代茶书汇编校注本·序》,商务印书馆2007年3月版)。给茶碗分等级,不是以瓷器的质地而是以瓷器的色调为标准,看它是否能和茶汤的色度调和出最大的美感。正因为如此,以越窑为代表的质朴大方、色泽沉稳的青瓷茶碗,就被陆羽和整个唐代奉为上品了。虽然以邢州瓷为代表的白瓷在当时也不乏拥戴者。

这样就很好理解，为何宋代的"最佳茶碗"从青瓷转为黑瓷了。宋代斗茶更盛，具体方法为：事先用茶末和开水调好茶膏，然后一边用沸水点泡，一边用茶筅回旋击拂，打出白色的沫饽（汤花），要求色泽纯白，汤花保持时间长（"咬盏"）者优，先出现水痕的就失败。这样，为了以黑衬白，更为了便于裁判孰优孰劣，黑瓷当然是最好的选择。蔡襄所谓"茶色白，宜黑盏，建安所造者，绀黑，纹如兔毫……最为要用。出他处者，或薄，或色紫，皆不及也。其青白盏，斗试家自不用"（《茶录》），宋徽宗所谓"盏色贵青黑，玉毫条达者上，取其燠发茶采色也"（《大观茶论》），说的都是一个道理。过去被奉为上品的青瓷、白瓷都不再适用，在重黑瓷这一点上，宋代做到了"从认识到行动上的高度一致"。

到了明代，人们对茶碗的色泽选择又发生了重大变化，"其在今日，纯白为佳"（许次纾《茶疏》）。因为到了明代，点茶已成往事，饮用散茶蔚为主流，洁白如玉的白瓷衬托绿色的茶汤，清新悦目。屠隆在《考槃余事》中说："宣庙（指明宣宗）时有茶盏，料精式雅，质厚难冷，莹白如玉，可试茶色，最为要用。蔡君谟取建盏，其色绀黑，似不宜用。"不但肯定了白瓷的绝对优越地位，而且质疑了蔡襄对黑瓷的看重。其实，这都是茶水惹的祸，蔡襄时代茶贵白，当然瓷贵黑，明代茶贵绿，当然瓷贵白。观点不同，其实其理则一，各为其茶罢了。

"严格说来，茶碗的色泽与茶叶的品质是不相干的，然而，饮茶作为美感体会的艺术，茶碗的形制与色调，配合盛出的茶汤色度，就使人在特定的空间氛围中得到相应的感受，从而产生心灵的回响。"（郑培凯语，出处同上）诚哉斯言。据此推去，唐代、宋代、明代的茶人们，都追求茶、盏一体的整体艺术美感，虽则时代不同、取舍各异，究其缘由，却是人同此心，心同此趣的。

秋水澄　千峰翠

——茶具之八

初见青瓷,是在诗中。唐诗。

"九秋风露越窑开,夺得千峰翠色来","巧剜明月染春水,轻旋薄冰盛绿云","越瓯犀液发茶香","蒙茗玉花尽,越瓯荷叶空",咏瓷(茶具)诗在唐代大盛,其中占压倒多数的就是以越窑为代表的青瓷,诗人们用"捩翠融青""春水""绿云""嫩荷涵露""中山竹叶"比喻青瓷青翠欲滴的釉色。"如此多的诗人争相吟咏越窑青瓷茶具是因为越窑青瓷代表了唐代青瓷的最高水平以及唐代饮茶习俗'尚青',因而品茶时热衷用越窑青瓷茶具。"(方成军《从饮茶到咏瓷:唐代诗人笔下的瓷茶具》)而且,诗人们赞美青瓷的热情,从盛唐一直持续到了晚唐。

中国是瓷器的国度,中国的英文名 China 就是瓷器的意思。而青瓷茶具是中国最早的瓷质茶具,早在东汉就已经出现。晋代青瓷的主要产地在浙江,最流行的是一种叫"鸡头流子"的有嘴茶壶(茶嘴叫作"流子")。六朝以后许多瓷茶具都有莲花纹饰,唐代青瓷托盏由托和盏组成,盏就是瓯,直口浅腹,有的口沿卷,曲成荷叶形,加上青翠欲滴的釉色,活脱脱就是荷叶出水扶风轻摇,"越瓯荷叶空"就是对这种优美造型的生动摹写。青瓷中最罕见也最具神秘色彩的是秘色瓷,它由越窑特别烧制,从配方、制坯、上釉到烧制的全部工艺都是秘不外传的,制成后供皇家专用,从官员到百姓都不能用,故称"秘色"。长期以来,秘色的由来、秘色的面貌都云山雾罩、众说纷纭,直到法门寺地宫出土一批宫廷茶具,才让世人看到了它色泽绿黄、晶莹润泽的真容,但这与陆龟蒙的《秘色越器》中的"夺得千峰翠色来"的描写似乎有距离。是诗歌语言带来的模糊?抑或我们看到的还不是"秘色"的全部?秘色之秘似乎还没有完全揭开。

"李唐越器人间无",唐代瓷业工艺精湛、风格纷呈,而且形成了"南青北白"的格局。陆羽从衬托茶汤的颜色着眼,认为邢不如越、白不如青,对当时影响很大,"陆羽这种重青轻白的偏好,除了跟他品茶的角度有关,还因为越瓷从色彩和质感上更接近玉，而人们把玉比作修身的标准和情操道德高尚的化身。这反映出当时文人士大夫的美学情趣"（罗文华《趣谈中国茶具》，百花文艺出版社2005年1月版）。

到了北宋，瓷质细腻、釉色如玉的龙泉青瓷声名鹊起。特别是传说中制瓷艺人章生一、章生二兄弟俩的哥窑、弟窑，是当时的名窑。哥窑瓷胎薄质坚，"紫口铁脚"，釉层饱满，色泽明净，有粉青、翠青、灰青、蟹壳青等品种，以粉青最为著名。另外，由于釉原料收缩系数不同产生的裂变，在釉面形成别具风格的各种纹样：文武片、鱼子纹、蟹爪纹、鳝血纹、牛毛纹，最著名的是类似冰裂纹状的"百圾碎"。弟窑瓷造型优美，釉色光润，有梅子青、粉青、豆青等，其中以如翡翠的梅子青和如玉的粉青最为著名。南宋晚期，龙泉瓷盛极一时，大放异彩。

明代，青瓷茶具更以其质地细腻、造型端雅、釉色清丽而吸引了海外的注目和珍爱。以法国为例，16世纪末，龙泉青瓷传入法国，它那青翠欲滴的釉色让法国人惊叹不已，他们不知道该如何形容这种美妙的颜色，正逢名剧《牧羊女》风靡巴黎，剧中女主角雪拉同的青袍的颜色和龙泉青瓷相近，于是他们就用"雪拉同"来称呼龙泉青瓷，至今龙泉青瓷在法国仍然享有这个美称。而日本，设有专门珍藏青瓷的馆楼，樱花盛开或贵宾到来时才得一见。世界各大博物馆都藏有龙泉青瓷。

秋水澄。千峰翠。这种清朗、宁和、明静、雅致的美，超越了具体功用，超越了民族、国界。多少事、多少人、多少朝代流去了，而青瓷，静静地在时间之流的深处，美成了永恒。

黑,妙不可言

——茶具之九

到了宋代,黑瓷迎来了自己的黄金时代,其中的代表是福建建窑所出的"建盏",又有"乌泥建""黑建""紫建""紫瓯"等别名、雅称。

蔡襄在《茶录》里说:"茶色白,宜黑盏,建安所造者,绀黑,纹如兔毫,其坯微厚,熁之久热难冷,最为要用。"蔡襄不愧是茶艺专家。首先,点泡追求茶色鲜白,需要黑盏来映衬。第二,斗茶需要观察"咬盏"长短、水痕先后,黑白分明便于裁定"相差几水"。第三,点茶颇费时间,所以需要茶碗相对厚实,可以保温。祝穆也说:"茶色白,入黑盏,其痕易验。"(《方舆胜览》)宋徽宗在《大观茶论》中也明确作出"最高指示":"盏色贵青黑",更从使用茶筅击拂着眼,重申了建窑茶盏的优越性。

黑瓷茶碗的外形基本为状如漏斗的小圈足碗，因窑变而呈现不同的斑纹和色彩，但不外乎两大类，一类是细流纹（兔毫），一类是斑点纹（鹧鸪、油滴等）。

其中最著名的当数兔毫盏。蔡襄《茶录》中所举是兔毫盏，梅尧臣"兔毛紫盏自相称"写的也是兔毫盏。苏东坡《送南屏谦师》诗写道："道人晓出南屏山，来试点茶三昧手。忽惊午盏兔毛斑，打作春瓮鹅儿酒。天台乳花世不见，玉川风腋今安有。先生有意续茶经，会使老谦名不朽。"所赞美的杭州南屏山麓敬慈寺谦师用的也是兔毫盏。兔毫盏釉色黑而油亮（有青黑和紫黑，紫黑不如青黑），色随釉之深浅而深浅，碗底常常流釉欲滴，碗里外有银白色或棕黄色细流纹，状如兔毫，故有此名。

排第二位的是鹧鸪盏，花斑像鹧鸪鸟黑色羽毛上带一粒粒白色圆点。惠洪和尚《与客啜茶戏成》诗中所谓"金鼎浪翻螃蟹眼，玉瓯绞刷鹧鸪斑"，陶毂《清异录》卷三所记"闽中造盏，花斑鹧鸪斑点，试茶家珍之"，说的都是鹧鸪盏。此外还有油滴盏、日曜盏等，都显示出黑色丰富深沉、妙不可言的美感。

日本镰仓时代（1185—1333），来浙江天目山学佛的日本僧人将一批建盏带回日本，所以日本将这种黑色的茶碗叫作"天目茶碗"。天目茶盏是日本茶道仪式中的必备茶具，备受日本人的青睐，以至于后来"天目"成了一切黑釉器皿的代名词。"天目"茶具在日本被当作国宝珍藏，比如东京都静嘉堂所藏建窑黑釉曜变茶碗（又称日曜盏），似鹧鸪斑又胜于鹧鸪斑，最吸引人的是碗底瑞云朵朵，带银白、青蓝光环，如九天祥云，变幻神奇。茶盏以外，当时还流行一种茶壶嘴呈鸡头状的鸡头壶，日本东京都国立博物馆所藏"天鸡壶"就是这样一件黑瓷茶壶。

除了建窑，烧制黑瓷的还有四川广元，浙江余姚、德清，江西吉州，山西榆次等地。其中，广元窑出品的黑瓷可以与建窑媲美，而吉州窑的黑瓷有贴木叶（将叶子处理成叶脉，然后贴到碗上去烧）等独特装饰，颇具自然风味。

有一个传说足以给黑瓷蒙上晦暗色彩：元人灭南宋后，将宋代风靡朝野的斗茶风尚看作宋人亡国的一个原因，严禁斗茶，黑瓷盏也停烧。事实却并非如此，元人没有那么神经质，他们仍然沿用黑瓷盏，后多以青白釉瓷为主。直到明代，因为饮茶方式的变化，茶具才由黑转白，黑瓷盏式微，大约到明末，兔毫、鹧鸪们彻底销声匿迹。

沪上作家沈先生嘉禄，谙美食，爱收藏，又知茶趣，今春看到我写茶具，竟以一个宋代茶盏相赠。这件茶盏果如嘉禄兄在信中所言："黑釉灰胎，盏底露胎，削足痕迹分明，在放大镜下可见釉面有土沁较深的蝉翼纹，古朴高雅。加之碗底描金，是不多见的宋器。可惜时间一长，饰纹都淡了，但还能认出几个字来（四个字，认得出春、光、龙三字，一个不认识。——潘注）。……这样的茶盏，五六年前在市场上还能看到一些，但多为残破或修补过的，这个无损无修，也算不易吧。"承蒙嘉禄兄雅意，使我得以亲近宋代茶盏，体味八百年前的美感和情趣，真是一件快事。

白碗胜霜雪　盛茶有佳色

——茶具之十

茶具之中，虽然极爱青瓷，但是每次见了上品的白瓷，顿时如大观园中的宝二爷一般，"见了姐姐就忘了妹妹"，一时心里眼里只有白瓷了。这种审美上的用情不专真是不可救药。

这也怨不得我。白瓷真是美，清水芙蓉，清纯天然，而且那种美不需要任何历史、文化的铺垫，不需要任何旁人的阐释、解说、演绎，就是一望而知，心生欢喜，而且耐得住细看，把心里起初的一点欢喜直看得满心都是。

唐代的大书法家颜真卿和他的几位朋友，在一个月夜相聚饮茶，留下了《五言月夜啜茶联句》，最后是以"素瓷传静夜，芳气满闲轩"收结了全诗。这一句常常被误为颜真卿所作，其实不是，是他的朋友陆士修。这真是咏茶佳句！

寥寥十个字，写出了品茶的器具、时间、环境、动作、氛围，还传达出品茶者的心态和品位，暗含了品茶者的身份和友情，更以清雅幽静的意味直通茶道"和敬清寂"的大境。素瓷，当是白瓷了。除了洁白的瓷器，还有什么更能和夜晚的安静、幽微的香气、心态的闲适相衬托相和谐？

杜甫好像也偏爱白瓷，他的《又于韦处乞大邑瓷碗》整首诗都在赞美白瓷："大邑烧磁轻且坚，扣如哀玉锦城传。君家白碗胜霜雪，急送茅斋也可怜。"写四川大邑白瓷胎质薄且坚硬（"轻且坚"），釉质非常洁白细腻（"胜霜雪"），胎体烧结很好，可以敲击出美妙声音（"扣如哀玉"），因此风靡蜀中（"锦城传"）。白居易也喜欢白瓷，他深知白瓷茶具的妙处："白瓷瓯甚洁，红炉炭方炽。……盛来有佳色，咽罢余芳气。"白碗胜霜雪，盛茶有佳色，道出了白瓷茶具的两大优点。何况白瓷比青瓷更具包容性，不论什么茶，它都能很好地映衬茶汤色泽之美，不像青瓷，只能把绿茶衬托得出色，和红茶、白茶、乌龙茶就不相宜。

想知道唐人"天下无贵贱通用之"的河北邢窑白瓷茶具，可以看藏于中国历史博物馆的邢州窑白瓷碗，那是唐代北方白瓷的代表作——胎骨、釉色都很洁白，碗浅而敞口，茶汤注入后可以览尽茶色，碗底是使碗放置平稳的"玉璧形",坯体轮旋规整,肌理细腻均匀,釉面平匀明润而少浮光,欣赏它,会很自然地明白,何以白瓷有"假玉器"的美称。而始于唐代终于元代的定窑,以烧白瓷为主,兼烧黑瓷、酱色釉瓷和绿釉瓷等,宋代时成为五大名窑之一。北宋时江西景德镇烧制的白瓷以"白如玉、薄如纸、明如镜、声如磬"而最为著名,元代起远销国外。此外,湖南醴陵、河北唐山、安徽祁门等地的白瓷茶具也都各具特色。宋末元初,福建泉州德化开始建窑,也产白瓷,到了明代臻于完美,胎骨致密,透光性好,光泽明亮,洁白如脂,釉面在光照下透牙黄色,故称"猪油白""象牙白",外国人则称为"鹅绒白""中国白"。

由于斗茶式微,散茶兴起,明代茶具从黑(黑釉盏)转向了白(白瓷为主,青花为辅),普遍认为"其在今日,纯白为佳"(许次纾《茶疏》),白瓷在明代成了茶具的主流。明代的白瓷称为"甜白",又以永乐"甜白"最出名,是可以让人看得满心欢喜的茶具。流传至今的明代白瓷茶具有永乐甜白釉僧帽壶、永乐暗花莲卉纹碗等。

白瓷茶具是中国茶具的精华。如雪似玉的洁白,匀净明润的釉色,在五彩缤纷之中别具一种天然本色的风韵,告诉人们什么叫以少胜多,素朴中的风雅,单纯中的深厚。

一枝独秀是青花

—— 茶具之十一

在香港，漫步在香港公园，无意中发现"茶具文物馆"的指示牌，一时间犹如天上掉下个林妹妹，漫无目的的"散策"马上有了方向。

请读者允许我在这里先枝蔓一下，说说香港的这个茶具文物馆。这是我国唯一从事收藏和研究茶具的专业博物馆，藏品由著名收藏家罗桂祥先生捐赠。罗先生从20世纪50年代开始，"日就月将"，辛勤收集了近五百件陶瓷茶具，为了"众乐"而舍弃"独乐"，于1981年慨然捐赠给香港市政局。市政局特将"前三军司令官邸"辟为专馆，让香港市民和各方游客可以在此欣赏中国茶具，"把一切烦恼放下，好使身心舒泰，以便重新应付未来一天的事务"（茶具文物馆开幕时罗先生的致辞）。建议爱茶的诸位下次到香港，到金钟

"血拼"之余，或者乘索道上太平山看了风景下来，不妨到那里小作停留，欣赏一番，还可到旁边的乐茶轩品一番茶，方不负罗先生的高情雅意。

在茶具文物馆里，最吸引我目光的是一把青花六角提梁茶壶，这壶壶身六面，器形大方利落，青花图样是山水、帆、云和飞鸟，笔法朴直，颜色蓝中泛灰，整个茶壶呈现出富于民间气息的质朴天真，却因此清新可喜，令人难忘。后来读到专家认为这"显系清初景德镇民窑烧造"，可能是"专为外销海外而烧制的"（见宋伯胤《茶具》）。同样吸引我的，还有圆熟华美的乾隆青花加彩茶壶。若论吸引眼球，青花在茶具中排第一。

青花，高温釉下彩之一，指白地青花瓷器。以含氧化钴的钴土矿为原料，在瓷胎上描绘图案纹饰，然后罩一层透明釉，经1300℃高温还原焰烧制而成。钴经高温后呈蓝色，着色力强，发色鲜艳，呈色稳定。我国唐代即有烧造，自元代以来一直是瓷茶具中最主要的品种。青花瓷虽然深受国人的喜爱，在国际上成为中华文明的一个符号，有"中国蓝"的美称，它本身却是对外国先进技术"拿来"的结果。13世纪，成吉思汗统一蒙古后，三次西征，带回了制作青花瓷器的呈色剂——含氧化钴的"苏泥勃青"。以景德镇为中心，青花瓷茶具开始大批生产，而且将中国传统绘画技法运用到瓷器上，烧制技术、绘画工艺均达到很高的水平。到了明代，由于进口颜料的变化，这种青料含锰量低，可以烧成宝石蓝色泽，釉色更加美丽。永乐、宣德时期，青花瓷进入了黄金时代。到清朝康熙时期，青花瓷茶具又形成了一个高峰，这个时期的青花，摆脱了洪武时期的黑暗色调，颜色浓艳青翠，且呈现浓淡深浅的层次，最多的可达数十层，同时绘画开始富有立体感。青花之美，层层绽放，终于征服了全世界。

"那白地之上的蓝色，清丽素雅，幽远深邃，滋润明亮，摄人心魄。"（罗文华《趣谈中国茶具》）我觉得，对于难以言传的美，这样的"言传"，已经尽了最大努力。

青花，美在照眼鲜明，也美在一种微妙的矛盾形成的张力。青花之美，有如水中的高原湖泊，女人中的林青霞，兼了清和艳、凛和魅这矛盾的两极，有一种端庄的飘忽，无辜的神秘，魅力不可抗拒。

青花至今影响广泛，它不但是收藏界的热门，而且超越了艺术门类。《嘉人》杂志2008年中国人国际顶级时装设计大赏，其中一件获得"最佳完美创意奖"的礼服裙，颜色和图案使人立即想到青花瓷，设计它的意大利设计师说，是明代的青花瓷给了他灵感。而周杰伦有一首歌，就叫《青花瓷》："天青色等烟雨／而我在等你／月色被打捞起／晕开了结局／如传世的青花瓷自顾自美丽／你眼带笑意／色白花青的锦鲤跃然于碗底……"

我们今天家常用的青花茶具，当然不可能是古董级别的，但就是新制的，也已经很不错。比起其他往往"画虎不成反类犬"的仿古制品，青花确实让人安心。青花总是青花，上品摄人心魄，下品也绝不流俗，中国蓝那固有的颜色使它拥有了永远的豁免权。

何似在人间

—— 茶具之十二

曾经,对粉彩瓷器的总体印象是:红红绿绿,几乎要让人得色盲不说,实在有点土,有点俗。那些最经典的图案,牡丹如意、三娘教子、百蝶富贵、松鹤灵芝、百子图之类,也似乎带着陈腐的气息。对粉彩的茶具评价更不高,因为觉得那种俗艳不说败坏茶的洁净,至少也是不相宜。

如今不年轻了,可能心理上先昏花了吧,渐渐觉得锣鼓好听,春联好看,粉彩也看着顺眼起来。(说起来,这些年我看着不顺眼的物件越来越少了。唉。)

图案还是花鸟虫鱼、山水田园、仕女儿童,色彩还是红绿黄蓝的一团热闹,但是我分明听见它们在说:高处不胜寒,何似在人间。而人间,不应该是清冷的,也不应该是单调的,人间就应该是这样五色纷呈、热热闹闹、充满烟火气的。如果说白瓷和青瓷是琼楼玉宇不如归去、裙袂飘飘乘风飞升的身姿，青花是偶尔下界的仙子，荆钗布裙掩不了天上的貌、世外的心，那么粉彩，就是生在凡间长在凡间的女子，竟不知道嫌弃或者逃避这个尘世，只管活泼泼地，对俗世怀着一腔的爱——一种毫不掩饰、了无心机、实实在在、真真切切的"简单爱"。

同五彩、珐琅彩一样，粉彩属釉上彩（即在烧成的瓷器釉面上用彩料绘出图案纹饰，再经低温焙烧的瓷器彩绘方法）。釉上彩工艺开始于宋元，但粉彩直到清康熙末期才创烧。制法是：在白胎上用墨线起稿，然后在图案内填上一层景德镇俗称"玻璃白"的白色彩料（用一种"白信石"或"亚砒霜"的天然矿物，配入铅熔块、硝钾等溶剂中制成），再在玻璃白上施以彩料，经画、填、洗、扒、吹、点等步骤将颜色依深浅不同晕开，制作明暗浓淡层次，经低温二次烧成。玻璃白使各种彩料产生了粉化，红变粉红，绿变淡绿，黄变浅黄，给人以粉润柔和之感，故称粉彩。因为和硬彩（五彩）相对，又称软彩。

早期的康熙粉彩是初创阶段，主要是民窑，风格比较简朴，纹饰以龙凤、花卉、仕女为主。粉彩发展到雍正时期极为盛行，因为宫中的需求，景德镇大量烧制粉彩瓷器，它取代了五彩的地位，成为釉上彩的主流，无论颜色和描绘技巧都更加丰富精致。乾隆时期粉彩仍有很大发展，各种表现手法综合运用，纹饰趋于繁缛，尤以色地粉彩居多。清代著名的粉彩瓷茶具有雍正牡丹纹碗、乾隆梅石竹纹茶壶等。

到了民国，珠山八友等瓷绘名家开创了新粉彩茶具，在造型、线条、色彩、明暗上借鉴了近代绘画的风格，以工见长，色彩浓艳，生动活泼。还在瓷器上描绘身着时装的摩登女郎的形象，令人耳目一新。

再仔细玩味粉彩，发现了它的另一个特点：中庸。不排斥任何色彩（多时可达几十种），没有绝对的主流，绝不罢黜百家独尊什么术；百家之中，每一家（颜色）也不走极端，虽然红红绿绿又黄又紫，可都是柔化、淡化了的，或浓或淡，给自己和别人都留了许多余地（往往一个色可以分出多种色阶）。若任我戏说，除了人间烟火气，粉彩的另一个精神就是：不知道什么叫极致，严守中庸立场。

虽然我已经颇不拒绝粉彩，但还是限于欣赏范围。作为实用的茶具，粉彩还是有先天的缺陷：由于是釉上彩，上面的彩料容易脱落，颜色褪掉事小，不知不觉把含铅的成分送进口中，事情就大了。表面的热闹，终究是靠不住的。

清芳留取余味

——写在后面

"茶可道"最初是我在《新民晚报·夜光杯》上的一个专栏。那个专栏开了四年,虽然是断断续续,但持续了这么长时间,对于我这个缺乏计划性和耐久力的人来说,这已经是一个写作上的特例了。

有不少相识和不相识的朋友,几年来不断问讯几时出书,而我执意要等写完《看诗不分明》一起出版,加上终日杂事纷扰、忙忙碌碌,所以一直"未有期",每遇问讯都感到惭愧和抱歉。现在终于出版了,在此说一声:让大家久等了!

此时,满心都是感激之情。

感谢一直陪伴我的读者朋友们。你们是那么宽容我这个大胆妄言的门外之人,那么善待我的小文章。你们中有人一直剪贴、收集每一篇《茶可道》，出门旅行都不忘嘱托家人留心代劳，有人为了漏掉一篇专门去上海图书馆查找……有人给我寄来各种参考剪报、有关茶的诗集和画册；有人题诗，有人赠画；有人远地寄来珍稀的奇茶；甚至有八旬老者将儿子孝敬的好茶分赠给我……这些，都是让我感愧交加的。也可以说，如果不是这些意外的鼓励和支持，可能就不会有这本书。

感谢给我各种帮助的文学界师友们。你们对我这些"姑妄言之"的文字不是"姑妄看之"，而是来信来电大加鼓励，而且赠我国内外的珍贵茶书，代我搜集资料，提出批评、商榷，给了我诸多启发和教益。

感谢"夜光杯"的编辑，作为第一读者给了我及时的肯定，更作为多年的朋友给了我切近的督促。这个专栏断断续续，"断"都是我的缘故——有时身体欠佳，有时疏懒，而"续"则往往亏了你们的热情和耐心。

感谢生活·读书·新知三联书店，这是我一向敬重的出版社。《茶可道》和《看诗不分明》在这里出版，许多朋友说非常合适，我岂敢这么自负，我只能说：这是这两本书的荣幸，作者的荣幸。

关于茶，其实还有许多想写的：茶馆、茶俗、具体品种的茶的品赏、中外茶文化的相互影响……不过还是暂时打住吧。一来,"茶"本身就不可穷尽,茶可道但难以道尽,我更不会生这样的妄念。二来,花看半开,茶饮半瓯(广州有一家茶馆就叫"半瓯"),清芳留取余味,还是说一些,留一些他日再"道"吧。

留到何时呢？也许留到老了,闲来无事,松风竹炉,提壶闲话。也许不用到老,若能觉悟再深一层,自会前来续"道"(絮叨)。

语已多,情未了。好在茶是每天喝的,喝茶的时候,会一遍遍重温这许多年的许多情谊。

春水煎茶，片刻也是永恒

—— 新版后记

承蒙人民文学出版社雅意，要重新出版《茶可道》，这让我有两层深深的感慨。第一，做出版的人中间，有古风的君子大有人在，他们极重情义，一诺千金。感谢社长臧永清先生、总编辑李红强先生、副总编辑孔令燕女士，还有本书的责编刘伟。第二，一说《茶可道》三个字，让我再次感觉到时间的流逝。太快了，距离第一篇发表，已经过去了二十年。

2004年5月开始，我在《新民晚报》"夜光杯"副刊发表了"茶可道"专栏的第一篇。当时专栏之所以叫这个名字，是借用了"道可道，非常道；名可名，非常名"的典故，后来也就用这三个字做了书名。那个专栏持续了四年。要感谢当时《新民晚报》的责编祝鸣华先生，还有分管的副总编辑严建平先生。他们是《茶可道》最早的知音,没有他们就没有《茶可道》。

《茶可道》是和另一本《看诗不分明》一起出版的。当时我觉得生活·读书·新知三联书店是最合适的出版社,而且我从来没有在他们那里出过书,心向往之,可是我不认识他们社的任何人,就拜托曾任《文汇读书周报》主编的褚钰泉先生。褚钰泉先生将这两部书稿介绍给时任三联书店副总编辑的汪家明先生,汪家明先生同意出版,并且将这两本书交给既有学识又有经验的张荷女士。在合作过程中,我和张荷女士很谈得来,她也是一位爱茶的人,记得那时我们经常聊些喝茶的心得和茶饮的趣谈。《茶可道》出版后,反响很好,登上了很多榜单,也多次加印。五年合同期满,我们续签了五年。其间张荷女士荣休,此后王竞女士接手了我的书在三联书店的相关事宜,非常尽心,我和三联书店第二个五年的合作也愉快地结束了。

2022年,承蒙臧永清社长抬爱,我在人民文学出版社出版了《古典的春水:潘向黎古诗词十二讲》和短篇小说系列《上海爱情浮世绘》。一下子在人民文学出版社出了两本书,这对于大多数写作者来说,都是极大的鼓励和殊荣。两本书都是刘伟先生任责编,他的敬业和编辑能力令我钦佩。所以，当他提出出一本《茶可道》增订本的时候，我欣然同意。这一版的变化，除了再次修订之外，主要是增加了几篇近年写茶的文字，以此和爱茶的朋友、喜欢我的文字的读者一起分享这几年茶饮带给我的新的触动。

需要说明的是：除了新增的部分近作，书中大部分是写于2004年到2008年的，这次依然保持原来的面目。在此书完成之后的十年里，随着国内的经济发展，茶艺、茶文化有了很大的发展，与此同时，最令我高兴的是，茶饮在国人日常生活中日益普及，日益占据更重要的地位。这些年，茶文化的环境发生很大的改变，不同品种的茶之间的此消彼长也几番沧桑，有一些茶业和茶饮的数据到了今天已不可同日而语，我也和责编商量了，最后决定按照原样出版。一方面，这些是我当时看到、想到的，是一种真实，到今天有些理解可能和当初相比有了微妙的侧重，但现在去修改，从立意到文气都会有点别扭。另一方面，茶饮之道本来就像一条河流，源远流长，变化不停，传承不息，我当时的所见、所思、所得、所感，也是对变化中的茶文化之一页的个人观察和记录，时至今日，可能反而增添了一种茶文化和国民日常生活史的史料价值，应该也有保存的必要。特此说明，想必读者朋友能够理解。

这本书的影响力一度超过了我的小说，令我既高兴又有些心情复杂，如今想起来，都归于一种温暖和幸福之中。

感谢所有在这本书的写作和出版过程中给予各种支持和鼓励的师友，其中特别感念和怀念邵燕祥先生、流沙河先生，斯人已去，他们给我的亲笔信我至今还珍藏着。

最重要的一句话是：感谢读者。没有你们，我所有的书都没有意义。

希望朋友们和我一样，经常能通过饮茶获得安宁、松弛和心灵疗愈。春水煎茶，那种静谧和清欢，片刻也是永恒。

      2024年3月14日　写于但饮茶斋